Jula Böge

Ich bin (k)ein Mann ...

agenda

Jula Böge

Ich bin (k)ein Mann ...

Als Transgender glücklich leben

Ein Ratgeber

agenda Verlag
Münster
2009

Bibliografische Information der Deutschen Nationalbibliothek

Die Deutsche Nationalbibliothek verzeichnet diese Publikationen in der Deutschen Nationalbiografie; detaillierte bibliografische Daten sind im Internet über http://dnb.d-nb.de abrufbar

Drubbel 4, D-48143 Münster
Tel. +49-(0)251-799610, Fax +49-(0)251-799519
info@agenda.de, www.agenda.de
Lektorat: Andreas Fleischer
Layout, Satz und Umschlaggestaltung: Astrid Lanvermann
Umschlagabbildung: Jula Böge

Druck und Bindung: MCP, Marki/Polen

ISBN 978-3-89688-384-1

Inhalt

Liebe Leserin, lieber Leser

Die einsamste Frau der Welt wohnt nicht in einem abgelegenen Tal im Himalaya. Sie wohnt auch nicht auf einer sturmumtosten, kleinen Insel im Atlantik. Sie wohnt mitten unter uns.

Die einsamste Frau der Welt geht durch unsere Straßen und wird nicht gesehen. Sie sitzt mit anderen Menschen an Tischen und wird nicht angesprochen, sie hat eine Familie und wird von ihr nicht berührt. Sie bleibt unsichtbar und unbemerkt, denn sie darf sich nicht zeigen. Sie muss Hosen tragen, auch wenn sie lieber einen Rock an hätte. Sie wäre gerne hübsch und würde sich gerne schmücken. Sie hätte gerne Ohrringe, lackierte Fingernägel und Lippenstift und sie würde gerne nach Blüten duften. Die einsamste Frau der Welt hat den falschen Körper. Sie hat den Körper eines Mannes.

Dieses Phänomen ist das Thema und der Anlass meines Buches. Es gibt, von der Öffentlichkeit weithin unbemerkt, eine relevante Anzahl von Menschen, die eine von ihrem körperlichen Geschlecht abweichende Geschlechtsidentität haben. Das weiß ich sehr genau, denn ich gehöre zu diesen Menschen.

Dieses Buch handelt von Transidentität und von den Personen, die sie betrifft. Diese Menschen benenne ich mit dem Oberbegriff Transgender. Wahrscheinlich hast du diesen Begriff nur dann schon mal gehört, wenn du aus eigener Betroffenheit mit der Thematik umgehst. Gemeinsam mit einer Bekannten habe ich in einer Forumsdiskussion folgende Definition entwickelt, mit der wir beide zufrieden waren und die sich als tragfähig erwiesen hat: *„Ein/e Transgender ist eine Person, die immer oder zumindest manchmal das Bedürfnis hat, ganz oder teilweise eine Geschlechtsrolle zu leben, die nicht ihrem genetischen Geschlecht entspricht.“*[1] Der Begriff dient dazu, das gesamte Spektrum der Ausprägungen transidenter Personen abzudecken. Er meint ebenso Personen, die nur gelegentlich einzelne Kleidungsstücke des anderen Geschlechts tragen, wie Menschen, die dauerhaft den Wechsel in das andere Geschlecht vollziehen.

Einige Begriffe verwende ich im Folgenden immer wieder. Da sie teils sehr spezifisch sind, möchte ich sie an dieser Stelle kurz definieren:

---

1 Sie ähnelt der Definition auf www.transgendereurope.org: Trans people …includes those people who have a gender identity which is different to the gender assigned at birth and those people who wish to portray their gender identity in a different way to the gender assigned at birth. It includes those people who feel they have to, or prefer or choose to, whether by clothing, accessories, cosmetics or body modification, present themselves differently to the expectations of the gender role assigned to them at birth.

- Synonym zu dem Begriff „Transgender“ verwende ich den Begriff „Transidente Person“, wenn ich die gesamte Breite der von dem Phänomen betroffenen Personengruppen meine.
- Transsexuelle sind diejenigen, die den inneren Konflikt nur dadurch auflösen können, dass sie dauerhaft die Geschlechtszugehörigkeit wechseln und häufig auch ihren Körper operativ und durch Hormontherapien an das Zielgeschlecht anpassen. „MzF-Transsexuelle“ sind „Mann zu Frau“-Transsexuelle, also genetische Männer, die sozial und körperlich Frauen werden wollen. Entsprechend sind „FzM-Transsexuelle“ genetische Frauen, die sozial und körperlich Männer werden wollen.
- Als “Transvestiten“ oder synonym „Crossdresser“ werden Personen bezeichnet, die nur zeitweise die Kleidung und soziale Rolle des anderen Geschlechtes übernehmen.
- „Crossdressing“ bezeichnet allgemein die äußerliche Anpassung an das Wunschgeschlecht durch Kleidung und Styling.

Die überwiegende Zahl der Transgender ist unsichtbar. In den meisten Ländern der Europäischen Union tauchen, wenn man den wenigen verfügbaren Informationen Glauben schenkt, Transgender nur selten auf. Und auch dann sind es meist nur diejenigen, die es nicht vermeiden können, sich zu offenbaren, nämlich die Transsexuellen. Diese Personen wollen geschlechtsanpassende medizinische Maßnahmen und Papiere auf Namen ihres Zielgeschlechts und müssen demzufolge ihre Besonderheit Behörden und Krankenkassen offenbaren.

Alle Transgender unterhalb dieser Schwelle, so wie ich, bleiben gesellschaftlich weitgehend unsichtbar. Man weiß praktisch nichts über uns, die wir zwar das Bedürfnis nach einer von ihrem Geburtsgeschlecht abweichenden Geschlechtsrolle in uns tragen, jedoch nicht den konsequenten Weg eines kompletten körperlichen und sozialen Wechsels gehen wollen.
Das hat insbesondere zur Folge, dass das gesamte medizinische und psychologische Wissen über Transgender von Personen geprägt ist, die wegen ihrer Transidentität eine Ärztin oder Therapeutin aufsuchen. Alle, die das nicht tun, weil sie mit ihrer Thematik alleine zurechtkommen, sind für die Fachleute und die Öffentlichkeit inexistent. Demzufolge findet in Deutschland eine öffentliche Auseinandersetzung mit dem Phänomen der

Transidentität bisher fast ausschließlich in zwei verschiedenen Formen statt: Autobiografische Texte von Transsexuellen, die von ihrem Lebensweg berichten, und Fachtexte von Medizinern und Psychologen zur Diagnostik und Therapie von Transsexualität. Eine Ausnahme von dieser Aussage bilden nur diejenigen, die aus Gründen des Gelderwerbs das Licht der Öffentlichkeit suchen, wie Travestiestars und ähnliche. Diese werden von der Öffentlichkeit wahrgenommen, sind aber ebenfalls nicht repräsentativ für Transgender insgesamt. Das ist bildlich gesprochen so, als würde man das gesamte Wissen über Läufer ausschließlich von Orthopäden nehmen, die diejenigen behandeln, die körperliche Probleme beim Laufen haben oder als Profisportler ihr Geld damit verdienen.
Insgesamt trifft es der Satz gut, den ich in Bericht über die Lage von Transgendern in Litauen gefunden habe: *„Transgender bleiben die am wenigsten sichtbare und diskutierte Gruppe innerhalb des Spektrums der Menschen die von der heterosexuellen Normalität abweichen"*. Dabei scheinen wir, so weit das bei der dünnen Datenlage überhaupt feststellbar ist, eine gar nicht so kleine Gruppe zu sein. So heißt es in einem Bericht über die Niederlande: *"Ungefähr 0,5% der Bevölkerung schätzen sich selbst als Transgender ein."* Wenn das in Deutschland ebenso wäre, dann läge die absolute Zahl bei mehr als 400.000 Menschen. Doch wie der niederländische Report fortfährt: *„Man weiß sehr wenig über die Probleme, mit denen sich diese Menschen auf Grund ihrer Geschlechtsidentität konfrontiert sehen."*
Dieses Buch versucht, ein wenig Licht in das Dunkel zu bringen und die Gesamtheit der Transgender ein wenig sichtbarer zu machen. Auch und gerade diejenigen, die bisher weder für die Öffentlichkeit noch die mit der Thematik befassten Fachleute existent sind.

Die Anliegen dieses Buches sind demgemäß:
- Transgender sollen ermutigt werden, sich selbst mit ihrer Besonderheit zu akzeptieren und Hindernisse bei der Selbstverwirklichung zu überwinden
- Angehörige sollen Informationen erhalten, die ein besseres Verständnis ermöglichen
- Personen, die sich professionell mit Transgendern und Transidentität befassen sollen in die Selbstsicht von Transgendern Einblicke erhalten, die jenseits der Diagnose und Therapie liegen.

Zunächst und vor allem möchte ich mit diesem Buch Menschen ansprechen, die sich mit den gleichen Problemen herumschlagen, die mich beschäftigt haben und immer noch beschäftigen. Denn es gibt bisher keinerlei Hilfestellung in Buchform für das breite Spektrum von Männern, die in sich zwar diese weibliche Seite und das Bedürfnis dieser Ausdruck zu verleihen spüren, aber nicht so weit gehen wollen, komplett und dauerhaft die Geschlechtsrolle zu wechseln. Diese Männer ringen mit sich selbst und ihren Familien, um mit dieser seltsamen Neigung leben zu können. Manche leben sich aus, andere verbiegen sich dabei, ihre Neigung zu unterdrücken und vor aller Welt zu verstecken. Sie verstehen sich selbst nicht, hassen sich häufig dafür, dass sie so sind wie sie sind und keine „normalen Männer" sein können. Sie schämen sich vor sich selbst, ihren Frauen und Kindern. Sie würden gerne ihren Traum leben, aber sie wissen nicht, wie sie das hinkriegen, ohne ihr sonstiges Leben zu beschädigen. Denn während es für Frauen in unserer Gesellschaft inzwischen tendenziell unproblematisch ist, sich männlich zu inszenieren, haben es die genetischen Männer schwerer. Deshalb bleibt einem großen Teil dieser Personengruppe nur die Unterdrückung ihrer für einen Mann so peinlichen Bedürfnisse. Sie sind die Aschenputtel, die keine Hoffnung haben, jemals auf einem Ball tanzen zu dürfen.

Den Frauen, Eltern, Kindern, Freunden, Geschwistern und anderen Bekannten kann dieses Buch ein besseres Verständnis vermitteln, was die Transidentität für den Betroffenen, aber auch für ihr Familienleben bedeutet.

Wenn es dem Buch darüber hinaus gelingt, auch Fachleute und Expert/innen zu erreichen, dann würde es mich sehr freuen. Denn diese sind bisher sehr stark auf die Gruppe der Transsexuellen fokussiert. Immer wieder höre ich davon, dass selbst Leute, die es besser wissen sollten, im Sinne einer klaren Diagnose eine Trennlinie ziehen zwischen sexuell desinteressierten Transsexuellen einerseits und fetischistisch motivierten Transvestiten andererseits. Ich verkenne nicht, dass es wegen der Regelungen des deutschen Personenstands- und Krankenversicherungsrechts notwendig ist, eine klare und tragfähige Diagnose der Transsexualität vorzunehmen. Doch das zwingt umgekehrt nicht dazu, die Ernsthaftigkeit der Thematik für alle, die den konsequenten Weg der Transsexuellen nicht gehen können oder wollen, zu ignorieren.

Darüber hinaus bin ich der Meinung, dass die Chancen, die in der Existenz einer Personengruppe wie der Transgender für die Erforschung der Identitäts-

und Persönlichkeitsentwicklung liegen, nach wie vor zu wenig gesehen oder gar genutzt werden.
Die Reise auf die ich dich in diesem Buch mitnehmen will, hat mehrere Stationen. Im ersten Teil geht es um die Hintergründe und mögliche Erklärungsansätze für unsere Besonderheit. Es geht darum besser zu verstehen, wie wir sind und darüber zu einer größeren Akzeptanz einer Besonderheit zu kommen, die uns, ob wir wollen oder nicht, unser ganzes Leben begleiten wird. Manche von uns finden sich sowieso klasse, so wie sie sind. Aber ich selbst und viele andere, die ich kenne, brauchen das Nachdenken über diese Fragen, um ein positiveres Selbstbild erreichen zu können und selbstbewusster sagen zu können „So bin ich!"
Der zweite Teil widmet sich den Problemen kommunikativer Art. In dem Moment, wo du dich selbst akzeptierst, wird es nicht nur vorstellbar, sondern es ist auch vernünftig, mit anderen Menschen über deine Besonderheit zu reden. Es gibt dafür kein deutsches Wort, sondern als Fachbegriff nur das englische „coming out". Dieses Thema ist aus verschiedenen Gründen schwierig. Zunächst schon deshalb, weil du nie weißt, wie andere Menschen reagieren werden. Aber noch wichtiger und schwieriger ist, dass deine Beziehungen zu den Menschen, die dir am nächsten stehen, davon betroffen werden. Da solltest du einiges bedenken.
Im dritten Teil geht es mehr um die Praxis. Wie kommt der „Mann im Haus" als Frau auf die Straße? Wenn du das gar nicht willst, dann ist es okay. Dann helfen dir vielleicht meine Tipps zur Bekleidung. Aber wenn du raus willst, dann habe ich einige Hilfestellungen für dich.
Abschließend habe ich noch einige tagebuchartige Erlebnisberichte angefügt. Sie vermitteln einen Zugang zu der Welt, die sich mir erschlossen hat, nachdem ich angefangen hatte, mich meinen Ängsten zu stellen. Du kannst miterleben, wie es mir in verschiedenen Situationen als Frau ergangen ist: vom magischen ersten Mal als Frau in der Öffentlichkeit bis zu einer Phase, in der ich rausfinden wollte, ob mein Weg mich nicht doch zum kompletten Wechsel in ein weibliche Identität führt.

1. Teil: (Selbst-)Verständnis - Wer oder wie bin ich eigentlich?

1. Kapitel: Wir sind Aschenputtel!

1.2 Das Märchen

Ein Märchen hatte es mir als Kind besonders angetan: Aschenputtel! Und natürlich identifizierte ich mich mit Aschenputtel. Heute, mit einer Menge zeitlichem Abstand mag ich das Märchen immer noch. Aschenputtel ist für mich das Identifikationsmärchen schlechthin für genetisch männliche Transgender, die sich als Frau sehen. Und dafür gibt es viele Gründe.

- **Hässliche Kleider**

Aschenputtel musste im Märchen einen grauen Kittel und klobige Holzschuhe tragen, während die Schwestern in schönen Kleidern einhergingen. Schöne Mädchen- oder Frauenkleider sind für viele von uns ein unerreichbarer Traum. Wir müssen uns mit grauen Männersachen und klobigen Männerschuhen arrangieren.

- **Verspottet von den Schwestern und der Stiefmutter**

Viele Crossdresser haben davor eine Höllenangst, dass sie verspottet und belächelt werden, wenn sie zu ihren Wünschen stehen. Die Scham, „schmutzig“ zu sein und nicht für schöne Kleider vorgesehen zu sein, ist eine Begleiterin, die viele von uns haben.

- **Keine Freunde**

Aschenputtel ist einsam, obwohl sie mit verschiedenen Menschen im Haus lebt. Vater, Stiefmutter und Stiefschwestern sind zwar da, doch sie sind keine Ansprechpartner für Aschenputtel. Die Familie gestand Aschenputtel nicht zu, ein Mädchen zu sein, sie war bloß eine Magd. Ebenso wie uns in vielen Familien und Partnerschaften nicht zugestanden wird, zumindest ein wenig Frau zu sein. Wir sind auf die Rolle des Mannes fixiert.

- **Linsen sortieren**

Es geht mir und vielen anderen Crossdressern nicht anders als Aschenputtel. Wenn überhaupt, dann dürfen viele Crossdresser erst dann auf den Ball, wenn die Männerarbeit getan ist und die Männerpflichten erledigt sind und dann noch Zeit übrig bleibt.

- **Darf nicht mit auf den Ball**

Letztendlich aber, selbst wenn wir alle unsere Pflichten erledigt haben, dürfen wir doch nicht mit. All unsere Anstrengungen, den an uns gerichteten Erwartungen zu genügen, helfen uns nicht. Wir erwerben durch Fleiß und Gehorsam nicht das Recht unseren inneren Bedürfnissen entsprechend zu leben. Ebenso wenig wie Aschenputtel ihre fixe Linsensortierarbeit hilft. Denn die Stiefmutter sprach: „*Es hilft dir alles nichts, du kommst nicht mit, denn du hast keine Kleider und kannst nicht tanzen; wir müssten uns deiner schämen.*" So sieht es leider im Leben vieler Crossdresser aus! Falls wir überhaupt in unserer Familie den Mut aufbringen, zu unseren Wünschen zu stehen und Frau sein möchten, dann werden wir häufig genau das erleben. Unseren Wünschen wird entgegengehalten, dass wir hässlich sind und unsere Wünsche irreal. Du darfst nicht raus! Was sollen denn die Nachbarn sagen? Wir müssten uns für dich schämen.

- **Schöne Kleider durch Zauberei**

Viele Crossdresser wünschen sich, sie hätten auch einen solchen Haselnussbaum, denn wie sonst sollten sie an die schönen Frauenkleider und Schuhe kommen, die sie sich wünschen. Für viele Crossdresser sind die Chancen, schöne Kleider zu kriegen, kaum besser als für Aschenputtel. Das geht manchmal schon beim Geld los, das man dafür haben und an der Familienkasse vorbeilotsen muss. Und damit nicht genug: wann kauft man Kleider und wo? Wie Aschenputtel können wir nicht einfach in einen Laden gehen. Gut, ich gebe zu, wir könnten es und ich tue es inzwischen auch. Doch solange ich noch in der Asche hockte, waren schöne Kleider unendlich weit weg.

- **Schön auf Zeit**

Aschenputtels geliehene Schönheit war nur auf kurze Zeit bemessen. So lebe auch ich als Frau und viele andere ebenfalls. Wenn die Alltagspflichten erledigt sind, dann sind wir Frauen auf bemessene Zeit. Wir müssen am nächsten Tag wieder arbeiten, wir haben Pflichten. Viel zu schnell ist die Zeit als Frau vorbei und die Familie kommt wieder heim und möchte das Aschenputtel, also den Mann wieder so vorfinden, wie er aussehen soll.

- **Verheimlichen der wahren Identität**

So wie Aschenputtel vor dem Prinzen flüchtet, so flüchten wir Transgender häufig davor, erkannt zu werden. Niemand soll wissen, wer die Prinzessin wirklich ist. Und so rennen und verstecken wir uns wie Aschenputtel, damit niemand in ihr die Ballprinzessin erkennt.

- **Ahnungslose Angehörige**

Der Vater in dem Märchen hat eine Ahnung, wer die Schöne auf dem Ball war. Doch selbst er will es nicht wirklich glauben. *„Nein“*, sagte der Mann, *„nur von meiner verstorbenen Frau ist noch ein kleines Aschenputtel da; das kann unmöglich die Braut sein.“* Aber doch, gerade wir, in denen die nächsten Angehörigen, Freunde und Nachbarn nicht im Traum eine Frau vermuten würden, sind es.
Es ist eine übliche, aber grundfalsche Vermutung, dass man Transgendern irgendwie ansehen kann, dass sie sich in ihrem Geburtsgeschlecht nicht daheim fühlen. Doch bei uns kann man dem Äußeren nicht trauen. Körpergröße, Figur, Gesichtszüge, Muskulatur – all das lässt keinen Rückschluss darauf zu, wie die Person im Inneren fühlt. Wenn man auf einer Transgenderparty ist, dann scheint es geradezu, als ob sich die Natur aus Bosheit die ungeeignetsten Exemplare beider Geschlechter ausgesucht hätte, um sie mit dem Bedürfnis nach der anderen Seite auszustatten. Riesige, breitschultrige Frauen stehen neben winzigen, schmächtigen Männern. Unsere Weiblichkeit oder Männlichkeit ergibt sich nun mal gerade nicht aus unseren körperlichen Gegebenheiten, sondern sie behauptet sich gerade im häufig scharfen Kontrast zu ihnen.

- **Der Schuh verrät uns**

Aschenputtels Schuhe passen den Schwestern nicht. Den meisten Frauen würden meine Schuhe auch nicht passen. Sie wären ihnen einfach zu groß. Unsere Kleidung verrät uns. Wir passen auf und verstecken uns, doch irgendjemand findet unsere Kleidung. Wenn wir Glück haben, dann führt das zur Erlösung und zu einem glücklicheren Leben für Aschenputtel.

- **Rettung durch den Prinzen!**

Selbst das gilt für uns! Viele von uns sitzen ewig in der Asche und träumen davon, dass endlich das Wunder geschieht, das es ihnen ermöglicht, einmal die Ballprinzessin zu sein. Die weite Verbreitung von Fantasien, in denen wir von wem auch immer gegen unseren Willen gezwungen werden, eine weibliche Rolle zu übernehmen und weibliche Kleidung zu tragen, zeigt, wie sehr wir darauf warten, dass andere uns unser Lebensglück geben, anstatt es uns selbst zu nehmen.

- **Brauchen wir ein Wunder?**

Einen wichtigen Aspekt habe ich mir für den Schluss aufgehoben:
Ja, Aschenputtel wurde durch ein Wunder erlöst. Doch die Bedingungen, die dazu führten hat sie selbst geschaffen. Weil sie ihn pflanzte und pflegte, gab es den Haselnussbaum und darauf das wundertätige Vögelchen. Weil sie sich über die Anordnungen der Stiefmutter hinwegsetzte, kam sie überhaupt auf den Ball. Sie ist nicht einfach in der Asche hocken geblieben und hat sich bedauert, sondern hat etwas getan, um ihr Schicksal zu ändern. Sie hat sich schöne Kleider beschafft und ist auf den Ball gegangen.
Wenn man sich all diese Aspekte vor Augen führt, dann gibt es für mich nur eine Schlussfolgerung:
Ich bin Aschenputtel! Wir Transgender sind Aschenputtel! Schade nur, dass viele von uns noch daheim in der Asche hocken und auf das Wunder warten.

1.2 Die soziale Realität

Was ich eben etwas märchenhaft, naiv und verniedlichend dargestellt habe, korrespondiert mit der harten Realität, in der wir Transgender leben.

> *Charta der Grundrechte der Europäischen Union:*
> *Artikel 21 Nichtdiskriminierung*
> *(1) Diskriminierungen, insbesondere wegen des Geschlechts, der Rasse, der Hautfarbe, der ethnischen oder sozialen Herkunft, der genetischen Merkmale, der Sprache, der Religion oder der Weltanschauung, der politischen oder sonstigen Anschauung, der Zugehörigkeit zu einer nationalen Minderheit, des Vermögens, der Geburt, einer Behinderung, des Alters oder der sexuellen Ausrichtung, sind verboten.*
> *(2) ...*

Im März 2009 hat die Agentur der Europäischen Union für Grundrechte als zweiten Teil ihres Berichtes über Homophobie und Diskriminierung aus Gründen der sexuellen Orientierung und der Geschlechtsidentität in den Mitgliedstaaten den Bericht über die soziale Situation veröffentlicht.[1] Neben dem Gesamtreport

1 "Homophobia and Discrimination on Grounds of Sexual Orientation and Gender Identity in the

gibt es auch Einzelberichte aus den einzelnen Mitgliedsländern, aus denen ich in der Einleitung zitiert habe.
Wie der Titel erkennen lässt, widmet der Report sich der Gesamtthematik der Diskriminierung von schwulen, lesbischen, bisexuellen und transidenten Personen. Gleichwohl wird der Situation von Transgendern aus gutem Grund ein besonderer Teil gewidmet. Denn während schon für die Homo- und Bisexuellen insgesamt europaweit eine Problematik der Diskriminierung festgestellt wird, ist die Situation für Transgender noch schlimmer. Die Vorbehalte, die uns gegenüber bestehen, sind signifikant größer.
Das Problem beginnt bereits damit, dass es nur wenig aussagefähige Untersuchungen zur Situation von transidenten Menschen gibt. Die umfassendste Forschung gibt es zu Themen, die die medizinischen Aspekte der Behandlung von Transidentität betreffen. Jedoch gibt es einige Untersuchungen, die Rückschlüsse auf die Situation zulassen. Die wenigen vorhandenen Daten aus nationalen und europaweiten Studien zeichnen ein erschreckendes Bild. Einige Punkte möchte ich zur Verdeutlichung der Problematik, in der Transgender stehen, kurz ansprechen:

- **Gesellschaftliche Vorurteile**

In allen Studien war ein hoher Level von Transphobie, also der emotionalen, angstbesetzten Ablehnung von transidenten Personen zu verzeichnen. Fast drei Viertel aller Teilnehmer einer Umfrage, die sich an professionell mit Anti-Diskriminierung befasste Personen richtete, waren der Meinung, dass es für Transgender gar keine oder nur begrenzte Akzeptanz in der Gesellschaft gibt.

- **Behandlung von Transgendern in ihren Familien**

Praktisch alle Transgender schätzen es als problematisch ein, sich innerhalb ihrer Familie zu ihrer Transidentität zu bekennen. Und dieses Misstrauen ist begründet. In einer englischen Studie gaben 45% der befragten Transgender an, ihre familiären Beziehungen hatten sich verschlechtert, 37% wurden von Familienfeiern ausgeschlossen und 36% hatten in der Folge mindestens ein Familienmitglied, das nicht mehr mit ihnen redete. In einer ungarischen Untersuchung war „Zurückweisung“ die am häufigsten genannte familiäre Reaktion.
In einer schwedischen Studie sagten mehr als ein Drittel der Transgender, dass

---

EU Member States – Part II: The Social Situation", http://fra.europa.eu/fraWebsite/products/publications_reports/pub_cr_homophobia_p2_0309_en.htm sie in ihrem Leben emotionale Unterstützung vermissen. Zum Vergleich: Bei Homosexuellen, die es in Familien auch nicht leicht haben, waren es „nur“ 19% und bei Heterosexuellen 10%. Transidente Personen haben demnach gegenüber der Durchschnittsbevölkerung ein fast vierfach erhöhtes Risiko, mit ihren Problemen allein zurechtkommen zu müssen. Insofern wundert es nicht, dass Transgender häufig nichts von ihren Familien erhoffen, sondern sich lieber auf ihren Freundeskreis verlassen.

Die fehlende Akzeptanz und Unterstützung in den Familien finde ich besonders schlimm. Wo soll man denn Verständnis und Hilfe finden, wenn nicht bei den Menschen, die einem nahe stehen? Doch die ungarische Studie gibt auch Hoffnung: *„Nach einigen Jahren der Bemühung erlebten einige praktische Zeichen der Akzeptanz.“*. Familiärer Jubel hört sich sicher anders an, aber immerhin kann man „Zeichen der Akzeptanz“ erreichen.

- **Hass-Delikte**

Über die tatsächliche Menge von Delikten, die in der EU gegen Transgender begangen werden, weiß man sehr wenig. Das liegt einerseits daran, dass nur sehr wenig entsprechende statistische Erfassungen gibt und zum anderen daran, dass die Opfer aus Angst und Scham erst gar nicht zur Polizei gehen. Aus den offiziellen Statistiken lässt sich also kein realistisches Bild gewinnen, in welchem Ausmaß Transgender Opfer von Delikten werden. Als weitere Erkenntnisquelle gibt es die Berichte der Betroffenen selbst. Wenn man denen glauben darf, dann ist die Zahl von Belästigungen und Gewalttaten hoch. In einer englischen Studie gaben 73% der Transgender an, schon angepöbelt oder anderweitig belästigt worden zu sein. Nach einer schwedischen Studie ist jede/r dritte Transgender schon irgendwann in ihrem/seinem Leben belästigt oder angegriffen worden. In einer anderen schwedischen Untersuchung geben 59% der Transgender an, sich wegen Ihrer Transidentität vor Belästigung und Gewalt zu fürchten.

Es lässt sich also sagen, dass sich die meisten Transgender vor ihren Mitmenschen fürchten und sie damit auch Recht haben. Wer als erkennbar transidente Person in die Öffentlichkeit geht, wird früher oder später zumindest angepöbelt werden.

- **Versammlungsfreiheit**

Zunächst stellt die EU-Studie unter diesem Punkt heraus, dass Transgender in Europa nur in sehr geringem Umfang organisiert sind. Einflussreiche Organisationen gibt es praktisch nur in Großbritannien und den Niederlanden.

Als Gründe für die fehlenden Zusammenschlüsse werden genannt, dass die Transgender sich aus Furcht vor Diskriminierung teils erst gar nicht trauen, sich zusammenzuschließen und zum anderen ausgeprägte Differenzen innerhalb der Gruppe der Transgender bestehen, die ein gemeinsames Agieren erschweren.
Das Fehlen von Daten über Probleme mit öffentlichen Veranstaltungen von Transgendern wird in der Studie damit begründet, dass sie sich wegen fehlender Ressourcen und Angst erst gar nicht trauen, solche Veranstaltungen durchzuführen!

- **Arbeitswelt**

Die wenigen vorhandenen Daten zeigen ein düsteres Bild des Arbeitsmarktes für transidente Personen. Sie sind überproportional häufig arbeitslos. In einer britischen Studie gaben 23% an, dass sie wegen ihrer Transidentität den Job wechseln oder aufgeben mussten. Mehr als 50% gaben an, an der Arbeit diskriminiert oder gemobbt worden zu sein. Umgekehrt gaben nur 30% an, von ihren Arbeitskollegen angemessen und unter Wahrung ihrer Würde behandelt worden zu sein.
Auch hier reagieren Transgender mit Flucht und Verdrängung. In der gleichen Studie gaben 42% derjenigen, die nicht in ihrer bevorzugten Geschlechtsrolle lebten, an, dies zu tun, weil sie Angst um ihren Arbeitsplatz haben. In Finnland gab jeder dritte Transvestit an, er würde seine weibliche Seite schon gerne an der Arbeit zeigen, glaube aber, dass das unmöglich sei. Dementsprechend gab etwa die Hälfte an, ihre Besonderheit am Arbeitsplatz zu verheimlichen und eine ebenso große Zahl litt darunter, dies tun zu müssen.
In der Arbeitswelt wird besonders deutlich, dass die vorhandenen Gesetze zum Schutz vor Diskriminierung, die tatsächlichen Schikanen nicht verhindern können, da sie häufig gar nicht beweisbar sind.

- **Jugend**

Bei Kindern und Jugendlichen kommt Schikane besonders oft vor. In einer britischen Studie gaben mehr als 70% der genetisch weiblichen und 55% der genetisch männlichen, jugendlichen Transgender an, Opfer von Belästigung oder Gewalt geworden zu sein.

- **Gesundheit**

Fehlende rechtliche Grundlagen und ein unzureichender Informationsstand der Ärzte und Therapeuten führen dazu, dass die medizinische Versorgung im Zusammenhang mit Transidentität vom weit überwiegenden Teil der

Betroffenen als unzureichend empfunden wird. Behandlungsverweigerung, Fehlbehandlungen und Kunstfehler werden sehr häufig beklagt.
Hinzu kommt, dass Transgender aus Angst vor Vorbehalten der Mediziner wegen allgemeiner Beschwerden, die gar nichts mit Transidentität zu tun haben, seltener zum Arzt gehen. In der Folge ist ihr Gesundheitszustand schlechter als der des Bevölkerungsdurchschnitts.

- **Selbstmord**

Wie viele erfolgreiche Selbstmorde begangen werden, weil die Betreffenden mit ihrer Transidentität nicht mehr leben konnten, darüber gibt es viele Mutmaßungen, jedoch keine Zahlen. Doch man weiß, wie viele Transgender über Selbstmord nachgedacht haben und entsprechende Anläufe genommen haben. In mehreren nationalen und europaweiten Studien gaben zwischen 20% und einem Drittel an, schon mindestens einen Selbstmordversuch unternommen zu haben. Nach einer schwedischen Untersuchung hat sogar jede/r zweite Transgender schon mindestens einmal über Selbstmord nachgedacht.

- **Multiple Diskriminierungen**

Besonders schwer haben es Personen, die gleich mehrfach Anlass zur Diskriminierung bieten. Wenn also beispielsweise zur Transidentität noch die Zugehörigkeit zu einer ethnischen Minderheit hinzukommt.
Besonders hinweisen möchte ich an dieser Stelle, ebenso wie der EU-Bericht, auf die Thematik älterer Menschen, die Transgender sind. Wie deren Würde z.B. unter den Bedingungen der Pflegebedürftigkeit bzw. in Heimen gewahrt werden kann, ist eine bisher ungelöste Frage.

1.3 Was jetzt?

Es lässt sich also feststellen:

Transgender sind in höherem Maße den negativen Aspekten von Diskriminierung ausgesetzt, haben in ihrem sozialen Umfeld weniger Hoffnung auf Akzeptanz oder gar Unterstützung und empfinden ihre Lebenssituation selbst als sehr belastend.

Nein, es ist wirklich kein Spaß Aschenputtel zu sein. Aber wenn es nun schon so ist, bleibt nichts anderes, als damit möglichst konstruktiv umzugehen und das Beste daraus zu machen.
Immer wieder nimmt der Bericht der Agentur für Grundrechte darauf Bezug, dass die Betroffenen sich auf die vorhandenen Antidiskriminierungsgesetze und unterstützende staatliche und nichtstaatliche Einrichtungen nicht berufen, sondern sich statt dessen verstecken und ihre Besonderheit teils sogar vor der eigenen Familie verheimlichen.

> *"Unter diesen Umständen wird "Unsichtbarkeit" eine Überlebensstrategie. In einer Europäischen Union, die ihre Grundlagen auf den Prinzipien der Gleichbehandlung und nichtdiskriminierender Rechtssetzung hat, ist das nicht akzeptabel. " FRA-Report, Seite 4*

Die Grundrechteagentur der EU findet die Situation also nicht hinnehmbar. Wie erwähnt, die Rechtslage innerhalb der Europäischen Union ist weitgehend in Ordnung. Sicherlich nicht perfekt, doch die Lage ist besser als sie jemals war. Doch solange die Betroffenen selbst nicht beginnen, an der Verbesserung ihrer Situation zu arbeiten, wird sich nichts Grundlegendes ändern. Wenn man schon diesen Risiken ins Auge blicken muss, dann muss man jede Chance nutzen, denn die Alternative ist, sein ganzes Leben angstvoll und mit zerstörerischer Selbstunterdrückung im Versteck zu verbringen. Wenn man sich nicht trotz der Risiken öffnet, wird es nie besser. Nicht für alle anderen und schon gar nicht für einen selbst.
Damit wir bei dieser Ausgangslage glücklich leben können, sind einige Grundannahmen wichtig, die mir geholfen haben. Es sind drei Eckpunkte, die immer wieder zum Tragen kommen.

- **Schicksalhaftigkeit**

Obwohl es trivial ist, müssen wir uns selbst und anderen dieses Faktum immer wieder vor Augen führen: Wir haben es uns nicht ausgesucht, transident zu sein. Wir sind so.
Die häufig von Transgendern betriebene Ursachensuche mag für die Selbstrechtfertigung und für die Rechtfertigung anderen gegenüber sinnvoll sein, aber sie bietet keinen Ausweg aus der Notwendigkeit, sich mit den Tatsachen so zu arrangieren, wie sie nun mal sind:

- wir hatten keine Wahl,
- wir tragen keine Schuld,
- es gibt keine „Heilung".

Diese Situation haben wir übrigens mit den Homosexuellen gemeinsam, die es in einem langen Kampf geschafft haben, genau für diese Aspekte gesellschaftliche Akzeptanz zu bekommen. Wir transidenten Menschen sind noch nicht so weit. Wir müssen sogar teils erst für uns selbst diese Wahrheiten annehmen. Wir müssen uns den Tatsachen stellen und möglichst konstruktiv mit ihnen umgehen. Unser Ziel kann nur sein, möglichst gut und erfolgreich damit umzugehen und unser Leben möglichst erfüllt zu leben. Die Transidenität ist ein untrennbarer Teil von uns und wenn wir diesen Teil nicht akzeptieren, ihm den Raum geben, den er braucht, dann werden wir nicht glücklich leben können.

- **Eigenverantwortlichkeit**

Wir selbst sind dafür verantwortlich, was wir aus unserem Leben machen. Es sind nicht unsere Familien, Bekannten oder die Gesellschaft. Wir allein müssen mit unserer Thematik umgehen und Wege finden, glücklich zu leben, und können weder der Gesellschaft noch anderen Menschen für unsere Situation die Schuld geben. Wir können auch nicht hoffen, dass diese etwas für uns tun. Es ist nötig sich klar zu machen, dass wir auf gesellschaftliche Unterstützung nicht zu hoffen brauchen. Die Gesellschaft wird nichts für Menschen wie mich tun, sie weiß nicht einmal, dass es sie in relevanter Zahl gibt. Die Akzeptanz, die ich brauche, kann also weder vorausgesetzt werden, noch wird sie mir zufallen. Natürlich finde ich es deprimierend, dass ich mit einer Besonderheit versehen bin, die unbestreitbar geringe Wertschätzung bei meinen Mitmenschen findet, vielleicht sogar abgelehnt wird. Das darf mich aber nicht hindern, etwas für mich selbst zu tun. Wenn ich nur auf den Prinz warte und ihm anders als Aschenputtel nicht mal die Chance gebe, mich auf dem Ball zu treffen, wird sich meine Lage nicht zum besseren verändern. Es ist nicht anders als mit vielen anderen Dingen, die ich brauche: ich werde sie mir schon selbst beschaffen müssen, wenn ich sie haben muss.

- **Pragmatismus**

Es hilft niemandem weiter, abstrakte Ziele zu definieren, die für die einzelne konkrete Person unerreichbar sind. Stattdessen müssen wir das Mögliche

umsetzen. Dazu helfen ein verbessertes Faktenwissen und eine realistische Abschätzung von Chancen und Risiken.
Wir leben nicht allein, sondern in vielfältigen sozialen Verflechtungen. Wir haben Beziehungen, Wünsche und Träume, die nichts mit der Transidentität zu tun haben. Wir haben ein Leben jenseits der Mann-oder-Frau-Thematik. Dieses Leben will gelebt sein. Was man tut oder lässt, wem man sich öffnet und wo man versteckt bleibt, sind schwere, nur individuell zu entscheidende Fragen. Doch an der einen oder anderen Stelle vorsichtig und restriktiv sein, bedeutet nicht, dass man sich gar nicht bewegt. Die Verantwortung dafür, dass das eigene Leben lebenswert ist, kann man nicht auf familiäre oder gesellschaftliche Umstände abwälzen. Risiken sind kein Grund, überhaupt nicht zu leben. Ein konstruktiver, verantwortungsvoller Umgang mit sich selbst, ein lebenswertes Leben in Anerkennung der Probleme, das ist mein Anliegen.

2. Kapitel: Spagat zwischen Körper und Identität

„Mit dem Unmöglichen konfrontiert, gab es keine andere Wahl, als es normal zu finden“
Jeffrey Eugenides, Middlesex

Die Feststellung des Reports der Europäischen Grundrechteagentur, dass es kaum Informationen über die soziale Lage von Transgendern gibt, findet ihre Bestätigung und Fortsetzung in der biologischen, psychologischen und soziologischen Forschung. Während die Erforschung von geschlechtsspezifischen Unterschieden und deren Auswirkungen auf Individuum und Gesellschaft in den letzten Jahren viel Raum eingenommen hat, blieben diejenigen, die die dabei vorausgesetzte Dichotomie der Geschlechter in Frage stellen, nämlich Intersexuelle und Transgender weitgehend außen vor. Es ist schwer zu entscheiden, ob das so ist, weil sie gar nicht erst wahrgenommen werden, oder ob die Verweigerung der Wahrnehmung ein eher bewusster Akt ist, der darauf beruht, dass die Grundannahme einer strikten Geschlechterzweiteilung nicht gestört werden soll.

2.1 Ist das Geschlecht eine Selbstverständlichkeit?

Wann ist der Mann ein Mann? Seit dem Lied „Männer“ von Herbert Grönemeyer ist diese Frage in der breiteren Bevölkerung populär. Allerdings setzen sich nur wenige Menschen ernsthaft damit auseinander, wann eine Frau eine Frau und ein Mann ein Mann ist. Die Antwort erscheint nämlich als selbstverständlich: *„Das sieht man doch!“* Und falls es auf den ersten Blick doch nicht so eindeutig ist, gibt es immer noch die funktionale Seite, also Kinder zeugen oder bekommen können, und die Genetik. Jedoch ist spätestens seit die Wissenschaft die Gene besser kennengelernt hat und vor allem in Ansehung der Problematik von Intersexuellen die Eindeutigkeit ins Wanken geraten. Es ist mittlerweile anerkannt, dass es zumindest in Ausnahmefällen nicht ganz so einfach ist, wie es scheint, die Frage nach Mann oder Frau zu beantworten. Die von der Alltagssicht geprägte Annahme, es gäbe eine deutliche Zweiteilung der Geschlechter lässt sich bei genauerer Betrachtung nicht halten, jedenfalls nicht ausnahmslos.

Dass der Körper den Mann zum Mann und die Frau zur Frau macht, ist eine zwar weitgehend zutreffende, aber eben nicht universal gültige Annäherung an eine Wirklichkeit, die komplizierter ist. Zwar kann man dem körperlichen Erscheinungsbild üblicherweise trauen, doch eben nicht immer und uneingeschränkt. Manchmal ist der Körper eben doch nicht eindeutig. Manchmal lügt er sogar.
Was auf den ersten Blick so selbstverständlich erscheint, ist bei genauerer Betrachtung sehr kompliziert. Was allgemein als Geschlecht bezeichnet wird ist ein Zusammenspiel von biologischen und psychologischen Faktoren, bei denen sich üblicherweise in der Kongruenz von Genotyp, Phänotyp und Selbstverständnis eine eindeutige Zuordnung als Mann oder Frau ergibt.
Doch handelt es sich dabei um komplizierte Vorgänge, bei denen eine Menge schief gehen kann.
Allein im Bereich der körperlichen Geschlechtlichkeit gibt es zumindest vier verschiedene Betrachtungsweisen:

- chromosomales Geschlecht (Genetik)
- gonadales Geschlecht (Keimdrüsen)
- genitales Geschlecht (Geschlechtsorgane)
- neuronales Geschlecht (Hirnstrukturen)

Der körperliche Entwicklungsprozess, der von einem komplexen Wechselspiel von Genen und Hormonen in verschiedenen Phasen geprägt ist, führt meist, aber eben nicht immer zu einem eindeutigen körperlichen Geschlecht (Ausnahme: Intersexuelle) und einer Kongruenz von biologischem Geschlecht und subjektiver Geschlechtsidentität (Ausnahme: Transgender)

2.2 Was ist Geschlechtsidentität?

Während beim genotypischen und phänotypischen Geschlecht noch halbwegs Sicherheit besteht, wie sie entstehen, wird es bei der Geschlechtsidentität schwierig. Identität selbst ist ein Begriff mit vielen Facetten aus den Überschneidungsbereichen von Soziologie, Psychologie und Psychoanalyse.
Einer der wichtigsten Denker, der sich mit Identität als Konstrukt der Persönlichkeit befasst hat, war George Herbert Mead. Ihm folgend ist Identität geknüpft an

die Fähigkeit, sich selbst als Objekt wahrzunehmen. Die reine physiologische Selbsterfahrung nennt er Bewusstsein. Erst wenn das Individuum sich selbst gegenüber eine abstrakte, unpersönliche Haltung einnimmt, dann hat es eine Identität. Wenn wir also panisch vor etwas davonlaufen oder Schmerz empfinden, dann haben wir Bewusstsein. Wenn wir aber über uns selbst nachdenken und uns dabei zum Objekt unseres Denkens machen, dann haben wir Identität. Mead unterscheidet zu diesem Zweck das Ich „I" vom Mich „Me". Beide beruhen auf dem Zusammenspiel des Individuums mit der Gesellschaft und deren Haltungen und Erwartungen und zusammen bilden sie die Identität. Die Akzeptanz und Ablehnung bestimmter gesellschaftlicher Haltungen formt die Identität. Dem folgend ist die Identität ein ständiger Austauschprozess zwischen dem, was die Gesellschaft an Rollen anzubieten hat, und dem, was wir im Wechsel zwischen der Identität mit uns selbst und der Selbstbetrachtung als Objekt für uns selbst als Eigenes akzeptieren. Wenn wir also gar nicht wüssten, dass es sowas wie Frauen gibt, könnten wir auch keine diesbezügliche Identität haben!

Zusammenfassend:

1. Identität ist ein Konstrukt. Äußere oder innere Veränderungen können dazu führen, dass sich die Identität ändert.
2. Identität steht in einem Spannungsverhältnis zwischen Selbstwahrnehmung einerseits und der Einschätzung von außen andererseits. Unsere Selbstwahrnehmung spiegelt sich an den sozialen Gruppen und wir definieren uns anhand der Zugehörigkeit oder Abgrenzung von diesen.

Das war reichlich kompliziert. Am besten sage ich es ganz einfach: Ohne Bewusstsein und Identität bist du einfach Gemüse. Wenn du weißt, DASS du existierst, dann hast du Bewusstsein. Und deine Identität sagt dir, WAS oder WER du bist. Identität kann sich auf Eigenschaften beziehen (schwarzhaarig, blauäugig) oder auf soziale Rollen (Vater, Sachbearbeiter, Geliebte). Mit diesen, von außen zugelieferten Kategorien identifizieren wir uns. Die Identität liefert so etwas wie einen inneren Sollzustand, der üblicherweise mit dem äußerlichen Istzustand parallel geht. Aber eben nicht immer. Zu meiner Identität gehört es, dass ich mich in verschiedener Hinsicht mit Frauen identifiziere.

Die aktuellen Theorien zur Entstehung der Geschlechtsidentität beruhen auf zwei unterschiedlichen Zugängen, die in der Diskussion gerne mit der Phrase

„nature versus nurture" charakterisiert werden. Es geht also um die Frage, ob die Geschlechtsidentität eher auf körperlich bedingten Faktoren beruht oder eher auf durch Erziehung erworbenen Faktoren.
Die Suche nach körperlichen Ursachen, egal ob genetisch oder hormonell bedingt, ist bisher erfolglos geblieben.
Die Psychologen haben sich hauptsächlich damit beschäftigt, wie Jungen und Mädchen erzogen werden. Das Interesse liegt dabei auf Kindheit und Rolle der Eltern bei der Geschlechtsrollenentwicklung. Die sog. *Bekräftigungstheorie* besagt, dass Jungen und Mädchen schon sehr früh, wahrscheinlich bereits im Kleinkindalter für Verhalten, das ihrem Geschlecht angemessen erscheint, bekräftigt werden. Bekräftigung erfolgt durch Lob, Anerkennung, Belohnung o. ä. Dem Geschlecht unangemessene Verhaltensweisen werden hingegen nicht bekräftigt, sondern sogar bestraft, missbilligt oder einfach ignoriert. Die *Imitationstheorie* behauptet, dass Kinder geschlechtstypisches Verhalten durch die Beobachtung gleichgeschlechtlicher Modelle und die Nachahmung und Übernahme deren geschlechtsangemessenen Verhaltens erwerben. In der *Identifikationstheorie* wird angenommen, dass Mädchen sich mit der Mutter und Jungen sich mit dem Vater identifizieren, d.h., dass Jungen und Mädchen sich innerlich mit dem gleichgeschlechtlichen Elternteil als sehr ähnlich oder identisch erleben. Dieses Gefühl der Ähnlichkeit bewegt Jungen und Mädchen innere Einstellungen, Werthaltungen und äußere Verhaltensweisen zu übernehmen.
Nach allen genannten Theorien entwickelt sich die Geschlechtsidentität parallel zum körperlichen Geschlecht und orientiert an entsprechenden Vorbildern. Wenn ich die Theorien vereinfachend zusammenfasse, dann passiert folgendes: Ein Kind wird mit einem bestimmten Körper geboren. Dementsprechend wird es von seiner Umwelt behandelt und erkennt sich selbst als Junge oder Mädchen anhand seiner körperlichen Merkmale. Jungen werden als Jungen gesehen und behandelt, Mädchen werden als Mädchen gesehen und behandelt. Jungen erkennen sich als Jungen und lernen die Jungenrolle, Mädchen erkennen sich als Mädchen und lernen die Mädchenrolle.

2.3 Selbstbeschreibung

Nach den gängigen Theorien weiß ein kleiner Mensch irgendwann vor dem dritten Lebensjahr, dass er ein Junge oder ein Mädchen ist. Ab diesem

Zeitpunkt bemüht er sich aktiv, den an ihn gerichteten Erwartungen gerecht zu werden. Während das bei nicht transidenten Menschen meiner Einschätzung nach problemlos funktioniert, kann ich mich daran erinnern, dass ich schon im Kindergartenalter einen Widerspruch zwischen dem Wissen, dass ich ein Junge bin, und dem Akzeptieren der damit verbundenen Verhaltenserwartungen gespürt habe. Meine Eltern, meine Spielkameraden und im Grunde auch ich selbst richteten männliche Erwartungen an mich, denen ich aber aufgrund eines inneren Unbehagens nicht problemlos folgen konnte. Ich bin nie zum Mädchen erzogen worden. Allerdings auch nicht zum typischen Jungen. Ich hatte das große Glück, dass meine Eltern mich sehr weitgehend das machen ließen, was ich wollte. Nie wurde ich zum Fußball spielen geschickt, wenn ich den Nachmittag bei schönstem Wetter lieber mit dem Lesen von Indianer- oder Tiergeschichten verbringen wollte. Es gab von Seiten meiner Eltern keinen Druck auf mich, „Jungsspiele" zu spielen.

Allerdings hatte ich schon früh die Tendenz, nicht einfach das zu tun, was mir gefiel, sondern es im Hinblick auf das kritisch zu überprüfen, was sich für einen Jungen meiner Meinung nach gehörte. Und zwar nicht deshalb, weil ich es richtig fand, sondern weil ich meinte, dass ich den Erwartungen der Umwelt genügen müsste. Ich beneidete den Nachbarsjungen, der zum Schulfasching in der ersten Klasse als Mädchen verkleidet im Dirndl seiner Cousine kam. Abgesehen davon, dass es in meinem Zugriff keine Mädchenkleider gab, hätte ich mich das sowieso nie getraut. Ich ging als Kind in immer der gleichen Verkleidung zum Fasching - als Cowboy. Das war eventuell der Versuch meine eigenen Zweifel durch möglichst geschlechtsrollenkonforme Verkleidung zu besänftigen.

Beim kleinkindlich- gemischtgeschlechtlichen Rollenspiel „Vater-Mutter-Kind" in der Nachbarschaft akzeptierte ich zwar, dass ich nicht die Mutter sein konnte, weil ich ja ein Junge war, aber der Vater war ich eher ungern. Ich habe mich nie getraut, die Rolle der Mutter einzufordern. Die war fest an die Nachbarstochter vergeben. Ich versuchte bloß, wenigstens nicht der Vater sein zu müssen.

Wenn es also in meiner Kindheit überhaupt eine Erziehung in Richtung auf eine männliche Rolle gab, dann war es mein vorauseilender Gehorsam oder meine vorauseilende Anpassung an Rollenstereotype, die ich zwar eigentlich nicht gut fand, von denen ich aber als Kind meinte, ihnen nicht entkommen zu können. Wegen der Eindeutigkeit der Antwort, die mein Körper und die Einschätzung meiner Umwelt gaben, zweifelte ich zwar nicht daran, dass ich ein Junge war, aber stellte ich mir immer die Frage, wieso ich eigentlich ein Junge war. Interessanterweise schaffte ich es, wegen der von mir widerspruchslos akzeptierten Rollenerwartungen einerseits froh zu sein, dass ich kein Mädchen war (weniger Hausarbeit, mehr Abenteuer ...) und es zugleich falsch oder zumindest seltsam zu finden.

Nicht jede von uns ist ein kleiner Ludovic - aus dem Film „La vie en rose" -, der mit seinen Mädchenattitüden seine Eltern und seine sonstige Umwelt zur Verzweiflung treibt. Wahrscheinlich sind viele transidente Menschen in ihrer Kindheit mutiger und ehrlicher gewesen als ich. Sie haben Mutter oder Prinzessin gespielt, wenn sie es wollten. Oder umgekehrt, wenn sie Mädchen waren, Superheld oder Pirat. Sie sind in der Verkleidung zum Kinderfasching gegangen, die ihnen gefiel. Und das obwohl sie eventuell viel stärker als ich entsprechend den Rollenstereotypen ihres Geburtsgeschlechtes erzogen wurden. So gesehen bin ich fast das schlechteste Beispiel für die Tendenz transidenter Menschen, schon als Kinder ihrer Erziehung zu trotzen und ihrer abweichenden Identität und den damit zusammenhängenden Wünschen Ausdruck zu verleihen.

Es gab für mich nie einen äußeren Anlass eine andere als eine ungebrochen männliche Geschlechtsidentität zu entwickeln. Ich habe mir sogar alle Mühe gegeben, den Anforderungen an einen Jungen zu genügen, weil ich dachte, das müsse so sein. Gleichwohl habe ich, so lange ich mich zurückerinnern kann, die Tatsache, dass ich ein Junge war, selbst sehr kritisch gesehen. Zwar habe ich es als Tatsache hingenommen, denn Kinder zweifeln nicht am Offensichtlichen, zugleich habe ich aber darüber nachgedacht, wieso es eigentlich so gekommen ist. Und mich gefragt, wieso ich eigentlich kein Mädchen war.

Es ist für mich nicht ersichtlich, aus welchen Gründen die korrekte Geschlechtsrollenübernahme bei mir gescheitert sein sollte. Ist sie aber! Habe ich also etwas falsch gemacht? Wenn ja, was?

> *Die Vielzahl theoretisch-psychologischer Abhandlungen, häufig Behandlungsberichte überwiegend psychoanalytischer Natur, sind in sich zwar jeweils oft schlüssig, haben jedoch keinen überzeugenden Beitrag zur Ätiologie der Transsexualität geleistet und sind eher Beiträge zu einer einseitigen Psychologisierung und Psychopathologisierung des transsexuellen Erlebens,... „*
> *Wolfgang Senf, Bernhard Strauß, Geschlechtsidentität (in Psychotherapie im Dialog 1/2009)*

Anders formuliert: Man hat bisher keine Ahnung, wie es zu Transidentität kommt. In keiner der bekannten Theorien gibt es keine überzeugende Erklärung, wie so etwas wie Transidentität entstehen kann. Da ist kein erkennbarer Auslöser für die Renitenz, mit der sich transidente Menschen früher oder später und mehr oder weniger krass quer zu den Erwartungen legen. Woher hatte ich die tiefsitzenden Zweifel, kein richtiger Junge zu sein? Im Grunde genommen war die Selbstverständlichkeit, mit der ich von aller Welt als Junge angesehen wurde, für mich ein ständiger Aspekt der Irritation, denn ich war mir da aus tiefstem Herzen, meinem Körper zum Trotz, nicht so sicher. Wie konnte es sein, dass ich so voller Zweifel war, wenn die Sache für alle anderen doch so eindeutig war? Meine Eltern und meine sonstige Umwelt haben nichts dazu getan, diese Zweifel entstehen zu lassen. Ich wurde weder vernachlässigt noch verhätschelt. Ich wurde nicht misshandelt oder traumatisiert. Da war einfach nichts, was ich als Ursache dafür nehmen könnte, dass ich über meine Geschlechtlichkeit schon früh nachdachte. Wieso verhält sich jemand „mädchenhaft", der diese Rolle weder gelernt hat, noch von seinen körperlichen (genetischen, hormonellen ...) Voraussetzungen dazu prädestiniert ist? Und natürlich erst recht nicht von seinem sozialen Umfeld (Eltern, Geschwister Spielkameraden u.a.) dazu ermutigt wird. Ganz im Gegenteil: das Kind muss, wenn die Geschlechtssozialisation so machtvoll wirkt, wie behauptet, eine enorme Kraft aufbringen, um dem Sog zu widerstehen!

2.4 Das soziale Geschlecht im Spannungsfeld von Identität und Körper

Üblicherweise wird die Entwicklung der Geschlechtsidentität etwa so verstanden, das sie zunächst eine bestimmte Geschlechtszugehörigkeit (sex) umfasst und dann erst von der Übernahme der entsprechenden Rollen (gender) geprägt wird. Offensichtlich gibt es Fälle, in denen Identität, körperliches Geschlecht und erwartete Rolle auseinanderfallen. Die Tatsache, dass es transidente Menschen gibt, deutet meines Erachtens darauf hin, dass die Geschlechtsidentität ein die Aspekte Sex und Gender ergänzender und von diesen unabhängiger Faktor ist. Und dabei gibt es offensichtlich auch Fälle, in denen Identität und erwartete Rolle auseinanderfallen. Doch wieso das passieren kann, und vor allem wie, ist bisher noch unerforscht.
Das körperliche Geschlecht markiert dabei den Ausgangspunkt eines Prozesses, in

dem die Geschlechtsidentität und die Übernahme bestimmter Geschlechtsrollen sich gegenseitig beeinflussen. Jedoch sind die Gewichte zwischen Identität und Gender nicht gleich verteilt, sondern die Identität ist, wenn einmal gefestigt, sehr stabil, während die Geschlechtsrolle größere Varianz aufweist.
Es ist meiner Meinung nach zu kurz gegriffen, die anfangs dargestellten Theorien angesichts der Evidenz, dass es eben auch anders kommen kann, ungebrochen weiter zu verwenden und sich darauf zurückzuziehen, dass bei transidenten Personen eben „irgendwas schief gegangen" ist. Vielleicht ist das so, vielleicht sollten wir aber der Anlass sein, noch gründlicher und tiefer über das Thema nachzudenken und zu forschen. Die Tatsache der Existenz transidenter Menschen, die glaubhaft und seriös von sich selbst behaupten, eine für ihr Geburtsgeschlecht untypische Identität zu haben, ist zumindest ein Indiz, dass der aktuelle Stand der Wissenschaft noch nicht die Antwort auf alle Fragen liefert.

Welches Geschlecht ein Mensch wirklich hat, beruht für mich auf zwei unterschiedlichen Faktoren: Zum einen dem Körper und zum anderen der Geschlechtsidentität. Üblicherweise gehen diese beiden Aspekte parallel. Die Person akzeptiert sich mit ihrem Körper und dem was er nach außen über die Identität kommuniziert. Manchmal und in verschiedenen Graden passen die beiden aber nicht zusammen. Der Körper sagt etwas anderes als die Identität und umgekehrt. Wer von beiden lügt jetzt, liegt falsch? Ich finde, dass beide Recht haben. Körper und Geschlechtsidentität sind jeweils so wie sie sind. Der Körper ist männlich, die Geschlechtsidentität oder, um es ein wenig heimeliger zu benennen, die Seele fühlt sich eher weiblich. Beide sind jeweils für sich richtig und nicht krank oder deformiert. Die Problematik besteht darin, dass die beiden nicht so harmonisch zusammenpassen, wie das üblich ist.
Überhaupt ist das, was ich meine, recht treffend mit dem Satz *„eine weibliche Seele in einem männlichen Körper"* zu beschreiben. In unserer wissenschaftlich-rational geprägten Welt klingt das sehr naiv. Obwohl der Seele mit der die Psychologie eine ganze Wissenschaft gewidmet ist, ist sie doch nicht wirklich anerkannt. Sie ist allgegenwärtig und zugleich inexistent: Während im Alltag üblicherweise und wie selbstverständlich von verletzten Seelen oder von seelischer Balance geredet wird, will die exakte Wissenschaft von ihr wenig wissen. Vor ein paar Jahrhunderten wäre der Verweis auf eine andersgeschlechtliche Seele wahrscheinlich eine hinreichende Begründung gewesen.

Der Gedanke einer vom Körper abstrahierbaren Seele, die die Essenz des Menschen ausmacht, ist zumindest für religiöse Menschen nicht abstrus. Und die sog. Seelenwanderung, also die Vorstellung, dass sich eine menschliche Seele in einem anderen Menschen oder gar in einem Tier wiederfinden kann, ist eine gängige Annahme. Das, was religiöse Menschen eventuell Seele nennen würden, ist für mich die Identität. Ich bin der Meinung, dass die Identität gleichberechtigt neben dem Körper steht und jeder Teil für sich und nach außen beide gemeinsam machen das Geschlecht des Menschen aus. Üblicherweise gehen körperliche Erscheinung und gefühlte Identität parallel und ergänzen sich zu einem ungebrochenen Ganzen. Das nährt die Auffassung, dass es immer oder zumindest gesunderweise so sein müsse. Ein Auseinanderfallen von Erscheinung und Identität wird zudem auch deswegen so selten wahrgenommen, weil man die innere Haltung nun mal nur dann sehen kann, wenn sie sich als Verhalten nach außen manifestiert.

In den meisten Fällen kommt es zu keinen Konflikten zwischen der Identität, dem Körper und dem sozialen Geschlecht. Mädchen fühlen sich als Mädchen und übernehmen die entsprechende Geschlechtsrolle, ebenso umgekehrt Jungen. Doch in gar nicht so seltenen Ausnahmefällen entwickelt sich die Identität unabhängig von den körperlichen Gegebenheiten. Und dann ist die Frage, wie sehr sich dieses Individuum mit den primär durch seine äußere Erscheinung geprägten Geschlechtsrollenerwartungen anfreunden kann. Wenn der Widerstand groß ist, dann majorisieren Gender und Identität gemeinsam das körperliche Geschlecht. Eine transsexuelle Person sieht letztendlich keinen anderen Weg, als den „falschen" Teil ihrer Persönlichkeit, nämlich die unpassende körperliche Erscheinung so zu verändern, dass sie zum Rest der Persönlichkeit passt.
In anderen Fällen, zu denen ich mich rechnen würde, ist die Unzufriedenheit mit der körperlich vorgegebenen Geschlechtsrolle nicht ganz so groß. Den Rollenerwartungen des Geburtsgeschlechtes zu entsprechen ist zwar eher Pflicht als Neigung, aber sie wird auch nicht zutiefst gehasst. Zwar kann der Körper bleiben wie er ist, jedoch führt die abweichende Identität immer wieder zu mehr oder weniger großen Rebellionen, gegen ein den externen Rollenerwartungen konformes Leben. Die stets unter der Oberfläche lauernde weibliche Identität braucht in mehr oder weniger großem Maße ihren Raum. Da der Körper, jedenfalls nicht grundsätzlich in Frage gestellt wird, bleibt Menschen wie mir nur das Ausleben über die Geschlechtsrolle. Der temporäre Wechsel in die weibliche Rolle ist mein

Preis für den Frieden, den meine Identität mit dem Körper gemacht hat. Deshalb pendele ich in meiner Genderpräsentation zwischen zwei Zuständen. Als Mann genüge ich den Rollenerwartungen, die mein Körper impliziert. Und als Frau verwirkliche ich meine Identität, die bei diesem Konzept zu kurz kommt.

2.5 Auf der Bühne

Identität ist ohne sozialen Bezug undenkbar. Das bedeutet, dass das soziale Umfeld benötigt wird, um die Identität zu stabilisieren. In der Psychologie werden folgende Aspekte für wichtig gehalten:

- **Bestätigung der Selbstsicht**

Üblicherweise nutzen Menschen für diese Selbstverifikation zwei verschiedene Strategien: Sie schaffen sich ein Umfeld, das ihre Selbstsicht bestätigt, insbesondere durch die Wahl angemessener Interaktionspartner. Und sie interpretieren und erinnern ihre Interaktionen so, dass sie zu ihrer Selbstsicht passen.
Wir trauen unserem Wissen über uns selbst also nur bedingt. Wir brauchen die Bestätigung durch andere. das Bedürfnis nach genauem und sicherem Wissen über die eigenen Merkmale und Fähigkeiten, insbesondere zu dem Zweck, die eigene Selbsteinschätzung zu bestätigen. Eine Manifestation dieses Bedürfnisses nach Selbsterkenntnis ist, dass Leute sich Interaktionspartner suchen, die sie so sehen, wie sie sich selbst sehen.

- **Steigerung des Selbstwertgefühls**

Dieser Aspekt enthält sowohl den Impuls des Selbstschutzes bei Schrecken oder negativen Erfahrungen als auch den Wunsch, sich selbst gut zu fühlen. Wir haben das Bedürfnis nach positivem Feedback über das Selbst.

Beide Aspekte ergänzen sich im Hinblick auf ihre stützenden Wirkungen für unsere Identität. Wir haben den Wunsch uns näher an das zu bringen, was wir unserem Gefühl nach sein sollten oder Idealerweise gerne sein würden. Aber wie können wir zu dem werden, was wir uns wünschen?
Verschiedene Untersuchungen haben gezeigt, dass Verhalten in höherem Maße zur Veränderung des Selbstkonzeptes führt, wenn es öffentlich ist, als wenn es nur privat gezeigt wird. Wir werden zu dem, als was wir uns öffent-

lich darstellen! Je mehr ich mich öffentlich als Frau präsentiere, um so mehr werde ich zu einer. Wenn ich mich also selbst verändern möchte, dann sind öffentliche Auftritte das beste Mittel! Insoweit machen auch die öffentlichen Bekenntnisse bei Massenevangelisationen oder öffentliche Rituale überhaupt ihren Sinn. Eine öffentliche Hochzeit macht mich mit höherer Verbindlichkeit zum Ehepartner als ein privates Versprechen! Deshalb sind auch öffentliche Auftritte, wie Familienfeiern in der ungeliebten Rolle des Geburtsgeschlechts für uns so schlimm. Sie ziehen uns stärker als der übliche private Alltag in die falsche Richtung. Wir werden dadurch mehr zu dem, das wir ablehnen. Deshalb ist die Außendarstellung in unserem Geburtsgeschlecht für uns doppelt übel. Nicht nur, dass wir uns in einer Weise optisch präsentieren, die wir eigentlich ablehnen, nein, wir werden in dieser Rolle auch noch bestätigt!

Kommunikationspartner stellen sich auf ihr Gegenüber ein. Das zentrale Kriterium für die Einordnung im persönlichen Kontakt ist üblicherweise die äußere Erscheinung. Je nach dem, ob es ein Mann oder eine Frau ist, haben sie an dieses spezifische Erwartungen, vielleicht sogar Vorurteile. Das kann aber zum Problem werden, wenn die Erwartungen, die auf Grund des optischen Eindrucks gebildet werden, falsch sind. Weil eben sowohl männliche als auch weibliche Kommunikationspartner auf Grund meiner äußerlichen Erscheinung der Meinung sind, dass sie es mit einem Mann zu tun haben, läuft bei ihnen das gesamte Programm der Erwartungen und Vorurteile ab. Themen, die mich als Mann mutmaßlich nicht interessieren, werden ausgeblendet. Themen, die mich vermutlich interessieren, werden angesprochen. Alle meine kommunikativen Signale werden unter dem Gesichtspunkt, dass sie scheinbar von einem Mann kommen, gefiltert und interpretiert.

Von kultivierten Menschen wird als Frau behandelt und angesprochen, wer sich äußerlich als Frau präsentiert. Das ist eine prima Regel, die dazu führt, dass mein Leben als Frau in der Öffentlichkeit in aller Regel problemlos funktioniert. Ich präsentiere mich als Frau, also werde ich auch als Frau behandelt. Doch die meiste Zeit bin ich eine Mogelpackung, denn ich scheine äußerlich ein ganz normaler Mann zu sein. Ich hätte gerne, dass man in mir die Frau sieht und auch frauengemäß anspricht. Doch mein Äußeres verhindert das. Die Leute sehen meine Oberfläche. Und die zeigt einen großen, breitschultrigen Mann. Auch weitere Informationen säen in der Regel keinen Zweifel, sondern bestätigen das Bild: Vater, Ehemann, Motorradfahrer... Aus all dem lässt sich für meine Gesprächspartner nichts anderes ableiten, als die Schlussfolgerung:

Hier steht ein ganz normaler Mann, der es auch gern hat, wenn er in eben dieser sozialen Rolle bestätigt wird. Also sind sie nett zu mir und begegnen mir mit männlichen Stereotypen. Damit lägen sie in vermutlich 98% der Fälle auch goldrichtig, bei mir aber eben nicht. Denn obwohl ich aus bestimmten Gründen den allermeisten Menschen eine männliche Oberfläche präsentiere, möchte ich doch eigentlich sozial als Frau gesehen werden. Zumindest ergänzend. Aber das bleibt mir versagt.
Mein Äußeres brüllt nun mal *„Achtung! Hier kommt ein Mann.“* Und so werde ich besten Gewissens wie ein Mann angesprochen und behandelt. Woher soll mein Gegenüber wissen, dass mich die gönnerhafte Anrede *„Na, großer Meister?!“* verärgert oder mir von plumpen Männervertraulichkeiten direkt schlecht wird, besonders wenn ich dabei zusätzlich noch freundlich augenzwinkernd *„Du bist doch einer von uns!“* vereinnahmt werde. Dabei sende ich alle möglichen gegensätzlichen Signale! Doch das hilft mir nichts. Die Wirkung der Erwartungs-/Vorurteilsprägung ist so stark, dass auch gegensätzliche Signale keine Auswirkung haben. Lackierte Fußnägel, artikulierte Interessen, weibliche Unisex-Kleidungsstücke ... all das wird auch in Kombination nicht als relevantes Indiz genommen, sondern als irrelevant weggefiltert. Es mag sein, dass ich auf Grund dieser Manierismen als Mann mit einer Macke wahrgenommen werde, aber trotzdem bin ich doch noch ein Mann! Scheinbar.

Menschen leben nicht für sich alleine, sondern zusammen mit anderen. Wir sind soziale Wesen. Und die Geschlechtsrolle, die wir in der Gesellschaft ausfüllen, ist ein wichtiger Teil unseres Zusammenlebens. Letztendlich ist „Rollen spielen“ das, was wir die ganze Zeit machen, wenn wir nicht für uns alleine sind. Wie in einem Theaterstück übernehmen körperliche Männer die Männerrollen und körperliche Frauen die Frauenrollen und tun jeweils, was von ihnen erwartet wird.
Das klappt meist ganz gut. Es gibt zwar Fälle, in denen nicht alle Rollenerwartungen von den Darstellern erfüllt werden können, beispielhaft seien nur die gleichgeschlechtlich Orientierten genannt, die sich der Rollenerwartung Mann liebt Frau und umgekehrt nicht beugen können, doch im Großen und Ganzen funktioniert es. Unsere Körper machen uns für die eine oder andere Rolle besser oder schlechter geeignet. Aber das heißt doch nicht, dass wir diese immer spielen müssen.
Transidente Menschen leben in einem Konflikt. Welche Rolle sollen sie denn

nun übernehmen? Die Rolle, für die sie physisch geeignet sind, oder diejenige, die ihrer inneren Einstellung entspricht? Das eine ist nicht richtiger und nicht falscher als das andere. Bei mir ist es so, dass ich versuche, beiden Rollen gerecht zu werden. Ich sehe ein, dass mich mein Körper zu einer vernünftigen Besetzung für eine Männerrolle macht. Diese Rolle habe ich lange Zeit als die einzige mir zugängliche akzeptiert und habe sie so gut wie möglich ausgefüllt. Allerdings mit einer kleinen Einschränkung: Ich habe mir innerlich immer eine Frauenrolle - und sei es auch nur eine kleine - gewünscht. Mittlerweile gönne ich mir die Freude, ab und an eine Frauenrolle zu übernehmen. Und ich versuche darin so gut zu sein, wie mir das mein unpassender Körper nur irgend gestattet.
Wenn ich also in meiner Person beide Komponenten habe, einen männlichen Teil und einen weiblichen, wann bin ich dann ehrlich? Täusche ich, wenn ich einen Mann spiele, obwohl das gar nicht meiner Identität entspricht? Oder täusche ich, wenn ich eine Frau spiele, obwohl das nicht meinem Körper entspricht? Beide Positionen kann man vertreten, je nach dem ob man dem Körper oder dem Geist die Präferenz bei der Entscheidung der Frage gibt, wer jemand ist. Die zweite Position ist wahrscheinlich die in der Gesellschaft verbreitetere. Mir ist wichtig, dafür um Verständnis zu werben, dass die erste ihre Berechtigung hat.
Dazu möchte dich zu einem Gedankenspiel einladen. Stell dir vor, ein Gehirn wird in einen anderen Körper verpflanzt. So etwas geht bisher noch nicht, aber stellen wir uns vor es ginge. Es ist egal, ob dies durch eine medizinische Maßnahme oder durch einen magischen Tausch von Körper und Geist erfolgt. Vielfach hat diese Fantasie Autoren und Filmemacher beschäftigt. Allerdings meist mehr im Hinblick auf die alltäglichen Probleme, die ein solches Geschehen zur Folge hat und nicht im Hinblick auf die Frage, wer oder was diese Person nun genau ist. Beispielhaft sei der Roman „I Will Fear No Evil" (deutsch: Das geschenkte Leben) von Robert A. Heinlein genannt, in dem das Gehirn eines alten Mannes in den Körper einer jungen Frau verpflanzt wird. Die Person, die bei einem solchen Akt entsteht, wäre die ein Mann oder eine Frau? Der unbefangene Beobachter würde natürlich tendenziell eine Frau sehen. Aber stimmt das wirklich? Aus der Perspektive der betroffenen Figur ist es das Gehirn und der Geist, der zählt. Viele Geschichten, die sich der Körpertausch-Thematik widmen, drehen sich um die Bemühungen der Hauptfigur, einer ungläubigen Umwelt zu beweisen, wer sie „in Wirklichkeit" und in Gegensatz zum äußeren Anschein ist.

Der Grund, warum viele Transgender diese Art von Geschichten und Filmen so lieben, liegt auf der Hand: Es ist unsere Thematik! Diese Stories lieben wir noch viel mehr als Geschichten wie „Tootsie“, wo sich Männer als Frauen verkleiden, aber doch körperlich Männer bleiben. In den Körpertausch-Geschichten haben die Hauptfiguren plötzlich einen echten Frauenkörper. Wir sind wahlweise die verwunschene Frau im Männerkörper oder auch der Mann der sich plötzlich in einem Frauenkörper wiederfindet. Allerdings würden wir im wahrscheinlich alles dafür tun, dieses Geschenk des Himmels nicht zurückgeben zu müssen. Natürlich geht das nicht in echt, aber träumen wird man doch wohl dürfen!
Würde irgendein Zuschauer sagen: *„Heh, diese Hauptfigur soll endlich aufhören, sich etwas vorzumachen und sich dem stellen, was sie nach ihrem Körper ja eindeutig ist“?* Findet irgendjemand das Streben der Film- oder Romanfiguren, ihre ursprüngliche Erscheinung wiederzuerlangen, verwerflich? Meiner Meinung und der der wohl meisten, wenn nicht aller Zuschauer nach, ist das „Eigentliche“ immer die Persönlichkeit und nicht der Körper. Der verwunschene Prinz ist in Wirklichkeit ein Prinz, er sieht nur aus wie ein Frosch und muss auf Erlösung warten. Das Happy End in Märchen und in Filmen läuft immer darauf hinaus, dass die verwunschene, verzauberte, aus ungeklärten Gründen in einen anderen Körper geratene Hauptfigur erlöst wird und wieder in ihren richtigen Körper zurückkommt. Es passiert so gut wie nie, dass die Hauptfigur schließlich damit zufrieden ist, dass sie nun eine andere Person, ein Tier oder Dämon ist. Ausgenommen natürlich, sie ist der Bösewicht. Der muss dann bis zum Ende seiner Tage ein hässliches Vieh bleiben.

2.6 Auswirkungen auf mich

Während bei Menschen, deren Geschlechtsidentität mit ihrem Aussehen übereinstimmt, die Lage unkompliziert ist, weil sie innerlich den Erwartungen genügen können und wollen, die sie durch ihr Äußeres hervorrufen, ist bei mir die Situation anders. Ich bin wegen meiner Identität ständig Umwelterwartungen ausgesetzt, die ich zwar bedienen kann, deren Erfüllung jedoch nicht das ist, was ich mir wünsche.
Ich muss damit leben, dass ich eine Identität habe, die zumindest partiell in Widerspruch zu meinem Erscheinungsbild und den daraus resultierenden Erwartungen der Gesellschaft steht. Eine starke Leistung! Und dieses Konstrukt

ist so stark, dass es sich von abweichendem Fremdbild und abweichender Körperlichkeit nicht erschüttern lässt.
Schon früh hat mich meine Identität in Widerspruch zu den geschlechtsspezifischen Rollenerwartungen gebracht. Das bedeutet auch heute noch für mich dauerhaften Stress. Denn ich habe nur die Wahl zwischen zwei unangenehmen Alternativen.
Entweder ich folge meinem Inneren und äußere meine Interessen so wie ich sie fühle. Dann bin ich häufig auf Kollisionskurs mit den Erwartungen, die an mich gerichtet werden. Zumindest aber enttäusche ich die Erwartungen! Für einen Erwachsenen ist das nicht mehr so gravierend, aber als Kind habe ich das System der Verhaltenserwartungen als sehr rigide empfunden. Seltsames, also den Erwartungen zuwiderlaufendes Verhalten wird von Kindern und Erwachsenen nicht unbegrenzt toleriert. Als Kind wird man schnell ausgeschlossen oder sogar Opfer von Gewalt durch andere Kinder. Als Erwachsener wird man zumindest auffällig, vielleicht sogar verdächtig. Oder anders herum: Wir müssen ständig damit leben, dass Erwartungen an uns gerichtet werden, die unseren inneren Vorstellungen nicht entsprechen. Oder wir verleugnen uns und erfüllen die Erwartungen.
Wie viele Männer mit einer zumindest partiell weiblichen Identität, präsentiere ich diese Tatsache nicht ständig offen, sondern täusche über sie hinweg. Ich habe schon früh gelernt, meine Interessen zu verleugnen und die Erwartungen der anderen ungeachtet meiner Wünsche zu bedienen. Ich war früher so jungenhaft, wie das notwendig war, um nicht von anderen verprügelt zu werden und bin heute so männlich, wie es sinnvoll ist, um nicht als komischer Kauz auffällig zu sein. Allerdings ist das eine Selbstverleugnung, die anstrengend ist, denn ich mache ständig Dinge nicht weil ich sie wirklich will, sondern weil ich denke, dass sie von mir erwartet werden. Als Vorschulkind habe ich gelernt, dass es besser für mich ist, wenn ich Desinteresse heuchele, wenn gefragt wird, wer gerne die Mutter spielen würde und als Erwachsener tue ich so, als hätte ich weder eine Ahnung noch eine Meinung, wenn Dinge Gesprächsthema werden, die typischerweise nur in der Erfahrungswelt von Frauen vorkommen.
Hinzu kommt, dass ich im Alltag mein Aussehen und meinen Bekleidungsstil nicht so gestalte, wie ich mir am besten gefallen würde, sondern ich versuche einen funktionierenden Kompromiss zwischen dokumentierter Weiblichkeit und rollenkonformer Männlichkeit zu finden. Einen Teil meines Lebens habe ich sehr bewusst damit zugebracht, meine weibliche Seite allen Menschen ge-

genüber zu verschleiern und überwiegend in beruflichem Kontext tue ich das noch immer.
Das bedeutet Aufwand und bindet außerdem unglaublich viel Kraft, die mir für andere Dinge fehlt. Zum Beispiel im Beruf, aber auch in meinen privaten Kontakten macht sich das bemerkbar. Ich vernachlässige Menschen, die mir einmal sehr wichtig waren, weil sie nichts von Jula wissen. Ich mag nicht mit ihnen reden, weil ich dauernd das Gefühl habe, dass sie mich falsch sehen und ich sie zumindest durch mein Schweigen belüge. Außerdem denke ich dann dauernd daran, wie ich die Zeit lieber als Jula verbringen würde, anstatt sie damit zu verschwenden, unzutreffende Erwartungshaltungen zu bedienen.
Wir haben also in uns die vollkommen irrationale, weder durch den Körper noch durch die Sozialisation gedeckte Überzeugung, im Grunde eine Frau zu sein. Zumindest aber besitzen wir neben der in vielerlei Hinsicht unbestreitbaren Männlichkeit noch einen weiteren, von keinen offensichtlichen Fakten gedeckten weiblichen Anteil.
Sagte ich „keine offensichtlichen Fakten“? So ganz stimmt das nicht, denn einen Beleg gibt es für die Existenz dieser Frau da in mir drin doch! Es ist die spürbare, nicht zu verleugnende Existenz des Zweifels an meiner Männlichkeit und das irrationale Wissen selbst, dass da auch etwas Weibliches ist. Und nach außen wird es deutlich in der Ernsthaftigkeit und der Risikobereitschaft, mit der ich diesem inneren Zustand Ausdruck verleihe. Wenn da nichts wäre, wieso sollte ich den ganzen Mist auf mich nehmen? Wieso sollte ich nach draußen gehen, wenn es nur um einen Kleidungsfetisch geht? Und wenn die Öffentlichkeit Teil meines Fetischs wäre: Warum sollte ich in Formen den Kontakt zu anderen Menschen suchen, die sexuelle Erregungszustände unmöglich machen?
Tatsache ist, dass viele für unser Leben stark prägende Eigenschaften bisher weder genetisch noch sonst körperlich nachweisbar sind. Gut, ob jemand ein guter Radrennfahrer sein könnte, kann man eventuell anhand der Muskelfaserstruktur und sonstiger physiologischer Werte feststellen. Aber wie identifiziert man Superfußballer, Weltklassetennisspieler, Bildhauer, Komponisten, Geiger, Schriftsteller, Mathematiker, Poeten, Philosophen? Vieles von dem, was in einem Menschen an Potential steckt, kann man aufgrund seiner körperlichen Gegebenheiten vermuten, aber längst nicht alles. Was er wirklich zu bieten hat, weiß man definitiv erst, wenn man die Ergebnisse seines Denkens uns Handelns vor sich hat.

So gesehen ist es mit transident sein so ähnlich wie mit Künstler sein. Man kann die Besonderheit eines Künstlers, die ihn von anderen Menschen unterscheidet, weder an seinem Körper, noch an seinen Genen noch an irgendeinem anderen Merkmal wie Intelligenz, Hormonstatus, Körpergröße, Geschlecht usw. festmachen. Trotzdem hat er diese besondere Art von Kreativität, die ihn befähigt mit welchem Medium im konkreten Fall auch immer, in anderen Menschen besondere Reaktionen hervorzurufen. „Künstler sein“ ist bloß anhand der Auswirkungen, die es auf das Leben des Betreffenden hat, zu diagnostizieren. Auch Künstler/innen selbst können nicht erklären, wieso sie diese besondere Gabe haben. Sie können nur sagen, dass sie da ist und dass sie ihr Ausdruck verleihen müssen.

Mit uns Transgendern ist es ebenso. Bloß dass wir uns anders als Künstler schon wünschen würden, dass wir etwas vorzeigen könnten, das den anderen Menschen, insbesondere denen, die wir lieben und die von unserer Besonderheit irritiert und betroffen sind, zeigt, dass wir nur das leben, was nun mal unveränderbar in uns drin steckt. Deshalb sind viele von uns interessiert an neuen Erkenntnissen zu geschlechtsspezifischen Besonderheiten beispielsweise der Hirnstruktur oder wünschen sich, dass ebenso wie nach dem „Schwulen-Gen“ auch nach dem „Transen-Gen“ gesucht wird. Doch bisher gibt es keine physiologischen Besonderheiten, auf die wir verweisen könnten. Dass wir so sind, wie wir sind, zeigt sich nur daran, dass wir die Dinge tun, die wir tun.

Ich sehe es so: Eine abweichende Geschlechtsidentität äußert sich durch Tragen der Kleidung des anderen Geschlechts, teilweise auch nur den Wunsch dazu und eventuell durch Übernahme der anderen Geschlechtsrolle und Anpassung des Körpers. Durch die Übernahme einer weiblichen Rolle und weiblichen Aussehens verschaffen wir uns eine Ahnung von dem Leben, dass wir hätten, wenn wir mit dem richtigen Körper geboren wären. Die Ausprägung lässt sich nach Intensität (wie viel) und Zeit (dauernd, manchmal, nie) charakterisieren. Wir sehen die Auswirkungen, doch wir kennen nicht die Ursachen.

3. Kapitel: Bin ich krank?

Der erste Gedanke, den andere eventuell haben, wenn sie auf jemanden wie uns treffen, auf körperlich eindeutige Männer , die sich einbilden, eine Frau zu sein, ist „Verrückt!“ Die Vermutung, dass da im Kopf etwas nicht ganz stimmen kann, ist recht naheliegend. Der Wunsch, Kleidung des anderen Geschlechtes zu tragen oder ihm ganz anzugehören, wird von den Medizinern als Krankheit kategorisiert, als psychische Krankheit. Nach der Klassifikation des *„International Classification of Diseases and Related Health Problems“* der Weltgesundheitsorganisation, kurz ICD-10, bin ich krank oder habe zumindest ein wenig freundlicher formuliert, ein „psychisches Leiden mit Krankheitswert“. Wahrscheinlich ein „F 64.1“ vielleicht aber auch „F 65.1“ oder „F 64.0“. In trauter Nähe, innerhalb dieser Gruppe mit dem Namen „Persönlichkeits- und Verhaltensstörungen“, finden sich die Pyromanen, Kleptomanen, Pädophilen, die paranoiden und schizoiden Persönlichkeitsstörungen, aber auch Persönlichkeitsstörungen bei Folteropfern und ehemaligen Geiseln.

Die Einstufung als Krankheit hat ihre guten Seiten. Denn das ermöglicht mir, bei Bedarf auf Kosten meiner Krankenversicherung professionelle, ärztliche Hilfe in Anspruch zu nehmen. Ich habe Zugang zu Psychotherapie und Hormonpräparaten, wenn es sein muss. Andererseits finde ich die Einstufung meiner Besonderheit als psychische Krankheit als ... ja: kränkend. Denn als psychisch krank eingeschätzt zu werden, beinhaltet zugleich die Behauptung, dass mit mir irgendetwas falsch sei. Und eben das bestreite ich für mich. Dieser genetische Mann, der es für sein seelisches Gleichgewicht braucht, in gewissem Umfang Jula zu sein, ist nicht falsch, sondern gar nicht anders möglich.

Wie vielen Transgendern fällt es auch mir sehr schwer, mich selbstbewusst dazu zu bekennen, „dieses Bedürfnis“ zu haben. Es ist nicht leicht, sich selbst einzugestehen, dass man etwas ausgeliefert ist, von dem man nicht mal weiß, warum es so ist, während doch so viele Menschen an dieser Stelle offensichtlich keinerlei Probleme mit sich selbst haben. Wir Crossdresser, Transsexuellen, Transidenten oder wie immer wir uns nennen, haben uns nicht ausgesucht, dieses Bedürfnis zu haben. Es ist da und es prägt unser Leben.

3.1 Crossdressing ist kein Hobby

Ab und an lese ich den Vergleich mit einem Hobby. Die Schreibenden wollen damit die Harmlosigkeit und Üblichkeit des Crossdressing betonen und es aus der sexuellen Schmuddel- und Skandalecke herausholen. Die Formulierungen lauten etwa: *„Es gibt Leute, die haben ein Westernhobby und verkleiden sich in ihrer Freizeit als Indianer oder Cowboys. Und ich verkleide mich halt als Frau!"*
Die Absicht zu vermitteln, dass „es" doch nicht so schlimm sei, ist lobenswert. Die Aussage *„es ist doch bloß wie ein Hobby"* klingt bemerkenswert logisch und beruhigend, aber leider hinkt der Vergleich massiv. Zwar würden auch leidenschaftliche Cowboys, Volleyballerinnen oder Modelleisenbahner jederzeit behaupten, dass ihr Leben seinen Sinn verlieren würde, wenn sie ihrer Leidenschaft nicht mehr nachgehen könnten. Doch das stimmt nicht. Hobbies, so intensiv sie auch sein mögen und so wenig die von ihnen getriebenen das für sich selbst realisieren, sind austauschbar. Wenn es hart auf hart kommt, dann orientiert man sich neu und kann auch mit einem neuen Hobby wieder glücklich werden.
Das ist bei transidenten Menschen anders. Das Verlangen ist nicht substituierbar. Ich kann es nicht durch eine andere, ebenso ausfüllende Leidenschaft ersetzen. Auch wenn das Schicksal mir in Zukunft ein narbenüberzogenes Gesicht, ein amputiertes Bein oder eine Querschnittslähmung beschert, die Sehnsucht wird mir bleiben und ich werde mir Wege überlegen müssen, wie ich sie stillen kann, auch wenn ich vielleicht nicht mehr als Frau in die Öffentlichkeit kann.
Eine liebe Freundin, deren Aktionsradius auf Grund ihres hohen Alters und damit verbundener körperlicher Einschränkungen im Wesentlichen auf das eigene Haus begrenzt war, entschloss sich nicht mehr äußerlich als Frau zu erscheinen und fand für sich andere Wege, ihre Weiblichkeit zu leben. Viele solcher Menschen begegnen uns im Netz oder sie schreiben Geschichten, in denen sie die Frau sein können, die ihnen die Realität vorenthält. Was auch immer sie tun, immer bleibt das Denken auf diesen einen Punkt fixiert: Wie kann ich meine weibliche Seite leben?
Nein, Crossdressing ist nicht bloß ein beliebiges Hobby.

3.2 Crossdressing ist keine Sucht

Was ich eben beschrieben habe, klingt viel mehr nach etwas ganz anderem. Es klingt nach einer Sucht (ICD-10 Gruppe F10 - F 19). Die Ausrichtung auf eine

Thematik, die Abhängigkeit von einer Sache, die rauschhaften Glückszustände, die Depressionen, wenn keine Erfüllung der Bedürfnisse möglich ist. Das alles deutet in diese Richtung.
Vielleicht würden sogar viele Ehefrauen von Crossdressern spontan nicken und sagen *„Ja, das beschreibt das Verhalten meines Mannes recht gut“*. Doch schauen wir genauer hin, ob die Brücke wirklich trägt und der Vergleich stimmig ist.
Als Ausgangspunkt einer genaueren Betrachtung nehme ich die üblichen Kriterien einer Sucht.

- **Dosis- oder Toleranzsteigerung**

Es wird immer mehr! Tatsächlich sieht das so aus. Vieles, was ich heute tue, war für mich noch vor einigen Jahren so weit jenseits meiner Realität, dass ich es mir gar nicht wünschen konnte. Hätte ich gewusst, dass es mir überhaupt möglich ist, ich hätte es mir schon damals gewünscht.
Insofern vermute ich, dass das, was wie eine Dosis- oder Toleranzsteigerung aussieht, in Wirklichkeit nur ein persönliches Entdecken von Wünschen ist, die schon immer da waren, die man aber nicht zu denken wagte.

- **Verbesserung des Erlebniszustandes**

Das ist der Punkt, den zu bejahen mir am leichtesten fällt, weil es für mich so selbstverständlich ist. Ich kann nun mal nicht anders. Wenn ich mir nicht wünschen würde, in bestimmtem Maße weiblich zu sein oder so zu erscheinen, dann wäre ich nicht ich, sondern eine andere Person. Ohne Crossdressing, ohne weibliche Kleidung geht es mir schlecht. Zeiten, die ich als Frau verbringen kann, machen mich glücklich.

- **Beibehalten trotz sozialer Nebenfolgen**

Ich habe Glück. In Deutschland ist nicht verboten, was ich tue und ich kann nicht mal von sozialen Restriktionen berichten. Der kurz dargestellte Report der Europäischen Agentur für Grundrechte hat jedoch gezeigt, dass das durchaus auch anders sein kann. Es gibt soziale Restriktionen in Europa. Doch die soziale oder rechtliche Lage definiert lediglich die Rahmenbedingungen, mit denen ich mich arrangieren muss. Selbst wenn strafbar wäre, was ich tue, meine Bedürfnisse wären nicht anders. Vielleicht würde ich versuchen, sie so gut es geht zu unterdrücken, oder ich würde in ein Land auswandern, wo ich unbeschwerter leben könnte. Doch falls das nicht möglich wäre oder ich den psychischen Druck nicht mehr aushielte, dann würde ich die Konsequenzen riskieren und ertragen müssen.

Soweit zu den Suchtmerkmalen, bei denen ich für mich, wenn auch mit Einschränkungen, Ähnlichkeiten zugeben würde. Andere Merkmale zeigen jedoch deutlich, dass die Parallele zur Sucht nur bedingt tragfähig ist.

- **Entzugserscheinungen**

Ich habe keinen Kater nachdem ich Zeit in weiblicher Version verbringen konnte, sondern eine tiefe Ausgeglichenheit. Dieses Gefühl lässt nach, je weiter meine letzte feminine Dosis her ist und umso schneller, je größer der Stress ist, in dem ich stehe. Doch ich würde es eher Unwohlsein bei Verzicht nennen. Es ist eine tiefgreifende Unzufriedenheit, die sich wie ein Schleier über mein Leben legt. Ich kann keine echte Freude mehr empfinden, werde gereizt und zynisch. Ich durchleide keinen Entzug, sondern erlebe ein Nachlassen des Wohlbefindens und eine sich steigernde Unzufriedenheit mit meiner Lebenssituation als Mann.

- **Aufgabe der persönlichen Entwicklung**

Ganz im Gegenteil! Wohl nichts hat mich so geprägt und mich so gezwungen, meine Persönlichkeit für anderes zu öffnen, als meine Besonderheit. Sie hat mir zu Erfahrungen verholfen, auf die ich stolz bin. Ich war gezwungen, mein Leben zu hinterfragen, Neues zu lernen und mich zu entwickeln.

- **Kontrollverlust**

Auch wenn vielleicht manche den Eindruck erwecken, sie lebten nur für ihr Crossdressing, so wissen wir doch immer, was wir tun. Wir agieren, weil wir unser Glück suchen, nicht weil wir nicht anders können. Wir könnten es lassen. Bloß wäre zumindest ich dann nicht mehr glücklich.

- **Entzug**

Aber es gibt einen gravierenden Unterschied: Süchte sind erworben und man kann sie wieder ablegen! Es mag zwar hart und im individuellen Fall sogar unmöglich sein, die Strapazen eines Entzuges durchzustehen, doch es geht. Es gibt trockene Alkoholiker und Junkies die den Rest ihres Lebens clean bleiben. Solange sie „ihrer" Droge fernbleiben, sind sie in Sicherheit.

Für uns Transgender gilt das nicht. Schon vom Anfang her nicht. Wir haben unser Bedürfnis nach Weiblichkeit nicht irgendwann bekommen. Es war schon immer in uns drin. Vielleicht haben wir es lange nicht bemerkt. Und noch länger haben wir es niemanden merken lassen. Aber da war es schon immer. Transident wird man nicht, man ist es! Und man bleibt es sein Leben lang. Ein Entzug oder gar eine Heilung ist nicht möglich. In der Geschichte der Behandlung von Crossdressern ist schon so ziemlich alles ausprobiert worden, was die Medizin zwischen Therapiegesprächen, Medikamenten und Elektroschocks anzubieten hat. Das Ergebnis ist ernüchternd. Eine „gestörte Geschlechtsidentität" ist nicht heilbar. Man kann bei besonders Betroffenen, durch geschlechtsangleichende Maßnahmen, das Leid beseitigen, doch das kann man nicht als Entzug bezeichnen. Es gibt keinen Entzug. Spätestens an dieser Stelle kommt der Vergleich zu Fall. Crossdressing ist keine Sucht.

3.3 Und schon gar nicht sind wir geisteskrank!

Dazu muss ich etwas sagen, weil Transidentität im Bereich der Persönlichkeitsstörungen in den Krankheitsklassifikationen auftaucht. Doch wenn ich mich schon dazu äußere, dann will ich mich kurz halten und mich nicht lange mit dieser Zumutung befassen.
Sozialversicherungsrechtlich ist unter Krankheit ein *„regelwidriger, vom Leitbild des gesunden Menschen abweichender Körper- oder Geisteszustand zu verstehen, der ärztlicher Behandlung bedarf."*
Transgender verkennen nicht die Realität. Wir sind uns unseres Körpers, so wie er ist, geradezu schmerzlich bewusst. Ebenso wie wir uns unserer Geschlechtsidentität bewusst sind. Das Problem besteht nicht in irgendeinem Irrtum oder einer geistigen Unfähigkeit, sondern in der Tatsache, dass zwei Aspekte einfach nicht zusammenpassen. Die Unmöglichkeit sich diese Differenz zu erklären, macht es erst richtig schlimm. Aus der Wahrnehmung der eigenen Ohnmacht gegenüber dieser Situation entstehen Scham- und Schuldgefühle gepaart mit Angst und Aggression.

In der Einleitung zur ICD Gruppe F60-F99 steht über die Störungen, denen die Transidentität zugeordnet ist: *„Sie verkörpern gegenüber der Mehrheit der betreffenden Bevölkerung deutliche Abweichungen im Wahrnehmen, Denken, Fühlen und in den Beziehungen zu anderen."*

Zunächst stellt sich mir die Frage: Auf welche Bevölkerung kommt es an? Wenn ich die Gesamtbevölkerung nehme, dann teile ich meine Wünsche zur Selbstrepräsentation mit ca. 50%, nämlich den Frauen. Oder kommt es nur auf die Männer an? Dann bedeutet das, es ist für Männer etwas krankes, die gleichen Wünsche wie Frauen zu haben, es sei denn die Mehrheit der Männer hätte diesen Wunsch. Sind dann Männer, die statt eines Steaks lieber einen Salat mögen oder lieber einen Fernsehfilm als Fußball gucken, gestörte Persönlichkeiten? Welche Funktionen wären es denn, die bei mir gestört sind? Die Funktion, mit dem an Kleidung und Verhaltensmustern zufrieden zu sein, was die Gesellschaft Männern im Allgemeinen zugesteht? Und wieso überhaupt wird am Körper festgemacht, was der ungestörte Normalfall ist? Wieso ist der Geist nicht okay und der Körper gestört?
Ich habe keinen negativ vom Standard abweichenden Körper- oder Geisteszustand. Keinesfalls! Ganz im Gegenteil: Ich mag Dinge, die zu mögen für die Hälfte der Menschheit normal und problemlos akzeptiert ist. Und wenn ich wegen meiner Besonderheit ärztliche Hilfe benötige, dann nicht, weil ich sie habe, sondern lediglich, weil es mir eventuell nicht möglich ist, ihr gemäß zu leben.

3.4 Crossdressing als Therapie

Meiner Einschätzung nach ist es genau anders herum. Mein Crossdressing ist nicht die Krankheit, sondern die Therapie, die ich benötige, um „normal" leben zu können.
Anders als anderen Menschen fehlt mir die Fähigkeit, als Mensch zufrieden zu sein, wenn ich ausschließlich Mann bin. Ins Gleichgewicht komme ich nur, wenn ich mir in bestimmten Dosen „Weiblichkeit" zuführe, weil sie mir fehlt. Ich nehme an meiner Psyche Schaden, wenn ich nicht diesen Bedarf decke. Meine Seele vergiftet sich langsam selbst und ich werde nervös und unleidlich, bis ich endlich meinen Bedarf nach Weiblichkeit in mir stillen kann und mich wieder gut fühle. Ich bin nicht akut selbstmordgefährdet, aber wenn ich nicht genug Frau sein kann, dann geht es mir wirklich schlecht.
Tückisch ist, dass man mir meinen schlechten Zustand zwar eventuell anmerkt *(„Du brüllst immer gleich rum!")*, jedoch der Zusammenhang zu meinen unerfüllten Bedürfnissen nicht klar ist oder das alles als nicht so schlimm eingestuft

wird *(„Du kannst dich ruhig etwas zusammenreißen! Ich würde auch gerne mal mit meinen Freundinnen weggehen und flippe nicht aus, wenn ich es mal nicht schaffe!“).* Was für mich eine Aktivität ist, die mein Leben erst lebenswert macht, ist für Außenstehende ein Luxus, den ich mir gönne. Mein innerer Juckreiz, diese Unzufriedenheit, die mir mein Leben vergällt, kann kaum jemand bemerken, und mit welchem Defizit sie in Verbindung stehen, ist fast unmöglich zu ahnen.

In welchem Umfang und in welchen Formen die weiblichen Aspekte gelebt werden wollen, ist individuell sehr unterschiedlich. Was für den einen toll ist, findet die andere uninteressant und was die eine vollkommen glücklich macht, würde anderen niemals ausreichen. Gerade die Versuche von Partnerinnen, durch Absprachen mit ihrem Mann, einen „vernünftigen“ Rahmen festzulegen, bei dem sie gerne von dem ausgehen, was für sie als erträglich erscheint, führen oft dazu, dass diese Lösung für ihn dauerhaft eben nicht erträglich ist. Häufig bekommt die Partnerin dieses Faktum nicht mal mit, weil der Crossdresser von schlechtem Gewissen geplagt und mit scheinbar legitimen Erwartungshaltungen konfrontiert wird und sich ihr nicht offenbart. Sicher stellt sie fest, dass ihr Mann gereizt und aggressiv ist, aus nichtigem Anlass losschreit oder einfach zu viel trinkt, aber Frauen sind gewohnt, dass Männer nun mal so sind, und sie wird nicht darauf kommen, dass es die von ihnen auferlegten Restriktionen sind, die aus ihrem einst liebevoll fröhlichen Mann diesen aufbrausenden und pessimistischen Grantler gemacht haben.

Es ist meiner Einschätzung nach absurd, von einem Crossdresser zu erwarten, er könne „aus Liebe zu seiner Frau“ mit bestimmten zugestandenen Aktivitäten glücklich leben, wenn er doch tatsächlich mehr oder anderes benötigt.

Was ich in welcher Menge an Weiblichkeit brauche, ist nicht immer gleich. Es gibt Phasen, da halte ich es relativ lange aus. Dann genügt es mir vielleicht schon, meine rasierten Beine oder die lackierten Fußnägel zu betrachten und ich fühle mich hinreichend weiblich. Zu anderen Zeiten aber leide ich fast jede wache Minute darunter, als Mann verkleidet rumlaufen zu müssen und ich könnte schier aus der Haut fahren, wenn ich mit irgendwelchen männlichen Stereotypen identifiziert werde. Dann ist eine mehrstündige Flucht in die Frauenrolle eine Linderung, an deren Ende eine schmerzhafte Rückkehr in ein männliches Elend folgt.

„Die Tatsache einer Transsexualität führt nicht zwangsläufig zu einer psychischen Störung, wie häufig angenommen wird. Es ist eher zu fragen, wie gesund ein Mensch sein muss, einen solch radikalen Bruch in der Identität wie bei der Entwicklung einer Transsexualität überhaupt verarbeiten zu können."
Wolfgang Senf, Bernhard Strauß, Geschlechtsidentität (in Psychotherapie im Dialog 1/2009)

Abgesehen von dem kleinen Schönheitsfehler, dass die Autoren den Begriff Transsexualität verwenden, wo sie in meinem Verständnis eher von Transidentität reden sollten, bringt dieses Zitat meine Sichtweise auf den Punkt.

4. Kapitel: Grenzziehungen innerhalb der Transidentität

Wenn ich gefragt werde, wie ich mich selber bezeichne, dann nenne ich mich „Transgender“, eventuell „transidente Person“, manchmal auch „Crossdresser“. Was ich vermeide, ist die Übernahme der üblichen Zweiteilung in Transsexuelle einerseits und Transvestiten andererseits. Nach meinem Verständnis umfasst der Begriff der Transidentität neben der Transsexualität auch andere Ausprägungen, wie Transvestitismus. Diese Sicht der Dinge steht in einem Spannungsverhältnis zu der Tatsache, dass ansonsten die Grenzziehung innerhalb des Bereichs der Transidentität sehr wichtig ist. Die Unterscheidung zwischen Transvestitismus, also dem gelegentlichen Tragen von Frauenkleidung durch einen Mann, auf der einen Seite und Transsexualität, also der häufig mit dem Wunsch nach körperlicher Anpassung verbundenen Überzeugung, eigentlich eine Frau zu sein, auf der anderen, ist so wichtig, wie kaum etwas anderes. Schon die Artikel machen deutlich, um was es dabei geht: Bin ich „die Transsexuelle“ oder „der Transvestit“? Hier wird in das Phänomen der Transidentität einer Schneise von kategorieller Wichtigkeit geschlagen. Die Frage aller Fragen für Transgender ist immer noch: Bin ich transsexuell? Die einen stellen die Frage voller Angst und andere voller Hoffnung. Manchmal ändern sich im Laufe eines Lebens sogar die Antwort oder die Emotionen, die mit ihr verbunden sind.

Nach meiner Einschätzung, und damit bin ich wohl nicht weit von den aktuellen Entwicklungen in Psychologie und Psychotherapie entfernt, ist die Frage tendenziell falsch gestellt. Es geht im Kern nicht um eine Selbst- oder Fremdzuordnung zu medizinischen Fachbegriffen, sondern einfach um das persönliche Lebensglück. *„Was brauche ich, um glücklich leben zu können?“* ist die aus meiner Sicht korrekte Frage. Und die Antwort darauf kann sehr verschieden ausfallen. Sie kann lauten „ab und zu mal weibliche Wäsche tragen“, „in gewissem Umfang als Frau leben“ oder auch „körperlich Frau sein“. Jedoch stellen wir nicht die einfache und doch so wichtige Frage, was genau wir denn brauchen, um glücklich leben zu können, sondern wir lassen uns von Fachleuten entwickelte Kategorien aufzwingen.

4.1 Alles nur Sexualität?

Seit Sigmund Freud wird in der Psychoanalyse überwiegend anerkannt, dass die große Kraft hinter unserem Sein und Tun der Geschlechtstrieb ist. Unsere Libido prägt unsere Wünsche und unser Verhalten. Vieles lässt sich damit tatsächlich erklären. Jedoch möchte ich im Folgenden daran zweifeln, dass sich wirklich alles damit erklären lässt. Manchmal, das hat Freud selbst erkannt, ist eine Zigarre nichts anderes als eine Zigarre.
Da es beim Geschlecht unbestreitbar auch um etwas Sexuelles geht, haben hier die psychoanalytischen Ansätze, die wiederum stark auf dem Sexualtrieb als fast alles erklärender Macht beruhen, sehr viel Einfluss. In Kenntnis dieser Grundannahme finde ich es zwar nach wie vor ärgerlich, jedoch nicht verwunderlich, dass Transidentität und ihre verschiedenen Erscheinungsformen von Medizinern und Therapeuten als sexuelle Probleme gesehen werden und eben nicht als solche der Identität. Wahlweise ist es eine deformierte Form der Homosexualität oder eine Form des Narzissmus.

Magnus Hirschfeld (1868 - 1938) war der Pionier der modernen Forschung über transidente Menschen. Er prägte den Begriff des Transvestiten. Harry Benjamin (1885 - 1986) verdanken wir die begriffliche Unterscheidung in Transvestiten einerseits und Transsexuelle andererseits. Innerhalb dieser Gruppen wurde dann noch ein wenig weiter differenziert, doch im Wesentlichen blieb es dabei.
Vereinfachend dargestellt, gibt es für die Kategorisierung und dementsprechend die Frage, unter welchem Begriff ich mich wiederfinde ein omnipräsentes Kriterium: die sexuelle Erregung. Bei Benjamin war es ganz einfach: mit sexueller Erregung Transvestit, ohne Transsexuelle. Und mit kleinen Modifikationen ist es bis heute bei diesem Zugang geblieben. Die genannten Unterscheidungen werden von den Taxonomien der WHO (ICD10) und der American Psychiatric Association (DSM-IV) nachvollzogen.
Die Frage der auto/-erotischen Aspekte ist also kategoriell wichtig. Das führt dazu, dass Transgender, die eine geschlechtsangleichende Operation anstreben, ihren Gutachter/innen vermitteln müssen, dass sie keinesfalls durch das Tragen weiblicher Kleidung erregt sind, sonst hätten sie nämlich ihre Einordnung als Transsexuelle und in der Folge ihren angestrebten dauerhaften Wechsel der Geschlechtsrolle in Frage gestellt. Denn die sexuelle Erregung macht eine tran-

sidente Person nach derzeitiger Sicht der uns beurteilenden Fachleute kategoriell zum Transvestiten.

Sowohl aus meiner eigenen Biografie als auch der vieler anderer Transgender weiß ich, dass das Bedürfnis sich weiblich zu fühlen schon zu einer Zeit in meinem Leben existierte, als ich noch nicht einmal wusste, dass es so etwas wie sexuelle Erregung überhaupt gibt. Das ist zwar kein zwingendes Argument, weil vorpubertäre Sexualität auch dann existieren kann, wenn sie dem Kind nicht bewusst ist, aber es ist für mich zumindest ein Indiz, dass kein zwingender Zusammenhang besteht.
Könnte es nicht sein, dass die ganze Erregungsthematik nur zufällig mit bestimmten Typen transidenter Menschen korreliert? Wenn ich die theoretische Debatte richtig verstanden habe, dann wird gefolgert, dass bei fetischistischen Transvestiten - und letztendlich werden praktisch alle nicht transsexuellen Transgender in diese Kategorie gesteckt - die weibliche Kleidung und Rolle angestrebt wird, weil es erregend ist. Und wenn es genau andersherum wäre? Wenn die Erregung deshalb da ist, weil weibliche Kleidung und Rolle ein anderweitig motiviertes, umfassendes Wohlgefühl verschafft, das sich unter anderem in Erregung äußern kann?
Nochmals in aller Deutlichkeit: Ich bestreite nicht, dass Crossdressing mit Erregung einhergehen kann. Ich bestreite nur, dass die Erregung die Ursache des Ganzen ist. Ich behaupte stattdessen, sie ist lediglich eine Begleiterscheinung, so etwas wie ein Symptom. Ein Vergleich: Es gibt viele verschiedenartige Krankheiten, die alle als Symptom Schmerzen haben (Knochenbruch, Blinddarmentzündung, Krebs, Verbrennung). Doch zumindest in der Schulmedizin wird niemand auf den Gedanken kommen, dass man die Vielfalt der Krankheiten sinnvollerweise nach „Schmerzenden“ und „Nicht-Schmerzenden“ kategorisiert. Wieso ist also die bei einigen vorhandene und bei anderen eben nicht vorhandene Erregung im Zusammenhang mit Crossdressing so zwangsläufig ein kategorisierendes Merkmal? Der präzise Ursache-Wirkungs-Zusammenhang ist, so weit ich weiß, nicht nachgewiesen. Sicher ist nur, das eine tritt bei manchen Menschen zusammen mit dem anderen auf. Doch es ist weder klar, ob Erregung tatsächlich die Ursache ist, noch wie die beiden Dinge überhaupt zusammenhängen.
Die Erregung ist nach meiner Einschätzung nicht der Kern des Ganzen, sondern ein nicht zwangsläufig auftretender Nebeneffekt. Deshalb ist es aus meiner

Sicht demütigend und schlicht falsch, dass dieses Thema so ins Zentrum der Vorstellungen über Transgender insgesamt gerückt wird. Aus diesem Grund vermeide ich tendenziell für mich den Begriff Transvestit und bevorzuge den weniger belasteten, weil in der medizinischen Kategorisierung nicht verwendeten Begriff Crossdresser. Er bezeichnet das, was ich tue, und hat keine direkten Nebenbezüge zu der Frage, ob mich das, was ich aus einem inneren Zwang heraus tue, eventuell auch auf einer erotischen Ebene berührt.

Würde auch einer genetischen Frau, die sich dazu bekennt, gerne Männerkleidung zu tragen, weil sie sich gerne männlich fühlen möchte, eine primär sexuelle Motivation unterstellt werden? Es ist nicht spiegelbildlich das Gleiche, ob eine Frau Männerkleidung oder ein Mann Frauenkleidung trägt. Dementsprechend gibt es in der Psychologie und Psychoanalyse zwar ein fetischistisch begründetes Tragen von Frauenkleidung durch Männer, aber kein entsprechendes Phänomen bei Frauen. Sexuelle Erregung beim Tragen der gegengeschlechtlichen Kleidung ist bei der Diagnose von Mann zu Frau Transsexuellen ein wichtiges Thema, taucht jedoch umgekehrt bei der Diagnose von Frau-zu-Mann-Transsexualität gar nicht auf. Offensichtlich gibt es in dieser Frage keine spiegelbildliche Gleichheit der Geschlechter. Welche Unterschiede führen dazu, dass sich in unserer Gesellschaft trotz rechtlicher Gleichstellung ein Mann schämen muss, wenn er Frauenkleidung trägt, aber umgekehrt eine Frau diese Scham bei Männerkleidung nicht haben muss?
Feministinnen weisen darauf hin, dass aller rechtlichen Gleichstellung zum Trotz das gesellschaftliche Bild von Frauen von einer männlich-patriarchalen Sichtweise geprägt ist. Eine Frau wird zur Frau primär über ihre Fähigkeit Kinder zu gebären. Praktisch alles an Frauen wird im Hinblick auf ihre Sexualität gesehen: Frauen machen sich attraktiv für Männer. Während der Mann gemeinhin nicht hinterfragt wird und Mannsein ein nicht weiter begründeter Selbstzweck ist, bedeutet Frausein immer auch Objekt des Interesses für Männer zu sein.
Frauenkleidung hat, wie jede andere Kleidung neben der praktischen Funktion auch eine Symbol- und Kommunikationsfunktion. Während Männerkleidung Status, Macht, Seriosität, Kompetenz und ähnliches ausstrahlt, hat Frauenkleidung häufig eine sehr sexuell geprägte Ausstrahlung. Sie lenkt (Männer-)Blicke auf den Frauenkörper und betont die sexuelle Attraktivität der Frau für den Mann. Wenn Frauen Haut oder auch nur Kurven zeigen, wird dies immer als Signal an die Männer verstanden *„Achtung! Hier ist ein paarungs-*

fähiges Weibchen!" Die Frage, ob Frauen das wirklich immer bezwecken, oder ob sie kurze Röcke und schulterfreie Tops im Sommer nicht eher deshalb tragen, weil es sich dabei um angemessene Kleidung für große Hitze handelt und eine Frau nun mal nicht mit freiem Oberkörper herumlaufen kann, wird kaum gestellt. Umgekehrt käme wohl kaum jemand darauf zu vermuten, dass ein Mann im Sommer vorrangig deshalb kurze Hosen trägt, weil er damit Frauen auf sich aufmerksam machen will.

Wer immer also typische Frauenkleidung trägt, erweckt den Verdacht, dies aus einer sexuellen Motivation heraus zu tun. Und während die genetischen Frauen für sich reklamieren können, die Kleidung ohne spezielles Nachdenken zu tragen, weil es nun mal die von den aktuellen Sittenregeln akzeptierte, normale Kleidung für Frauen ist, ist das für uns Crossdresser anders. Wir verstoßen gegen die Sittenregeln, wenn wir uns weiblich stylen. Und weil die Gleichsetzung von Frauen mit Sexualobjekten so stark ist, wird zugleich eine sexuelle Motivation unterstellt. Warum sonst sollte man(n!) Frau sein wollen und sich attraktiv weiblich stylen wollen, wenn nicht aus sexuellen Antriebskräften?

Die Überlegung, dass Frauen nicht alles was sie tun um ihrer Attraktivität für Männer willen tun, braucht schon einige Mühe. Die Tatsache, dass Frauen nicht so aussehen, wie sie aussehen, um für Männer attraktiv zu sein, sondern eben einfach weil sie so aussehen, ohne weitere Hintergedanken, ist schwer zu vermitteln. Insofern leiden Menschen wie ich unter dem männlich-sexuell dominierten Verständnis von Frauen als Lebewesen, die zur Freude, sexuellen Befriedigung und Fortpflanzung der Männer auf diesem Planeten sind. Frau sein heißt immer auch Objekt der männlichen Begierde sein. Und sich als genetischer Mann weiblich stylen, bedeutet dieser Vorurteilshaltung folgend, nicht, dass man einfach Frau sein möchte, sondern vor primär, dass man sich zum Objekt für Männer machen möchte.

Die Tatsache, dass die Gedankenwelt vieler Therapeuten und Psychologen freudianisch geprägt ist und damit den Sexualtrieb als primären Ankerpunkt für Erklärungen von Verhalten nimmt, macht die Sache noch mal schlimmer. Wahrscheinlich müssen es die Feministinnen erst schaffen, das Bild von Frauen in den Köpfen aller Männer so zu ändern, dass Frauen ihre Kleidung zu ihrem eigenen Vergnügen und zu ihrer Bequemlichkeit tragen und nicht als sexuellen Impuls für die Männer, bevor es vorstellbar wird, dass ein genetischer Mann einen Rock trägt, bloß weil er sich ohne sexuelle Hintergedanken weiblich fühlen möchte.

4.2 Die Wichtigkeit der Abgrenzung

Die Schneise zwischen Transvestitismus und Transsexualität wird übrigens auch von uns Transgendern selbst sehr wichtig genommen. Speziell in der amerikanischen Tradition der Transvestiten und Crossdresser war es wichtig, zu betonen, dass man keinesfalls irgendwie weiblich, sondern trotz der Besonderheit ein heterosexueller Mann ist. Umgekehrt ist es vielen Mann-zu-Frau-Transsexuellen wichtig, jede Nähe zum Transvestitismus zu leugnen, da sie den damit in Verbindung gebrachten Fetischismus für sich schärfstens ablehnen und eben nicht als Männer, sondern als Frauen gesehen werden wollen. Für Mediziner und Therapeuten ist es aus anderen Gründen wichtig, Transsexualität sehr scharf und eindeutig von Transvestitismus abzugrenzen. Letztendlich lässt sich diese große Bedeutung der Abgrenzung meiner Einschätzung nach nur damit begründen, dass man anderenfalls ein Problem hätte zu erklären, warum die eine Person auf Kosten der Krankenkassen teure Therapiemaßnahmen zur körperlichen Anpassung bekommt und die andere nicht. Bei einem Spektrum mit unterschiedlichen Ausprägungen der Geschlechtsidentität und fließenden Übergängen, wäre eine eindeutige Begründung schwer argumentierbar. Weil also sich somatische Beweise nicht finden lassen, muss zumindest die psychische Lage eindeutig sein. Insofern war und ist es auch heute teilweise noch die Aufgabe von Therapeut/innen die Transsexualität von anderen Erscheinungsformen abzugrenzen und die teils irreversiblen körperlichen Eingriffe zu legitimieren. Dabei hat die herkömmliche Argumentation schon etwas von einem Zirkelschluss: Transsexuell ist, wer von seiner Zugehörigkeit zum Zielgeschlecht so überzeugt ist, dass er geschlechtsangleichende Maßnahmen begehrt. Und wenn er dies überzeugend nachweisen kann, dann bekommt er als Therapie geschlechtsangleichende Maßnahmen bewilligt.

Das Vorliegen von Transidentität wird daran festgemacht, dass die transidente Person ihre Zugehörigkeit zum anderen Geschlecht als unveränderbare, absolute innere Gewissheit erlebt.

Menschen, die so wie ich, genau diese „absolute innere Gewissheit“ für sich nicht reklamieren können oder wollen, fallen durch das Raster. Dass ich umgekehrt auch keine absolute innere Gewissheit habe, männlich zu sein, hilft mir da kein Stück weiter. Ich hege den Verdacht, dass das Kriterium eines zweifelsfreien, unveränderbaren Zugehörigkeitsgefühls zum Gegengeschlecht deshalb so wichtig ist, weil man eben nichts besseres hat. Es hat die Aufgabe, den fehlenden somatischen Beweis (sei es ein spezielles Gen, sei es eine Besonderheit der Hirnstruktur) zu ersetzen.

4.3 Die Tücken des Therapiezwangs

Manche Sachen weiß man über sich selbst mit großer Klarheit und Gewissheit. Manches fühlt man eher ungenau. Ich kenne einige Transgender, die von sich mit großer Gewissheit sagen können *„Ich bin eine Frau und brauche zu meinem Glück einfach nur den passenden Körper.“*. Andererseits kenne ich mich und Leute, die ähnlich verwirrt sind, wie ich. Die wissen nur, dass sie als Standardmann nicht glücklich werden können, haben aber nicht die Sicherheit, dass Frausein als solches sie glücklich machen würde. Ich zweifle also und bin unsicher. Andere sind sich sicher. Man kann sich jedoch todsicher sein und sich trotzdem irren! Insbesondere ein Irrtum bei der Frage, ob man körperliche Anpassungsmaßnahmen benötigt, kann viel Grund zum Bereuen mit sich bringen.
Aus diesem Grund hat der Gesetzgeber über das Transsexuellengesetz und die Krankenversicherungen über die sog. „standards of care“ vorgeschrieben, dass sich alle, auch diejenigen, die sich todsicher sind, vor operativen Eingriffen einer Psychotherapie unterziehen müssen. Da aber gerade diejenigen, die sich absolut sicher sind, aus diesem Gefühl heraus direkt die Rechtfertigung ableiten, dass es für sie nur den Weg gibt, den sie sehen, ist in vielen Fällen ein gespanntes Verhältnis zu den Therapeut/innen vorprogrammiert. Denn die Therapeut/innen werden als eine Art Torwächter gesehen, an denen man vorbeikommen muss, um das zu kriegen, was man sich wünscht.
Mit dem Satz *„weil sie Macht über mich haben!“* ist leicht erklärt, warum Transgender den Therapeut/innen so reserviert gegenüberstehen. Dass die Fachleute unsere Thematik unter dem Label einer Persönlichkeitsstörung abhandeln, ist stigmatisierend. Wie soll ich einem Therapeuten vorbehaltlos begegnen, wenn ich den begründeten Verdacht habe, dieser würde in mir ein irres Monster mit einem sexuell motivierten Drang zur Selbstverstümmelung sehen?
Etwas schwerer ist zu erklären, warum die Reserviertheit durchaus auf Gegenseitigkeit beruht. In vielen Fachtexten findet man Hinweise, dass Transgender bei Therapeuten als Kundschaft nicht sehr beliebt sind.

Ärgernis 1: Wir sind nicht gerade einfach.

Durch das schwierige Selbstmanagement und die häufig negativen Erfahrungen mit der Akzeptanz durch andere Menschen sind wir verletzt, haben eventuell sogar psychische Erkrankungen davongetragen. Weil wir unsere Ziele durchsetzen wollen, erzählen wir den Therapeuten natürlich das, was sie vermeintlich hören müssen, damit sie uns bei unseren Wünschen nicht im Wege stehen. Blöderweise bemerken die schlaueren Therapeut/innen, wenn wir ihnen im Hinblick auf therapeutische Erwartungen geschönte Biografien anbieten. Allerdings dürfen sie sich das im Gegenzug nicht anmerken lassen, weil sonst das Vertrauensverhältnis erst recht gestört wird.

Aus Sicht der Therapeut/innen heißt das, dass man nicht bloß belogen wird, sondern auch noch gute Miene zum bösen Spiel machen soll. Keine guten Voraussetzungen für eine vertrauensvolle und unbelastete Zusammenarbeit.

Ärgernis 2: Da gibt es nichts zu heilen.

Üblicherweise ist das Ziel einer Psychotherapie die Beseitigung von Symptomen und Störungen. Das ist bei Transidentität nicht so, da eine Heilung anerkanntermaßen nicht möglich ist. Das grundlegende Dilemma, dass Körper und Identität nicht zusammen passen wollen, muss als solches verstanden und akzeptiert werden. Therapeutische Hilfe ist lediglich gefragt, um die Symptomatik im Alltag handhaben zu können.

Ärgernis 3: Gegenübertragung

Gegenübertragung nennt man den Effekt, dass ein Therapeut auf Handlungen und Äußerungen des Klienten reagiert und seinerseits seine eigenen Gefühle, Vorurteile, Erwartungen und Wünsche auf diesen richtet. Hier dürften speziell männliche Therapeuten in Gefahr sein, dass eine MzF-Transsexuelle mit ihrem Wunsch nach körperlicher Anpassung Saiten zum klingen bringt, die die erforderliche Objektivität stören. Therapeut/innen werden mit ihren eigenen bewussten und unterbewussten Ängsten und Wertvorstellungen berührt und eventuell gezwungen Positionen in Frage zu stellen, die sie immer unhinterfragt als sicher angesehen haben. Kann ein Mann ohne Ängste und neutral sein, wenn ihm ein anderer davon erzählt, er freue sich darauf, seinen Penis zu verlieren? Eine solche Position wertfrei zur Kenntnis zu nehmen, dürfte für viele eine echte professionelle Herausforderung sein, selbst wenn sie sich des Phänomens der Gegenübertragung bewusst sind. Viele Transgender trauen übrigens männlichen Therapeuten und Psychologen diese Professionalität nicht zu und sind deshalb nur bereit, sich zu einer Frau in Therapie zu begeben.

Die Konfliktlage zwischen transidenten Klienten und Therapeut/innen wird wohl dauerhaft bleiben. Der fürsorgliche Druck des Staates, sich vor gravierenden Eingriffen in den eigenen Körper gründlich und mit professioneller Unterstützung kritisch zu reflektieren, wird von den Betroffenen vermutlich auch in Zukunft nicht Wert geschätzt werden. Denn die einen haben keine Hilfe nötig und die anderen, die jede Hilfe brauchen könnten, haben als Teil ihres Problems, dass sie eben das nicht sehen können.

> *„Sinnvolle Psychotherapie mit Transsexuellen bedeutet weder Umstimmungsversuch noch Geschlechtsrollenklischee-Dressur noch eine affirmative Haltung gegenüber den Wünschen der PatientInnen, sondern stellt einen Entwicklungsraum zur Verfügung, in dem die PatientInnen ihre individuelle Lösung herausfinden und sich unzensiert mit allen Aspekten ihrer Persönlichkeit auseinandersetzen können - auch mit dem, was (anscheinend) nicht zu ihrem transsexuellen Wunsch passt bzw. diesen i. S. des „Standard-Transsexuellen" als „unglaubwürdig" erscheinen lässt."*
> *Sophinette Becker: Transsexuelle Entwicklungen (in Psychotherapie im Dialog 1/2009)*

Die Therapeut/innen sind, wenn man dem Vertrauen schenken kann, schon ein ganzes Stück weit in Richtung auf ein für uns wirklich hilfreiches Dienstleistungsangebot gegangen. Aber auch wir müssen uns kritisch betrachten und uns vorbehaltlos den schwierigen Fragen stellen, gerade dann, wenn wir überzeugt sind die Antwort zu kennen. Und wir müssen es schaffen uns von der Kategorisierung zu lösen, die uns von außen übergestülpt wurde. Die kritische Frage lautet nicht „Bin ich transsexuell?" oder *„Kriege ich die Operationen und Hormone erlaubt und bezahlt?"*, sondern sie muss lauten *„Wie kann ich glücklich leben?"*

5. Kapitel: Ich will nicht mutig sein müssen!

"Das ist mutig!" Das ist wahrscheinlich etwas, das viele Leute denken, wenn sie mir im öffentlichen Raum begegnen. Das ist mir auch schon von Menschen gesagt worden, die mich in weiblicher Version in der Öffentlichkeit erlebt haben. Und das ist uneingeschränkt positiv, freundlich und anerkennend gemeint. Ohne Unterton von *„Na, du traust dich vielleicht was!"*, mit dem deplazierte Verhaltensweisen manchmal gerne quittiert werden. Nein, es war Ausdruck des Respektes und der Akzeptanz.
Und es stimmt. Ich finde auch, dass ich mutig bin. Ich bin als Frau auffällig und muss mit dieser Auffälligkeit umgehen. Transident sein ist nun mal nichts für Weicheier.
Um keine unberechtigte Heldenpose einzunehmen und um kein Missverständnis zu meiner grundsätzlichen Haltung, dass es kein Problem ist als weiblich gestylter Mann draußen rumzulaufen, zu provozieren, möchte ich es ganz deutlich sagen: Es geht! Man(n) kann das machen. Es droht keine unmittelbare Gefahr, man wird nicht oder nur sehr, sehr selten angepöbelt oder Schlimmeres. Trotzdem ist es nicht trivial. Ich weiß weder, was passieren wird, noch wem ich begegnen werde. Das ist ein besonderes Risiko, das über allen Ausgängen in meinem Wohnort schwebt: Mein professionelles Umfeld weiß nichts von meiner Besonderheit ... und das soll möglichst so bleiben! Doch unabhängig von der Gefahr als Person erkannt zu werden, weiß ich, dass ich eine auffällige Figur auf der Straße oder sonst wo sein werde. Ich werde als etwas Besonderes auffallen. Die allermeisten Menschen werden mich das nicht merken lassen, aber ich weiß ja, dass es so ist.
Es ist übrigens nicht damit getan, den Mut aufzubringen, sich der Öffentlichkeit zu stellen. Ich muss dabei auch so wirken, als würde ich das Selbstverständlichste auf der Welt tun. Es ist nämlich wichtig, dass ich in der Öffentlichkeit selbstbewusst wirke, denn wenn ich Unsicherheit ausstrahle, dann bin ich erst recht auffällig. Also achte ich darauf, dass meine Körpersprache ausdrückt, dass es selbstverständlich ist, was ich da tue. Ich muss gelassen wirken und freundlich. Also zwinge ich mich zu lächeln. Das ist nicht ganz so schwer, weil ich schließlich froh bin, als Frau draußen zu sein. Aber es ist eben nicht ganz leicht, weil ich weiß, dass ich im Blickpunkt stehe. Entspannung setzt erst dann ein, wenn ich merke, dass ich tatsächlich weitgehend unauffällig bin. Das merke ich üblicherweise daran, wenn mich längere Zeit niemand besonders fixiert. Doch die

Spannung ist sofort wieder da, wenn mich jemand etwas länger anschaut. Und wenn ich deutlich merke, dass ich Gegenstand des Interesses bin, dann habe ich Angst und darf sie nicht zeigen. Dann muss ich richtig mutig sein und lächeln, damit mein Gegenüber die Botschaften erkennt, dass ich erstens friedlich und freundlich bin und zweitens nicht zum Opfer tauge. Das funktioniert übrigens bestens und mit dieser „stiff upper lip" - diesen englischen Begriff finde ich viel bildhafter als die deutsche „unerschütterliche Haltung" - komme ich bestens durch.
Ich bin also mutig und gebe mich nach außen viel selbstbewusster, als ich mich im Inneren fühle.

5.1 Paradiesvogel

So werden gerne Menschen genannt, die sich aus der Masse der braven Durchschnittsbürger, aus dem grauingauen Alltagseinerlei abheben. Menschen, die bunt sind und skurril. Menschen, die man nicht mehr vergisst, wenn man sie einmal gesehen hat. In dem Begriff spielen noch weitere Gedankenverbindungen eine Rolle. Paradiesvögel sind nicht normal, sie sind Ausnahmeerscheinungen. Sie sind eben nicht „Menschen wie du und ich" sondern Ausnahmeexistenzen und als solche eben auch Randexistenzen.
Wenn ein Mann von sich erzählt, dass er sich gerne weiblich stylt und als Frau in die Öffentlichkeit geht, dann löst er sich mit diesem Bekenntnis aus der grauen Masse und definiert sich in gewisser Weise als Paradiesvogel. Als jemand der etwas Besonderes macht. Wobei die Einstufung als Paradiesvogel durchaus etwas Positives ist. Er könnte genauso gut direkt für pervers oder einfach nur peinlich gehalten werden. Vor einem Paradiesvogel hat man schon Respekt. Wahrscheinlich weil man froh ist, dass man selber unauffällig in der Masse agieren kann und nicht genötigt ist, zur Attraktion für ein anonymes Publikum zu werden.
Weil mit dem Paradiesvogelstatus immer das Auffällig-Sein verknüpft ist, wird häufig geschlussfolgert, dass es den Paradiesvögeln um genau das geht: das Auffallen. In vielen Fällen mag das sogar stimmen, aber eben nicht in allen. Es gibt sicher eine Anzahl von uns, die kein Problem damit haben etwas Besonderes zu sein. Sie stehen zu sich selbst und finden es gut, wenn sie als körperliche Männer, die in weiblicher Rolle und in weiblichem Styling agieren

bemerkt werden. Sie provozieren Aufmerksamkeit und können sie genießen. Bei der anderen, vermutlich deutlich größeren Gruppe ist es anders: sie wären gerne nichts besonderes, sondern am liebsten etwas ganz normales. Am allerliebsten eine ganz normale, nicht besondere Frau.
Weil das wichtig ist, möchte ich es hervorheben: die Besonderheit vieler transidenter Menschen besteht darin, dass sie gerne etwas ganz unauffällig Alltägliches wären, das sie aber auf Grund ihres Körpers nicht oder zumindest nicht problemlos sein können. Wenn ich mich, durch angenehme und unsensationelle Erlebnisse als Frau in der Öffentlichkeit geprägt, in dem Gefühl sonne, doch eigentlich nichts Besonderes zu sein und alles alltäglich finden zu können, dann brauche ich bloß meine Frau zu fragen und schon ist mein Koordinatensystem wieder auf braves Bürgertum geeicht. Sie ist einen weiten Weg mit mir gegangen. Und sie ist dabei mehrfach und weit über ihren Schatten gesprungen. Doch das heißt nicht, dass es für sie „normal" wäre, was ich tue. Sie hat, wahrscheinlich sogar zu Recht, Angst vor dem, was die Nachbarn denken würden, wenn ich in Kleid und Pumps von zu Hause aus zu einer meiner Unternehmungen losziehen würde. Deshalb will sie nicht, dass die Nachbarn mich so sehen. Und obwohl es mich selbst in meinem Bemühen stört, mich nicht für das zu schämen, was ich bin und mich nicht als einen Paradiesvogel zu sehen, und obwohl es meine Selbstverwirklichung in weiblicher Rolle um einiges komplizierter macht, respektiere ich ihren Wunsch.

5.2 Ich wäre gerne unauffällig!

Bei mir hinterlässt die Anerkennung, die ich für meinen Mut erfahre, immer einen Stich. Viel lieber würde ich hören, dass ich gar nicht als Mann erkannt wurde. Es wäre mir viel lieber, wenn ich es nicht nötig hätte, mutig zu sein. Wie wohl sehr viele von uns wünsche ich mir, dass jemand sagt: *„So wie du aussiehst, ist das ja keine Kunst, als Frau nach draußen zu gehen!"* oder *„Du spinnst doch! Wem sollte denn auffallen, dass du keine geborene Frau bist?"* Das würde ich so gerne hören! Doch das wird nicht passieren. Da ich als Frau nun einmal nicht komplett unauffällig sein kann, muss ich dazu stehen, dass ich auffällig bin. Das müssen andere Menschen, die ein Merkmal haben, das sie auffällig macht, schließlich auch. Insofern ist meine Situation keine andere, als eines Menschen mit einem großen Feuermal oder einer Narbe im Gesicht, mit nur einem Bein oder einer spastischen Lähmung. All diese Menschen brauchen den gleichen Mut wie ich, wenn sie in der Öffentlichkeit unterwegs sind. Die Beispielpersonen haben keine Alternative. Sie sind so wie sie sind. Bei mir, so hat es zumindest den Anschein, ist das anders. Denn ich habe scheinbar die Möglichkeit unauffällig zu sein. Dazu brauche ich bloß als Mann rauszugehen. Aber ich bin nicht frei, meine Ausflüge als Frau einfach sein zu lassen. Meine Wahl ist lediglich die zwischen Mut und Verzweiflung. Es ist fast, aber nicht ganz der sprichwörtliche „Mut der Verzweiflung". Ich muss mutig sein, damit ich nicht verzweifeln muss. Denn verzweifeln würde ich sicherlich, wenn es mir nicht möglich wäre, als Frau draußen unterwegs zu sein. Das weiß ich sogar sehr genau, denn über Jahre hinweg, habe ich mit genau dieser Überzeugung gelebt, dass ich mich nicht raus trauen kann, ohne dass Schreckliches passiert. Und daran bin ich seelisch fast zerbrochen.

5.3 Die Hoffnung, es könnte anders sein

Der übliche Weg, den Menschen gehen, die eine nicht zu vertuschende Besonderheit haben, ist, einfach dazu zu stehen und sich dazu zu bekennen, dass man eben blind, taub, schwul, kleinwüchsig oder wasauchimmer ist. Für uns transidente Menschen gibt es einen trügerischen Ausweg: Wir könnten es schaffen, dass niemand mehr merkt, dass wir etwas Besonderes sind, sondern nie etwas anderes als die Frau oder der Mann waren, die oder den wir gerade der Welt präsentieren. Die Tatsache, dass es immer wieder erfolgreiche Beispiele dafür gibt, dass Transgender im Zielgeschlecht unauffällig untertauchen können, macht es erst richtig schlimm, wenn man für sich selbst konstatieren muss, dass man auf Grund körperlicher Voraussetzungen eben nicht zu diesem privilegierten Personenkreis gehören kann.
Und so leiden wir weiter darunter, etwas Besonderes sein zu müssen, weil wir uns anders als andere Menschen mit Besonderheiten nicht in unser Schicksal ergeben. Wir weigern uns zu akzeptieren, dass es unser Schicksal ist, eine Frau mit einem Männerkörper zu sein und als solche leben zu müssen. Die verbesserten medizinischen Möglichkeiten nähren diese Hoffnung zusätzlich. Es scheint, als könnte die Medizin uns einen Ausweg aus dem Dilemma bieten: Operationen und Hormonbehandlungen, die uns zur unauffälligen Frau machen. So sehr ich auf einer rationalen Ebene dieses Bedürfnis nach weiblicher

Unauffälligkeit für falsch und im Hinblick auf die Chance glücklich zu sein sogar für kontraproduktiv halte, so sehr spüre ich andererseits, dass ich selbst davon nicht frei bin. Ich wünsche mir, unproblematisch als biologische Frau gesehen zu werden, obwohl ich weiß, dass das total unrealistisch ist.

> *Ohne Angst anders sein können! Nicht normal sein müssen und doch das Anderssein nicht fetischisieren: Ohne Angst anders sein, darum geht es. Das ist kein Minderheiten-, sondern ein Menschheitsthema."*
> *Zitat aus einem Zeit-Artikel zur Oscarverleihung 2009.*

Ohne Angst anders sein! Viele transidente Menschen bemühen sich, durch möglichst perfekte optische Assimilation an das Wunschgeschlecht, nicht anders sein zu müssen.
Die Situation, in der wir stecken, kann man theoretisch auf zwei verschiedene Weisen lösen: Zum einen dadurch, dass man dazu steht, dass man anders ist und zum anderen dadurch, dass man es versteckt und so tut, als wäre man eine ganz normale Frau.
Viele Transgender versuchen sich in der zweiten Strategie. Wir akzeptieren unser Geburtsgeschlecht nicht, sondern wir negieren es. Deshalb werden von uns die am meisten bewundert und beneidet, denen man ihr genetisches Schicksal am wenigsten ansieht. Wer es schafft so natürlich weiblich zu wirken, dass niemand im Traum darauf käme, die Person für einen genetischen Mann zu halten, ist unsere Königin.
Es gibt allerdings auch Vertreter der ersten Strategie! Transgender, die versuchen, ohne Angst anders zu sein. Menschen, die sich ganz bewusst als weiblich gestylte Männer in den Alltag stürzen und andere mit ihrer Besonderheit konfrontieren. Dass Menschen wie ich nicht aus Neigung, sondern mehr oder weniger aus existenzieller Not auffällige Gestalten sind, das wird leicht übersehen.

5.4 Ich bin die Diskrepanz

Im Kern ist der angeblich äußere Spagat zwischen gesellschaftlichen Erwartungen und eigener Existenz ein rein innerlicher. Er besteht in der Unfähigkeit, den eigenen Körper zu akzeptieren. Meine Selbstdefinition als körperlich männliches Wesen, das in gewissem Umfang seine weibliche Identität ausdrücken

muss, funktioniert gegenüber meiner Umwelt deutlich besser als bei mir selbst. Während ich vom Kopf her weiß, dass ich keine körperliche Perfektion benötige, um von anderen sozial als Frau akzeptiert zu werden, hat mein Bauch massive Probleme mit meiner Situation und beharrt auf Unmöglichem.
Der Spagat findet allein innerhalb der Person statt. Doch während Transsexuelle die Diskrepanz über eine Anpassung des Körpers an ihre Vorstellungen aufzulösen veruchen, bin ich in einer anderen Situation. Ich finde meinen Körper zwar unpassend, aber ich lehne ihn weder ab, noch mag ich ihn verletzen. Mir geht es insoweit wie vielen anderen Menschen, bei denen die Seele nicht zum Körper passen will oder umgekehrt: Der hünenhafte Feingeist mit den klobigen Fingern, die kleine, zart gebaute Frau, die sich gerne prügelt ... was auch immer. Es gibt so viele Menschen auch jenseits der Geschlechterthematik, bei denen die Hülle über das Innere hinwegtäuscht und die das handhaben müssen.
Der beschriebene Spagat ist für mich nicht ein zu tötendes Monster, sondern er ist ein Teil von mir, mit dem ich mich arrangieren muss. Mehr noch: Diese Divergenz zwischen Körper und Seele macht mich erst zu der Person, die ich bin - DAS bin ich! Der Zwiespalt zwischen meinem Inneren und meinem Äußeren ist der Kern meiner Existenz und nicht bloß ein zu lösendes Problem. Der Körper macht mich ebenso zu der Person, die ich bin, wie mein Inneres.
So sehr ich es mir anders wünschen würde, ist meine Identität doch nicht die einer Frau, die sich nie anders sehen konnte als weiblich, sondern sie ist die einer Person, die durch den Zwiespalt zwischen ihrem Äußeren und ihrem Inneren geprägt ist.

Das Problem besteht nicht darin, dass wir etwas Besonderes sind, sondern dass wir uns der Hoffnung hingeben, diese Besonderheit vertuschen zu können. Wir kämpfen gegen unseren männlichen Körper, seine Formen, seine Behaarung, seine Stimme um glaubhaft behaupten zu können, was eben nicht stimmt: *„Ich bin eine ganz normale Frau!“*. Wäre der Erfolg dieser Bemühungen ebenso unrealistisch wie die Behauptung eines Blinden sehend zu sein, dann müssten wir ebenso wie der Blinde sagen: *„Ich bin halt so!“*, Aber es ist eben nicht utopisch. Zumindest nicht unmöglich, zumindest ist es nicht für alle von uns unmöglich. Deshalb klammern wir uns an diesem Ausweg fest. So lange wir auch nur eine minimale Chance wittern, erfolgreich so tun zu können, als wären wir nichts Besonderes, stehen wir nicht dazu, etwas Besonderes zu sein. Und so nehmen wir uns die Chance, mit unserer Besonderheit glücklich zu werden.

Es ist wie mit den Wechselbildern, die ich als Kind so faszinierend fand. Sie sahen aus wie eine Postkarte, bloß mit einer geriffelten Kunststoffoberfläche. Auf den ersten Blick zeigten sie ein Bild, zum Beispiel eine Rosenknospe. Wenn man den Kopf oder die Karte ein wenig bewegte, dann veränderte sich das Bild und plötzlich war etwas anderes zu sehen. Beispielsweise die gleiche Rose in voller Blüte.

Meine Identität macht mich zu etwas, das diesen Wechselbildern sehr ähnlich ist. Einerseits bin ich ein Mann, so sehen mich die meisten Menschen, doch andererseits bin ich eine Frau, so kann man mich auch sehen. Egal welche Facette ich gerade die anderen Menschen sehen lasse oder sehen lassen will, ich habe immer beide und sie sind nur eine kleine Veränderung des Blickwinkels voneinander entfernt.

Ich habe viel Energie darauf verwendet, niemanden merken zu lassen, dass ich noch eine zweite Facette habe, also mehr bin als eine normale Ansichtskarte. Alle Welt sollte mich für eine normale Ansichtskarte halten und im Grunde genommen wollte ich auch selbst eine sein. Denn weil es der Normalfall war, den ich kannte, dachte ich, es sei falsch, noch ein zweites Bild zu haben. Doch ich habe es nicht geschafft, eine schöne normale Ansichtskarte von einem Mann zu sein. Alle Versuche des Plattbügelns waren vergeblich. Ebenso wenig kann ich eine Ansichtskarte von einer Frau ganz ohne Wechseleffekt werden. Die männlichen Facetten sind ebenso wenig zu beseitigen, wie die weiblichen. Demzufolge muss ich ein Wechselbild bleiben. Ich habe bloß die Wahl, welche meiner beiden Facetten ich der Welt vorrangig präsentiere, die männliche oder die weibliche. Weil ich nun mal beide habe und es sehr anstrengend ist, so zu tun, als wäre das gar nicht der Fall, lasse ich mich inzwischen nicht mehr daran hindern, je nach meiner Befindlichkeit der Welt beide Seiten zu zeigen.

So präsentiere ich mich mit meiner weiblichen Facette, selbst wenn Beobachter bei einer kleinen Veränderung des Blicks sehen: *„Hoppla, da ist ja auch ein Mann!“*.Wohlgemerkt „auch“ und nicht „eigentlich“ oder „in Wirklichkeit“. Denn die Wirklichkeit ist nun mal, dass ich ebenso sehr oder ebenso wenig ein richtiger Mann bin, wie ich eine richtige Frau bin. Bei Betrachtung aus der einen Richtung bin ich ein Mann, aus der anderen Richtung gesehen eine Frau. Das mag ungewöhnlich sein, wenn man bloß Bilder gewohnt ist, die immer und aus jeder Perspektive gleich aussehen. Doch so wenig, wie ein Wechselbild ein schadhaftes Foto ist, so wenig möchte ich mich als schadhaften Mann oder als schadhafte Frau definieren. Beide Seiten gehören zu mir und machen mich zu der Person, die ich bin.

Trotzdem wäre ich liebend gerne so, wie Menschen mit meiner Seele klischeehaft auszusehen haben. Ich würde gerne den Vorurteilshaltungen der Allgemeinheit über eine Frau entsprechen: ich wäre gerne 20 cm kleiner, schmalschultriger und breithüftiger, zarthäutiger, kleinfüßiger, haarloser und noch einiges andere. Und zwar nicht, weil die Allgemeinheit das von mir verlangt, sondern weil ich selbst ein Bedürfnis danach habe, keine Rebellin, kein Sonderfall zu sein. Und weil nicht mutig sein müssen will, sondern mich so ängstlich geben können will, wie ich nun mal bin.
Gemeinhin gehen wir davon aus, dass unser Problem darin besteht, dass wir eine Diskrepanz zwischen Körper und Identität haben. Vielleicht ist unser Problem aber im Kern ein anderes: nämlich, dass wir selbst uns in dieser Diskrepanz nicht selbst annehmen können.

6. Kapitel: „Two-Spirit" - Warum wir besonders sind!

Das, was ich eben als Besonderheit beschrieben habe, die wir für uns akzeptieren müssen, kann man sogar noch positiver sehen: Wir sind besonders begabt. Zugegebenermaßen ist dies nicht die übliche Sichtweise in unserer Kultur, doch es gab und gibt Kulturen, in denen wir nicht trotz, sondern gerade wegen unserer Besonderheit geschätzt werden.

6.1 Meine Stellenanzeige

Wenn ich in die Verlegenheit kommen sollte, für mich eine Stellenanzeige aufzugeben, dann könnte sie wie folgt aussehen:

> *Sie suchen:*
> *Eine außergewöhnliche Persönlichkeit mit überdurchschnittlichen personalen Kompetenzen, die als Abteilungs-, Bereichs- oder Teamleiter für sie tätig wird. Sie haben komplexe Change- oder Organisationsprozesse in Projektform oder als Linienaufgabe zu bewältigen, zu deren erfolgreichem Abschluss die reibungslose Zusammenarbeit verschiedener Menschen in einem Team gehört.*
> *Ich biete:*
> *Jurist/in mit Schwerpunkt Arbeitsrecht, Managementpraxis als Vorgesetzte/r und Projektmanager/in und Zusatzqualifikationen im Bereich Erwachsenenbildung und Mediation.*
> *Aufgrund meiner variierenden Geschlechtsidentität verfüge ich über geschlechtsübergreifende Kompetenzen, die mich befähigen, differenzierte Teams bei komplexen Aufgaben zum Erfolg zu führen.*
> *Ich bin es gewohnt unter starker, emotionaler Belastung, zeitlichem Druck und bei knappen Ressourcen zielorientiert und erfolgreich zu agieren.*
> *Aufgrund meiner besonderen Fähigkeiten kann ich mich diversen sozialen Kontexten flexibel anpassen und diese erfolgsorientiert gestalten. Ich bin sowohl für Frauen als auch für Männer eine kompetente Ansprechperson.*
>
> *Nur ernst gemeinte Zuschriften an*
> *Jula*

Mein Leben ist mittlerweile sehr stark davon geprägt, dass ich zwischen den Geschlechtsrollen pendele. Meist scheine ich ein ganz normaler Mann zu sein, doch einen Teil meiner Zeit verbringe ich als Frau. Häufig wird von mir und anderen auf die Probleme fokussiert, die aus dieser Besonderheit resultieren. Doch diese Besonderheit bringt nicht nur Probleme, Ängste und Risiken mit sich. Bei geändertem Blickwinkel macht sie mich zu einem außergewöhnlichen Menschen. Sie bringt mir Erfahrungen und Erkenntnisse, die in Breite und Intensität von den sogenannten „normalen“ Menschen nicht nachvollzogen werden können und die ihnen auch nicht zugänglich sind.

6.2 „Two-Spirit“

So werden bei den amerikanischen Indianern Personen genannt, in deren Körper sowohl ein männlicher als auch eine weiblicher Geist wohnt. In der Kultur der amerikanischen Ureinwohner war dieses Phänomen weit verbreitet. Es wird berichtet, die spanischen Konquistadoren hätten in praktisch jedem Dorf einen oder mehrere dieser Menschen gefunden. „Two-spirited people“ waren in der Vergangenheit dadurch gekennzeichnet, dass sie, obwohl körperlich einem Geschlecht zugehörig, die Kleidung und/oder Geschlechtsrolle des anderen Geschlechtes übernahmen. In aktueller Terminologie sind Two-Spirits nichts anderes als Transgender. Einige Two-Spirits waren eher Transvestiten, sie trugen zwar die Kleidung des anderen Geschlechts, behielten ihre Geschlechtsrolle aber bei. Andere wechselten auch die Geschlechtsrolle.

Ich erwähne die Two-Spirits, weil diese Menschen in ihren sozialen Gemeinschaften nicht bloß integriert waren, sondern teils hohes Ansehen genossen und besondere Rollen innerhalb der Stämme wahrnahmen. Sie waren tätig als Schamanen, Häuptlinge, Botschafter, Heiler oder Wahrsager, weil ihnen wegen ihrer Besonderheit besondere spirituelle Fähigkeiten nachgesagt wurden. Auf Grund ihrer Begabungen sah man sie als geeignet an, Aufgaben der Gemeinschaft zu erledigen, denen andere nicht genügen konnten.

So gesehen sind solche Leute wie du und ich in der Terminologie der amerikanischen Ureinwohner Two-Spirits! Es gibt keinen Grund zur Scham, denn wir sind besonders begabt!

6.3 Upgrade

Wir Transgender haben, zeitgemäß formuliert, ein Upgrade, gegenüber anderen Menschen! Dass man die Sache tatsächlich so sehen kann und auf den Begriff „Upgrade“ hat mich meine erste und beste „Mädchenfreundin“ gebracht. Nach riesigem Anlauf hatte ich mich ihr offenbart und darauf gewartet, dass sie mich trotz dieser Besonderheit weiter als Menschen akzeptiert und mag. Doch sie sah es anders. Sie sagte: *„Du kannst stolz sein, denn du hast ein Upgrade. Das ist kein Defizit, sondern ein Mehr gegenüber den „Normalmodellen“. Du hast zusätzliche Features!“* Diese Sicht der Dinge faszinierte mich. Tatsächlich! Ich war kein „schadhafter Mann“, sondern ein Mann mit weiblicher Zusatzausstattung. Es gibt in unserer Welt sehr viele Erfahrungen, die geschlechtsspezifisch unterschiedlich gemacht werden. Die Welt, in der Frauen leben, ist nur teilweise die gleiche, wie diejenige der Männer. Frauen und Männer werden von anderen Menschen mit anderen Augen gesehen, müssen anderen Erwartungen genügen, sind Objekt unterschiedlicher Vorurteile.

Durch unsere Art zu leben verfügen wir in bemerkenswertem Umfang über Erfahrungen, die entweder nur oder in verschiedener Art und Weise jeweils Männern oder Frauen zugänglich sind. Dass es meist verschiedene Toiletten für Frauen und Männer gibt, ist ein triviales Beispiel, macht aber das Thema deutlich. Ich kenne sie beide! Und wir denken über diese rollenspezifischen Dinge und Erwartungen nach. Das ist etwas Besonderes. Üblicherweise denken darüber weder die Frauen noch die Männer nach, weil sie ihnen, anders als uns, selbstverständlich sind. Die eine Welt kennen sie und die andere interessiert sie nur am Rande. Das ist bei uns anders. Wir müssen versuchen, uns in einer Welt zu bewegen, für die wir weder geboren noch erzogen wurden.

Insgesamt leben wir transidenten Menschen mit einer hohen Verletzlichkeit, die man uns aber nicht unbedingt ansieht. Diese Verletzlichkeit scheint ein Nachteil zu sein, doch sie bringt auch Vorteile mit sich, denn das macht uns aufmerksam und sensibel - schon aus reinem Selbstschutz. Dadurch wissen wir, wie klein der Schritt aus der Sicherheit eines langweiligen, unauffälligen Alltags in ein aufregend anderes Leben, wenn nicht sogar in die Gefahr ist. Wir wissen, dass viel weniger sicher ist, als man glaubt. Und wir wissen, dass man der Oberfläche der Menschen nur bedingt trauen kann. Wir müssen in Bereichen mit uns selbst ringen, wo andere nicht mal ansatzweise ein Problem haben. Das trainiert! Wir verfügen über Selbstbewusstsein, das auf sehr vielen Reflektionen

und Zweifeln beruht. Wenn man so lebt wie wir, dann braucht man jede Menge Kreativität. Es gibt so viele Probleme, für die wir ungewöhnliche Lösungen finden müssen. Unsere Kreativität ist stets gefordert und entsprechend ausgeprägt. Ungewöhnliche Menschen brauchen ungewöhnliche Ideen.
Hervorzuheben ist natürlich unsere Anpassungsfähigkeit. In weitaus höherem Maße, als sich das andere Menschen vorstellen können, sind wir anpassungsfähig. Wer kann schon von sich sagen, dass er die Flexibilität besitzt, sowohl sehr spezifisch männlichen als auch weiblichen Anforderungen zu genügen? Unnötig zu erwähnen, dass das nicht nur die innere Einstellung, sondern auch das äußere Erscheinungsbild betrifft. Natürlich können wir auch unsere Umgangsformen entsprechend flexibel variieren.
Durch die gesteigerte Notwendigkeit, uns erklären oder sogar rechtfertigen zu müssen, sowie durch die kommunikativen Erfahrungen in beiden Geschlechtsrollen ist unsere Ausdrucksfähigkeit über das normale Maß hinaus entwickelt. Sehr wichtig ist insbesondere der Bereich der Geheimhaltung. Durch manchmal schmerzhafte Erfahrungen haben wir gelernt, was wir sagen dürfen, aber noch viel mehr, was nicht und wem nicht.
Natürlich befassen Crossdresser sich viel mit Fragen des typgerechten Stylings, denn der Weg von der Normalform zu einer halbwegs akzeptablen Frau ist für mich und viele andere von uns weit und steinig. Zu den Themen Schminken und dekorative Kosmetik verfügen wir geradezu über Spezialwissen. Da wir eine komplette Typveränderung zu bewältigen haben, besitzen wir durchaus einiges an Knowhow einer Maskenbildnerin, bis hin zum Umgang mit professionellen Make-up-Produkten für Bühne und Unfallopfer.

Ob es nun Lernbereitschaft, das Improvisationsgeschick, die Organisationsfähigkeit oder insbesondere das Einfühlungsvermögen betrifft, diese und andere auch in der Arbeitswelt wichtigen Eigenschaften sind bei Transgendern gerade deshalb besonders ausgeprägt, weil sie nicht nur Mann oder Frau sind, sondern über ihr „Upgrade“ über viele Kenntnisse und Erfahrungen verfügen, die bei Männern so nicht vorhanden sind. Übrigens auch umgekehrt nicht bei Frauen!

Ich bin tatsächlich etwas Besonderes! Und du bist es auch! Eventuell hat dir deine Eigenschaft als „Two-Spirit“ andere, noch mächtigere Gaben beschert! Sie stehen zu deiner Verfügung. Werde dich ihrer bewusst und nutze sie.

Eventuell wird es Entscheider/innen aus Politik und Wirtschaft irgendwann ebenso bewusst, wie es damals den Indianern war, dass es gerade diese besondere Kombination von Eigenschaften und Fähigkeiten ist, die man in vielen kritischen Situationen in Wirtschaft oder Politik gut brauchen könnte. Dass man beginnt, nach uns zu suchen, nicht um uns zu mobben, sondern um uns unseren Begabungen gemäß einzusetzen.

2. Teil: Wir und die anderen – Kommunikation und Coming-out

7. Kapitel: Im Versteck

„Nicht weil es schwer ist, wagen wir es nicht, sondern weil wir es nicht wagen, ist es schwer.“
Lucius Aennaeus Seneca

Es gibt einen Wald, in dem leben viele Kaninchen. In dem Wald gibt es Lichtungen mit saftigem Gras, aber auf denen sieht man nur ganz, ganz selten einmal ein Kaninchen. Das ist so, weil die Kaninchen auf der Lichtung schutzlos wären. Es geht die Sage, dass jedes Kaninchen, das es wagt, die Deckung zu verlassen und zum Fressen auf die Lichtung zu gehen, von einem versteckt lauernden Wolf gefressen wird. Also futtern die Kaninchen nur die kargen Kräuter, die es im Unterholz des Waldes gibt. Gerüchteweise hört man von anderen Kaninchen in dem Wald, die behaupten, es gäbe überhaupt keine Wölfe und sie würden unbehelligt auf jede Lichtung hoppeln und das Gras dort genießen. Doch die meisten Kaninchen glauben diesen Gerüchten nicht, denn wenn das nicht stimmt, dann würden sie ihr Leben riskieren, wenn sie den Gerüchten vertrauend auf die Lichtung gingen. Die Tatsache, dass sie manchmal schon ein Kaninchen auf einer Lichtung sehen, kann sie nicht umstimmen, denn das könnte ja ein besonders schnelles und starkes Kaninchen sein oder der Wolf fällt es nur zufällig nicht an.

7.1 Der Teufelskreis

Es muss Tausende und Abertausende von Männern geben, die sich zumindest partiell weiblich fühlen und Bedürfnisse haben, diesem Aspekt Ausdruck zu verleihen. Die dies aber aus Angst vor den gesellschaftlichen Konsequenzen nicht vor anderen, teils nicht mal vor engsten Familienangehörigen, vielleicht nicht mal vor sich selbst zugestehen können. Sie unterdrücken ihre Bedürfnisse oder verstecken sie vor aller Welt.
Weil es so wenig Beispiele für die gesellschaftliche Toleranz gibt, verstecken sich viele, wenn nicht sogar die meisten Menschen mit transidenter Persönlichkeit. Weil sich aber so viele Betroffene verstecken, wird nicht erkennbar, wie weit verbreitet das Phänomen überhaupt ist. Und dadurch scheinen die entsprechenden Neigungen viel seltener und abnormer zu sein,

als dies tatsächlich der Fall ist. Demgemäß ist der vermutete Sensationswert umso höher, was es den Betroffenen noch schwerer macht, ihre gewählte Isolation aufzugeben. Wer also keinen Wert darauf legt, eine Sensation zu sein, der muss sich verstecken! Und trägt so dazu bei, den Eindruck zu erwecken, dass Transidentität ein absolutes Ausnahmephänomen in der Gesellschaft ist.

Viele transidente Menschen, speziell weiblich fühlende Männer, sind, was diesen Aspekt angeht, einsam. Sie haben niemanden, mit dem sie reden können. Weil sie selbst versteckt bleiben, kann sie niemand ansprechen. Und weil auch die meisten anderen im Versteck bleiben, kennen sie auch niemanden. So bleiben viele allein mit Problemen, die lösbar wären, wenn sie nur den Mut fänden sich anderen Menschen zu offenbaren.

7.2 Das Internet

Zum Glück für mich kam gerade noch rechtzeitig das Internet. Es verschaffte mir die Möglichkeit, Zugang zu anderen Menschen zu finden, die so ähnlich waren wie ich. Ich war nicht allein! Da sind noch viele, viele mehr von meiner Sorte. Das war für mich eine wunderbare Erkenntnis. Für mich markierte das Internet einen wichtigen Punkt auf meinem Weg zu einem besseren Leben. Wer weiß, wo ich heute ohne das Internet wäre. Die Menschen im Internet haben mir einen wichtigen Impuls gegeben. Ich habe von ihnen gelernt, dass es geht! Man kann als transidente Person zu sich selber stehen und seine Bedürfnisse leben, ohne von einem schwarzen Loch verschlungen zu werden. Es war für mich ein echtes Aha-Erlebnis, dass diese Menschen offen zu dem standen, was sie sind und sich mit Namen und Bild der Welt präsentierten. Sie versteckten sich nicht, sondern präsentierten sich mit ihrer weiblichen Seite der Weböffentlichkeit. Und nicht bloß das. Im Internet lernte ich Leute kennen, die es schafften, ihre Weiblichkeit in verschiedenen Formen auszuleben, ohne dass dadurch die Welt unterging. Da waren Menschen wie ich, die auf Partys gingen und sogar am hellen Tag zum Einkaufen.

„*Andere können das!*" Diese Erkenntnis traf mich wie ein Blitz. Die zweite, wichtigere folgte kurz darauf: „*Wenn andere es können, dann kann ich es auch!*" In der für mich bis dahin unüberwindlichen Mauer meines Gefängnisses

gab es plötzlich eine offene Tür. Und ich bin durch diese Tür da hin gegangen, wo ich jetzt bin.
Das löst die Frage aus, warum nicht alle transidenten Personen, die im Web die gleichen Informationen finden, wie ich, ihr Versteck verlassen. Tja, die Informationen mögen zwar ähnlich sein, doch die Schlussfolgerungen sind es nicht. Ich kenne eine Menge Personen, die auf die Berichte anderer und – worauf ich sehr stolz bin - inzwischen auch meiner hin, sich selbst mehr getraut haben und sich, um das Anfangsbild aufzugreifen, ein Stücken weit auf die Wiese getraut haben. Es gibt aber wahrscheinlich noch sehr viele mehr, die anders als ich gefolgert haben *„Das mag für andere zwar möglich sein, aber ich kann es nicht!“*
Diejenigen, die trotz der Chancen, die unsere moderne Welt bietet, nicht nach draußen gehen, haben vor allem eines: Angst! Das ist keine Wertung, das ist eine Tatsache! Es gibt vieles, vor dem sie sich fürchten:

- Beeinträchtigung sozialer Beziehungen
- Trennung/Scheidung
- Isolation
- Hohn und Spott
- Jobverlust
- Ansehensverlust

Das alles kann passieren, wenn man sich in der einen oder anderen Form der Welt präsentiert. Für alle genannten Punkte habe ich schon Beispiele kennengelernt. Wir reden hier also nicht über irreale Ängste, sondern über Dinge, die durchaus geschehen können. Das alles ist möglich, aber es muss nicht zwangsläufig geschehen.

7.3 Verstecken hat Folgen

Andererseits hat das Verstecken und Verdrängen ganz reale und nicht bloß hypothetische Auswirkungen. Es hat Folgen, wenn ich aus Angst Dinge nicht tue, die für mich wichtig sind. Ausgehend von meinen eigenen Erfahrungen sind diese Folgen zum einen gesundheitlicher Art und zum anderen charakterlicher Art.

- **Verzicht**

Zunächst einmal besteht der Preis des Versteckens im Verzicht auf Selbstverwirklichung. In mehr oder weniger großem Umfang verzichtet man darauf, das zu tun, was man gerne tun würde. Die Bedürfnisse sind unterschiedlich ausgeprägt und unterschiedlich intensiv. Deshalb ist der Verzicht, den einzelne üben, unterschiedlich schmerzhaft. Viele von denjenigen, die isoliert ihre Besonderheit vor aller Welt verstecken, haben wahrscheinlich keinerlei Bedürfnisse, als Frau vor die Tür zu gehen. Trotzdem verzichten auch sie. Eventuell auf die Möglichkeit, in Anwesenheit ihrer Frau abends mal einen Rock tragen zu können, eventuell auf die Chance mit einer anderen Menschenseele darüber reden zu können, wie sie sich fühlen und was sie sich wünschen.
Besonders der letzte Aspekt war für mich der quälendste. Die Überzeugung, mit dieser Seite meiner Persönlichkeit vollkommen isoliert zu sein, war für mich ein großes Problem. Ich bin ein kommunikativer Mensch und ausgerechnet mit dem Aspekt, der mir die meisten Fragen bescherte, konnte ich mich an niemanden wenden. Ein Teil meiner Seele fühlte sich wie in Einzelhaft.

- **Wachsamkeit**

Wer auf der Flucht vor seinen Feinden ist, der ist nicht entspannt. Alle Sinne sind angespannt, die Wahrnehmung auf leiseste Hinweise der Entdeckung fokussiert. Das kostet Kraft! Dass es zudem extremer, dauerhafter Stress ist und damit die gleichen Nebenfolgen wie dieser hat, dazu gleich.

- **Negative Haltung selbst**

Erst im Nachhinein habe ich verstanden, dass der eigentliche Preis, der viel höher war als der Verzicht, darin bestand, dass mich meine Versteckerei zwangsläufig zu einer negativen Haltung gegenüber meinen Mitmenschen gebracht hat.
Wenn ich nicht vorausgesetzt hätte, dass ich von den anderen Menschen wegen meiner Besonderheit etwas zu befürchten ist habe, dann wäre die Schlussfolgerung, mich damit verstecken zu müssen unsinnig gewesen. Wenn die Menschen mir nichts Böses wollen, dann gibt es keinen Grund, sich vor ihnen zu verstecken! Also muss ich in bestimmtem Umfang negative Grundannahmen über andere Menschen treffen und davon ausgehen, dass sie tendenziell eher böse sind.
Mir ging es lange Zeit schlecht! Und weshalb? Weil ich mich nicht selbst ver-

wirklichen konnte! Und warum konnte ich das nicht? Weil ich mich vor den Leuten verstecken musste! Die sind also schuld!
Beides zusammengenommen führte dazu, dass ich eine sehr pessimistische Grundhaltung gegenüber anderen Menschen hatte. Zu denen viel mir spontan kaum etwas Gutes ein. Und diese Grundhaltung wirkte in meinem Kommunikationsverhalten zu anderen Menschen. Ich war pessimistisch und misstrauisch.

- **Leben in einer dunkleren Welt**

Wer sich dauernd vor Gewalttätern fürchtet und sich dauernd mit dem Schutz vor Gewalt beschäftigt, der lebt alleine deshalb in einer viel gewalttätigeren Welt, als jemand, der das nicht tut! Wer sich ständig vor einer Gefahr schützt, für den ist sie gedanklich immer präsent. Wer demgegenüber die natürlich in gewissem immer Maße vorhandene Gewalt für seine Lebensgestaltung als irrelevant ansieht, wird höchstens dann mit Gewalt zu tun haben, wenn er sie selbst direkt oder indirekt erlebt. Das heißt für Menschen, die sich vor einer realen, aber unbekannt großen Gefahr verstecken, ist diese Gefahr sehr viel gegenwärtiger und ihr Leben beeinträchtigender, als für Leute, die sie ignorieren. Dadurch wird deutlich, dass der Nutzen der Einstellungsänderung nicht darauf beschränkt ist, dass man im Hinblick auf die Selbstverwirklichung profitiert, sondern dass man in einer subjektiv freundlicheren Welt lebt. Mag sein, dass etwas Negatives passiert. Aber es ist dann trotzdem bloß die negative Ausnahme und nicht der Regelfall unter dem ich ständig leide, weil ich mich dauernd vor ihm schütze.

- **Gesundheit**

Ausgehend von meinen eigenen Erfahrungen bin ich fest davon überzeugt: Der Verzicht auf die Verwirklichung von Aspekten der eigenen Persönlichkeit, die gelebt werden wollen und die dazu nötige Abschottung von der Welt sind dauerhaft schädlich für die Gesundheit! In meinem Fall bestand die Folge in wiederkehrenden, immer schlimmer werdenden depressiven Phasen, in denen Selbstmordfantasien einen immer breiteren Raum einnahmen.
Mir selbst ist erst im Nachhinein klar geworden, dass meine immer wieder auftretenden Depressionen, mein Sarkasmus gepaart mit Pessimismus und Übellaunigkeit gar nicht untrennbare Teile meines Wesens, sondern Auswirkungen meiner damals panisch geheim gehaltenen Neigung zum

Crossdressing waren. Seitdem ich meine nun mal vorhandene, weibliche Seite besser ausleben kann und seit ich mich mit ihr anderen Menschen öffnen kann, bin ich ein optimistischerer Mensch geworden. Ich bin weniger aufbrausend und sarkastisch.
Ob sich die Unterdrückung des Crossdressing bei anderen genau so, ähnlich oder vielleicht ganz anders auswirkt, kann ich nicht behaupten, aber ich bin mir sicher: Sie wirkt sich aus. Das Gefühl des Druckes kann verdrängt werden, doch es wird nie verschwinden. Linderung ist nur dadurch möglich, dass man seinen Empfindungen Ausdruck verleiht. Und wenn das nicht geht, dann muss der Druck, der sich im Inneren aufbaut, sich anderweitig entladen. Durch ein Ventil, durch einen Riss oder vielleicht irgendwann durch eine Explosion, die alles zerreißt.

Ausgehend von meinen Gesprächen mit anderen transidenten Menschen würde ich ergänzend die folgenden Krankheiten als Folgen für möglich halten:

- Unter- oder Übergewicht
- Alkoholsucht bzw. Süchte überhaupt
- Magen-, Darmprobleme
- Hörsturz
- Infarkt
- und weitere stressinduzierte Krankheiten.

Denn genau das ist es, was die dauerhafte Selbstverleugnung für den Körper und die Psyche bedeutet: Stress!

7.3 Auswege?

Welche Auswege gibt es denn nun aus dem Teufelskreis? Zunächst muss ich einige Hoffnungen zerstören.

- **Heilung**

„Ich muss diesen Drang nach Weiblichkeit überwinden!“ Das war das erste, was mir damals eingefallen ist und ist wahrscheinlich auch das, was den meisten Partnerinnen von Betroffenen einfällt: *„Mach eine Therapie!“*

Dass die Annahme, man könne sich Transidentität abgewöhnen wie eine Sucht oder wegtrainieren wie eine Phobie, ein von keinerlei Realität gestütztes Wunschdenken ist, hatte ich schon erwähnt. Doch weil es eine so wichtige Aussage ist, wiederhole ich sie. Die Antwort heißt *„Vergiss es!"* Es gibt keine Heilung. Du kannst nicht vor dir selber fliehen.

Das heißt nicht, dass eine Therapie für Menschen wie uns sinnlos wäre. Ganz im Gegenteil, sie kann ein wichtiger und notwendiger Schritt in Richtung auf ein zufriedenes Leben sein. Allerdings muss das Ziel klar sein. Es kann nicht um Heilung gehen, sondern bloß um Hilfestellung mit dem wie man ist, glücklich zu werden.

- **Veränderung der Gesellschaft**

„Es müsste Bewegung in die Gesellschaft kommen! Die müsste halt toleranter werden!" ist eine häufige Wunschvorstellung.

Natürlich, darauf kann man warten. Aber warum sollte sich die Gesellschaft verändern, wenn sie nicht mal weiß, dass es eine Personengruppe gibt, die darauf wartet? Das ist ein Teil des Teufelskreises, der durch die Zurückgezogenheit so vieler Betroffener erzeugt wird. Die wenigen in der Öffentlichkeit auftauchenden Exemplare machen allein schon durch ihre Seltenheit deutlich, dass es sich um ein absolutes Randphänomen handelt. Wieso sollte die Gesellschaft Menschen nicht für seltene Exoten halten, wenn sie doch augenscheinlich eben solche sind? Deshalb wird sich die Gesellschaft nicht von sich aus verändern. Wer darauf wartet, verwartet sein Leben.

- **Aktivisten**

Es könnte sich vielleicht auch eine Gruppe engagierter, transidenter Menschen zusammenfinden. Sie könnte eine Bürgerbewegung gründen oder vielleicht eine Partei.

Doch würde die Menge der versteckt lebenden transidenten Menschen eine solche Initiative unterstützen? Oder würde sie nicht viel eher warten, bis diese Initiative Erfolge erkämpft hat?! Aber wie soll sie erfolgreich sein, wenn sie keine Unterstützung findet? Außerdem, das habe ich nach einer idealistisch-naiven Anfangsphase inzwischen gründlich gelernt, gibt es keine hinreichend breite gemeinsame Basis für die verschiedenen Arten von Transgendern. Transsexuelle grenzen sich von Transvestiten ab und umgekehrt. Frauen in Männerkörpern distanzieren sich empört von Männern in Frauenkleidern. Nein, es wird keine hinreichend große und damit gesellschaftlich relevante Gruppe mit gemeinsamen Interessen zusammenkommen. Gar nicht daran zu denken, dass die auch noch etwas bewirkt.

- **Prominente Figur**

Ein Martin Luther King oder ein Wowereit der Transidenten! Das wäre es. Viele hoffen, dass sich irgendwann einmal eine prominente und respektable Person zu ihrer Transidentität bekennt. Ideal wäre ein hochrangiger Politiker, der sich hinstellt und sagt *„Ich bin ein Transvestit! Ich trage gerne Frauenkleidung. Na und?"* und der dann eventuell sogar noch zu einem großen Empfang mal nicht im grauen Anzug, sondern im „kleinen Schwarzen" erscheint.
Das wird es aber nicht geben! Warum sollte eine transidente Person, und statistisch gesehen muss es solche in der Riege der Prominenten geben, das tun? Um sich selbst Freiheiten zu verschaffen? Vielleicht. Aber die Menge der versteckt lebenden Transgender, die schon als Nicht-Promis Angst vor negativer Publizität haben, lässt vermuten, dass ein prominenter Politiker oder Wirtschaftsboss, der ein sehr viel höheres Risiko eingeht, sich ganz bestimmt nicht öffentlich zu seiner Neigung bekennen wird, es sei denn er muss es.

Das waren die gängigen Hoffnungen – alle vergeblich. Es bleibt als Zwischenergebnis, dass auf die anderen kein Verlass ist.

7.3 Eigene Veränderung als einzige Lösung

„Erhoffe nichts! Heute, das ist dein Leben."
Kurt Tucholsky

Wenn du Veränderung möchtest, dann musst du sie selbst bewirken. Doch zum Glück musst du nicht die Welt oder die anderen Menschen verändern. Mein Lösungsvorschlag ist: Die eigene Einstellung ändern und durch Ausprobieren feststellen, dass es keinen Grund gibt, Angst zu haben. Weil nur du selbst dir helfen kannst. Nur du entscheidest. Und wie du entscheidest, so ist es.

Als ich mir die Frage stellte, wieso ich überhaupt angenommen habe, dass die anderen Menschen mir mit meiner besonderen Neigung kein Verständnis

entgegenbringen könnten, musste ich lange und tief wühlen. Vordergründig waren es Wahrheiten, die jeder wusste. Schon die Bibel sagt doch, dass der Mensch schlecht ist. Aber warum war ich überzeugt, dass das stimmte? Die Ursache musste noch tiefer liegen. Schließlich stieß ich auf die Antwort: Ich habe die anderen Menschen für intolerant gehalten, weil ich mich selbst mit meiner Transidentität nicht leiden konnte! Ich habe mich selber mit meiner Transidentität nicht annehmen können. Von Mögen will ich gar nicht erst reden. Ich habe dagegen angekämpft und mich dafür gehasst, dass ich so bin. Da ist natürlich der Gedanke naheliegend, dass es auch für andere Menschen vollkommen unakzeptabel ist. Das ist meiner Meinung nach der Kern. Wer sich selbst mag und gut findet, der geht davon aus, dass andere das ebenso sehen. Und wer sich selbst ablehnt, der vermutet auch Ablehnung durch andere. Bei mir jedenfalls gab es eine starke Verbindung zwischen einer mangelnden Eigenliebe und der Vermutung, dass die anderen mich nicht leiden können.
Wenn wir zufrieden leben wollen, dann können wir es uns nicht dauerhaft leisten, wesentliche Teile unseres Selbst zu negieren. Früher habe ich nicht verstanden, dass mein zynischer Umgang mit anderen Menschen, meine negativen Grundannahmen über sie und meine wiederkehrenden, immer schlimmer werdenden Depressionen ihre Ursache darin hatten, dass ich im Krieg mit mir selbst war. Erst als ich angefangen hatte, mich selber mögen zu lernen wurde besser das besser. Dabei handelt es sich um einen längeren Weg und der Prozess ist immer noch nicht abgeschlossen. Nur wer sich selber mag, kann es für möglich halten, auch von anderen gemocht zu werden.
Unsere inneren Bilder haben große Macht. Sie verändern die Realität, denn unser Gehirn ist der Mittler zwischen uns und der Welt. Du sagst, die Menschen wollen dir Böses? Dann ist es so. Ich sage, die Menschen sind freundlich und akzeptieren mich? Auch das stimmt.
Wenn wir auf Dauer gesund und glücklich leben wollen, müssen wir zu allererst Frieden mit uns selbst machen. Wir müssen aufhören uns zu schämen oder sogar dafür zu hassen, dass wir nicht den Vorurteilen genügen können, die unsere Körperlichkeit anderen nahelegt. Was so leicht klingt, ist in der Umsetzung ziemlich schwer. Wie ändert man seine Einstellungen? Letztendlich dadurch, dass man sich entscheidet, es zu tun.
Dies ist die Stelle wo viele, wenn nicht sogar die meisten Betroffenen eventuell gut daran tun, professionelle Hilfe in Anspruch zu nehmen. Eine Therapie oder sagen wir lieber allgemein psychologische Unterstützung kann sehr hilfreich

sein. Eine professionelle Begleitung kann mich zu Veränderungen befähigen, die ich alleine nicht erreichen kann.
Am Ende sollte das Ergebnis stehen, dass die Überzeugung „unmöglich“ ersetzt wurde durch die Überzeugung „machbar“ und die Energien, die bis dahin dafür verwendet wurden, sich selbst zu unterdrücken, nun dafür genutzt werden, sich selbst zu verwirklichen.
Letztendlich muss jeder Mensch die Entscheidung, wie er sein Leben leben will, für sich alleine treffen und verantworten. Was ist besser? Das Risiko vermeiden und eine sich langsam aber stetig steigernde Menge Leid ertragen? Oder die eigenen Hypothesen auf die Probe stellen und Risiken eingehen? Theoretisch ist die Kalkulation einfach. Das Risiko lohnt sich, wenn der erwartete Nutzen höher einzuschätzen ist, als das eingegangene Risiko, das sich wiederum durch seine Größe und Eintrittswahrscheinlichkeit abschätzen lässt. Wie schon erwähnt, neigen Leute, die sich für das Verstecken entschieden haben, allein schon auf Grund des Faktums, dass sie sich dazu entschieden haben, dazu, das Risiko deutlich zu überschätzen. Das liegt daran, dass Leute, die etwas investieren, um sich zu schützen, praktisch gezwungen sind in einem viel höheren Maße an diese Bedrohung zu glauben.
Es geht nicht darum, dass ich die Gründe für die Angst wegdiskutieren will. Ich bestreite nicht, dass es Gründe gibt, Angst zu haben und vorsichtig zu sein. Jedoch plädiere ich für eine nüchterne Abwägung. Wie eine solche Abwägung aussehen kann, möchte ich an einem Beispiel darstellen.
Der Klassiker unter den Ängsten von uns Transgendern ist wohl das Erkannt werden. Dabei liefert das innere Katastrophenkino in etwa folgenden Film: Die Familie, die nichts von Vaters Besonderheit weiß, ist weg. Unser Held nutzt die Gelegenheit, um ein wenig Heldin sein zu können. Auf dem Weg vom Wohnzimmer in die Küche - voll aufgedonnert, schlecht geschminkt, aber dafür auf hohen Hacken - öffnet sich unvermittelt die Wohnungstür und herein tritt die tratschsüchtige beste Freundin der Ehefrau, die von dieser in die vermeintlich leere Wohnung geschickt wurde, etwas Vergessenes zu holen. Ein Blick, ein leicht verzögertes Verstehen, rasanter Abgang. Der Rest ist dann eine ungenaue Explosion mit den möglichen Bestandteilen Trennung, Demütigung, einsames Ende in einer heruntergekommenen Absteige. Jedenfalls geschehen ganz viele richtig üble Dinge.
Wenn man solche Phantasien hat, dann ist ein Gang in die Öffentlichkeit in weiblicher Version ein pures Wahnsinnsunternehmen. Gleichzusetzen mit sozi-

alem Selbstmord. Doch ist das wirklich die Realität? Muss das passieren oder ist das nur eine Materialisation unserer Ängste?

Mir hat es geholfen, den ganzen Vorgang gedanklich in Teilschritte zu zerlegen, um zu einer für mich realistischeren Einschätzung zu kommen.

1. Jemand muss mich sehen. Das ist nicht selbstverständlich, denn man kann durchaus als Frau unterwegs sein, ohne einer Menschenseele begegnen zu müssen.
2. Dieser Jemand muss erkennen, dass ich keine biologische Frau bin. Das ist bei meiner Körpergröße und meinen Körperformen zwar nicht zwingend, aber doch erwartbar. Wenn du bloß 1,75 m groß bist und einen grazilen Körperbau hast, dann vielleicht nicht so sehr.
3. Der Jemand muss mich als Mann kennen, also eine Bekannte oder ein Bekannter von mir sein. In einer Großstadt ist diese Gefahr natürlich nicht so groß, wie in einem Dorf.
4. Er muss in der weiblich gestylten Person, die er sieht, mich als männliche Person erkennen. Das ist meist nicht leicht, denn zwischen den beiden Versionen liegt bei vielen von uns doch eine große Differenz.

   Das alles muss schon mal zusammenkommen ... und es geht noch weiter! Dass ich als Individuum erkannt wurde, heißt nämlich noch nicht, dass damit die Katastrophe schon stattfindet.
5. Es muss diesen Menschen interessieren, was ich da tue. Ich habe festgestellt, dass es Menschen gibt, denen egal ist, wie ich rumlaufe.
6. Er muss etwas Weiteres mit der Information machen, das sich dann negativ für mich auswirkt. Entweder selbst, wenn er Macht über mich hat, oder durch andere. Denen muss er es erzählen, die müssen es glauben und dann ihrerseits gegen mich benutzen.

   Es muss also wirklich eine ganze Menge ineinandergreifen, damit aus einer Begegnung ein Erkennen und daraus wiederum eine Katastrophe wird. Nicht jeder losgetretene Kieselstein löst eine Lawine aus. Die meisten bleiben nach kurzer Zeit einfach liegen.

7.4 Bedenken? Ja, viele!

Vorsichtige Naturen könnten jetzt anführen, dass meine Aufforderung, die Entscheidung nur für sich selbst zu treffen, etwas von „Beamtenmikado“ hat.

Wer sich zuerst bewegt, hat verloren, denn er riskiert etwas und muss sich verändern. Wenn das genügend viele getan haben, hat sich für die, die erst mal in Deckung geblieben sind, das Feld so verändert, dass sie nun ganz ohne Risiko ins Licht können. Das ist allerdings schon deshalb ein Trugschluss, weil die Individuen gerade davon profitieren, dass sie selbst ihre Einstellungen geändert haben! Sie mussten den Schritt gehen und erkennen, dass nicht die Welt, sondern ausschließlich sie selbst das Problem waren. Und diese Erkenntnis ist der wichtige Aspekt.
Vorurteile sind realitätsfest. Das heißt. sie werden auch dann aufrechterhalten, wenn es Gegenbeispiele gibt. Wer also die Überzeugung hat, er könne wegen seiner spezifischen Besonderheit, seinen Voraussetzungen, seiner familiären Lage, seiner Prominenz u.a.m. nicht offener leben, der wird sich von den positiven Beispielen anderer nicht beeindrucken lassen. Der Mechanismus *„das mag ja für andere gehen, aber für mich nicht“* mit beliebigen Begründungen unterlegt, wird immer funktionieren, egal wie viele Leute sich erfolgreich zu ihrer Besonderheit bekannt haben.
Der Grund, warum die Stadtmusikanten in dem Grimmschen Märchen losgezogen sind war einfach. Sie hatten von ihrem alten Leben nichts mehr zu erwarten. *„Komm mit! Etwas besseres als den Tod finden wir überall!“* war das entscheidende Argument. So ähnlich ist das auch für uns. Jedenfalls war es so für mich zu einem bestimmten Zeitpunkt meines Lebens. Ich musste etwas ändern, sonst wäre mir zwar nicht der Tod, aber doch bloß ein für mich nicht lebenswertes Leben geblieben. Ein Leben mit einer Besonderheit, derentwegen ich mich selbst hasste, in einer Welt voll von Menschen, die mich auch hassen oder verachten würden, wenn sie merkten, das ich ganz anders bin, als ich ihnen vorspielte. Ein Leben, in dem ich dauernd so tun musste, als wäre ich anders, als ich tatsächlich war.
Wenn du noch dauernd Bedenken hast und Einwände, dann hast du vielleicht noch zu viel zu verlieren. Dann musst du dich weiter quälen. Aber wenn du meinst, es geht nicht mehr, dann weißt du jetzt, dass es nur an dir allein liegt, die Situation zu ändern.

Abschließend, habe ich eine gute und eine schlechte Nachricht für dich:
Zuerst die schlechte: Du kannst auf nichts hoffen. Da wird sich nichts ändern an der Gesellschaft.
Die gute Nachricht ist: Das ist nicht schlimm, denn es liegt allein an dir! Du hast es in deiner Hand, dein Leben so zu gestalten, dass du nicht leiden musst.

Folgende Schritte musst du gehen:

- Falls du es nicht schon tust: lerne dich so gern zu haben wie du bist! Deine Besonderheit gehört zu dir, wie deine Augenfarbe. Also möge sie und dich.
- Verändere deine Einstellung zu den anderen Menschen. Sie sind nicht böse und haben in aller Regel keinen Grund dich anzugreifen.
- Stelle dich in kleinen Schritten deinen Ängsten. Probiere aus, ob sie dem Realitätstest standhalten.

Willkommen in einem besseren Leben!

„Du willst noch leben irgendwann, doch wenn nicht heute, wann denn dann?"
Wolfsheim

8. Kapitel: Sich anderen Menschen öffnen

„Wege entstehen dadurch, dass man sie geht."
Franz Kafka

Was wir mit unserer Besonderheit mehr brauchen als Klamotten, Schminke, Highheels, Parties und Shoppingtouren zusammen, sind Menschen, die diese Frau in uns mögen und akzeptieren. Im besten Fall sind es genau die gleichen Menschen, die uns auch ansonsten nahe stehen. Wahrscheinlich noch viel mehr als die Überwindung der Angst vor dem Rausgehen, prägt die Unfähigkeit selbst mit nächsten Angehörigen über die Thematik sprechen zu können die Lebenswelt von Transgendern. Wer sich überlegt rauszugehen, der hat schon 90% des Weges geschafft.
Ich will gar nicht wissen, in wie vielen Fällen die Frauen nach vollkommen grundlosen und unerklärlichen Selbstmorden von ganz normalen Männern heimlich eine Kiste mit komischen Klamotten auf den Müll schmeißen müssen. Na gut, diejenigen, die echt Angst vor der Entdeckung haben, werden vorher mögliche Spuren und Indizien noch selbst vernichten und erst auf der Rückfahrt vom Recyclinghof den Brückenpfeiler anpeilen. Hoppla, ich werde theatralisch. Manchmal ist das nötig, um den Ernst der Sache zu betonen. Nach meiner Erfahrung leiden weitaus mehr Crossdresser unter ihrer familiären Situation als unter fehlenden Ausgangsmöglichkeiten. In den einschlägigen Foren wird mehr über Frauen, Kinder, Eltern, Freunde und Kollegen diskutiert, als über die nächste Party.
Deshalb ist die Frage möglicher Coming-outs so wichtig. Der Plural ist bewusst gewählt, denn die wenigsten von uns werden die Sache während der Hochzeit ihrer kleinen Schwester ein für alle Mal und in einem Abwasch erledigen. Gegenüber wechselnden Personen und aus verschiedenen Anlässen ist es immer mal wieder nötig. sich zu offenbaren. Und jedes einzelne Mal ist es schwierig.

8.1 Wem sag ich's?

Es ist eine schwierige Entscheidung, vor der wir immer wieder stehen: reden oder lieber verschweigen? Die Transsexuellen unter uns werden wohl nicht

darum herumkommen, irgendwann alle Welt über sich zu informieren. Den eher fetischistisch Orientierten wird es eventuell genügen, es niemandem zu sagen, wenn sie es schaffen, sich von ihrem Partner oder ihrer Partnerin nicht erwischen zu lassen. Vielen ergeht es jedoch wie mir: die Neigung ist zu offensiv um sie komplett geheim halten zu können, doch es gibt keine unabweisbare Notwendigkeit, sie in jedem sozialen Kontext (Familie, Verwandtschaft, Freunde, Bekannte, Job) offenzulegen.
Ich selbst habe viel zu lange in der Position *„Das darf niemals irgendjemand erfahren!"* verharrt und mir selbst dadurch eine Menge zugemutet. Mittlerweile gibt es einige Menschen - aber immer noch sehr wenige - die beide Seiten von mir kennen. Ich lebe zwischen den Alternativen, es vielen zu sagen und damit schwer zu kalkulierende Risiken einzugehen oder es möglichst niemandem zu sagen und damit meine Handlungsmöglichkeiten stark einzuengen.
In dieser Situation vertraue ich auf Regeln, die mir helfen mich hoffentlich richtig zu entscheiden.

Regel 1: Er oder Sie muss es wert sein

Nach einer langen Phase der Scham bin ich mittlerweile so selbstbewusst, dass ich zu mir stehen kann. Ich habe eine Besonderheit, die mir Erfahrungen ermöglicht, die nicht vielen zugänglich sind. Dieses Mehr, das über den Horizont vieler hinausgeht, muss ich nicht jedem auf die Nase binden, sondern ich kann es verschenken. Mit Geschenken muss der Beschenkte etwas anfangen können. Wenn ich also das Gefühl habe, dass jemand nicht offen für andere Sichtweisen ist oder sie nicht braucht ... warum sollte ich sie ihm aufdrängen? Wenn sich jemand ganz sicher ist, wie ich seiner Meinung nach bin und unreflektiert Vorurteile auf mich überträgt, warum sollte ich ihn verunsichern? Es gibt aber Menschen, die sind offen und sie interessieren sich für mich. Sie nehmen mich als Mensch wahr und nicht nur in irgendeiner Rolle, die ich grade so gut es geht ausfülle. Solche Menschen könnten mit meinem Geschenk etwas anfangen, denn es hilft ihnen, mich besser zu verstehen.
Ich habe etwas zu verschenken und das kriegen nur Leute, die ich beschenken möchte und die sich voraussichtlich auch darüber freuen können.

Regel 2: Ich muss etwas davon haben

Ja, das ist egoistisch. Wenn ich jemandem so vertraue, dass er so viel von mir erfährt, dann muss ich etwas davon haben! Das kann viel oder wenig sein. Es

ist auf keinen Fall mehr als der/die andere zu geben bereit und in der Lage ist, aber es ist zu wenig, es bloß zu sagen um ehrlich zu sein. Der Begriff „Vorteil“ ist für mich weit gefasst und eher immateriell gemeint. Meine Partnerin muss es wissen, damit ich mich nicht immer und überall verstecken muss und ihr gegenüber wirklich ich selbst sein kann. Mein Sohn musste es erfahren, weil er sonst nicht weiß, wer sein Vater wirklich ist. Andere erfahren es, damit sie mir mit Rat und Hilfe zur Seite stehen können oder damit ich als Frau überhaupt irgendwo hin kann. Meine engsten Freunde sollten es wissen, weil sie mich sonst nicht verstehen können und ich sie über manches belügen müsste. Jemanden nicht belügen zu müssen, der mir wichtig ist, ist schon ein Vorteil, den ich akzeptiere!
Kurz: meine Situation sollte, nachdem ich es jemandem gesagt habe, besser sein als vorher. Ist sie das voraussichtlich nicht, dann habe ich nichts davon, es zu sagen, und schweige.

Regel 3: Es darf anderen nicht schaden
Ich habe, Notsituationen natürlich ausgenommen, nicht das Recht im eigenen Interesse andere zu verletzen oder zu beeinträchtigen. Kein individueller Vorteil rechtfertigt es, auf Kosten der Integrität anderer Personen gewonnen zu werden. Ich bin Moralistin! Der Anwendungsbereich dieser Regel ist aus meiner Sicht sehr schmal, da die meisten Menschen schon auf sich selbst aufpassen können, aber besonders in Bezug auf Kinder sollte man sich sehr gründlich Gedanken machen, ob man zu einem bestimmten Zeitpunkt aus Eigeninteresse nicht zu viel Last auf ihre Schultern legt.
Kurz: ich teile mich nur Leuten mit, die nach meiner Einschätzung mit dem Wissen auch zurechtkommen werden.

Das waren die drei Regeln, an die ich mich halte. Sie ermöglichen mir, die Freiräume zu bekommen, die ich brauche, und bewahren mich davor, durch naive Offenheit an falscher oder unnötiger Stelle vermeidbaren Ärger zu verursachen. Es ist wohl unnötig zu sagen, dass es keine Sicherheiten gibt. Was wirklich passieren wird und wie andere Menschen reagieren, ist nur bedingt vorhersehbar. Doch ich habe gelernt, sehr stark auf meine Gefühle zu hören. Üblicherweise hat von, bevor man mit anderen Menschen spricht, ein Gefühl dafür, ob das wohl gut wird oder nicht. Und diesem Bauchgefühl kann man sehr weitgehend vertrauen.

8.2 Anderen von sich erzählen

Weil du in der Situation des Coming-out das überlegene Wissen hast, bist du die Stärkere! Du weißt, was passieren wird, die anderen sind vermutlich noch ahnungslos. Deshalb liegt viel Verantwortung für das Gelingen bei dir.
Plane das Gespräch sorgfältig und mit Bedacht. Coming-outs sind für dein zukünftiges Leben viel gefährlicher – aber eben auch chancenreicher – als ein Ausgang bei Tageslicht als Frau.

- **Rahmenbedingungen**

Wenn es irgend geht, solltest du die Herrschaft über die Rahmenbedingungen haben. Gut, wenn du gerade von deiner überraschend heimgekommenen Frau mit Strapsen vor dem Schlafzimmerspiegel erwischt wurdest, bleibt dir nicht viel mehr als zu sagen *„Schatz, da sollten wir später in Ruhe drüber reden!“* und hoffen, dass das nächste, was du hörst, keine knallende Tür ist. Aber in allen anderen Fällen, in denen du das Spiel vorbereitest, solltest du dir Gedanken machen und deinen Vorteil nutzen. Es gibt keine generellen Regeln, denn jede Situation ist anders. An folgende Punkte solltest du denken:

- **Zeit**: keine Hektik. Achte auf eine ruhige, entspannte Atmosphäre
- **Ort**: Du hast die Auswahl zwischen Heimspiel, Auswärtsspiel und einem neutralen Ort. Je nach dem kann das eine oder das andere besser sein. Wähle den Ort also mit ein wenig Überlegung.
- **Beteiligte**: Du weißt, wem du dich mitteilen willst. Denke daran, dass eine Situation umso schwieriger ist, je mehr Leute dabei sind. Am allerbesten sind Vieraugen-Gespräche. Ansonsten gilt: je weniger, desto besser. Selbst Menschen, die du zu deiner Rückendeckung mitgenommen hast (deine Frau, eine Freundin ...) können sich als tückische Verbündete erweisen, wenn das Gespräch erst mal im Gange ist und seine Dynamik entfaltet.
- **In welcher Version?** Damit meine ich die Frage, ob es klüger ist, die Sache als Mann durchzuziehen und nur, eventuell unter Zuhilfenahme von Bildern zu erzählen, oder ob es eventuell die bessere Strategie ist, die andere Seite gleich die Frau kennenlernen zu lassen, um die es geht. Das ist ein wenig die Wahl zwischen Konfrontation und sanfter Annäherung. Du solltest die Möglichkeit, dass eine eher harte Linie, die überbordenden Fantasien direkt den Boden entzieht, eine gute Strategie sein kann, nicht di-

rekt verwerfen. Ich bin diesen Kurs bisher nicht gefahren, weiß aber von anderen, die damit gute Erfahrungen gemacht haben. Manchmal kann die Fantasie nämlich furchteinflößender sein, als die Realität. Ich habe mich nach meinen Coming-out-Gesprächen häufig gefragt, was die anderen jetzt wohl für Vorstellungen haben und habe mitbekommen, dass sie echte Ängste hatten, die sich erst legten, als sie Bilder auf meiner Homepage angeguckt hatten.

- **Vorsicht**

Die Gespräche über die Trans-Thematik können nicht besser sein, als die Gespräche über andere, einfachere Themen. Es ist nicht zu erwarten, dass in familiären oder freundschaftlichen Runden besonders kompetent miteinander umgegangen wird. Die meisten Menschen sind auf diesem wichtigen Gebiet eher Amateure. Deshalb kommt es gerade innerhalb von Familien zu so vielen emotionalen Verletzungen, obwohl sich die Leute doch eigentlich mögen. Man agiert im familiären Kreis, weil man sich ja kennt, häufig mit offenem Visier und scharfen Waffen. Die einmal schwer Verletzten werden sich dann künftig vor Familienfeiern drücken - oder wenn das nicht geht - zumindest einen schützenden Panzer tragen. Gehe also nicht davon aus, dass Gespräche mit Freunden oder Verwandten zwangsläufig unproblematisch sind.

- **Selbstbeobachtung**

Coming-outs sind stressig. Zunächst und vor allem für uns selbst. Wir haben Angst vor der Situation und dem was passiert. Diese Angst kann dazu führen, dass wir selbst der größte Problempunkt für ein erfolgreiches Gespräch werden können. Umgekehrt kann fehlender Respekt vor der Situation und der naive Glaube, alle fänden dich im Kleid genau so gut, wie du dich selbst, ebenso gefährlich sein. Weder Euphorie noch Angst sind gute Rahmenbedingungen. Versuche ruhig und sachlich zu sein. Also achte zunächst auf dich selbst und sei flexibel und offen für überraschende Wendungen.

- **Wahrnehmung der anderen**

Das ist eine Selbstverständlichkeit in jedem Gespräch, aber bei solchen sensiblen Gesprächsthemen noch viel wichtiger. Achte auf die Reaktionen der anderen und beziehe sie mit ein. Körpersprachliche Reaktionen sind noch wichtiger als verbale, weil die Körpersprache direkter und ehrlicher ist. Sind deine Gesprächspartner offen und interessiert oder wirken sie verängstigt oder ablehnend? Du wirst keinen Erfolg haben, wenn du dich nicht auf deine Zuhörer einstellst. Das ist schwer, weil du eventuell selber Angst hast und es hinter dich bringen willst, doch es ist nie eine gute Idee, mit dem Kopf durch eine Wand zu wollen.

- **Empfängerhorizont**

Wichtig für die weitere Entwicklung der Beziehungen ist nicht was du sagst oder gar meinst, sondern bloß das, was beim Gegenüber ankommt. Also versuche so zu reden, dass du verstanden wirst. Die anderen haben von Transidentität und den damit zusammenhängenden Themen und Begriffen vermutlich keine Ahnung. Hole sie dort ab, wo sie stehen und führe sie langsam zu dem, was du ihnen zeigen willst.

- **Ernst, aber nicht dramatisch**

Mir ist es schon passiert, dass ich ein hoffnungsvolles Coming-out-Gespräch dadurch an die Wand gefahren habe, dass ich zu dramatisch war. Aus Angst, als Hobbyfrauendarsteller gesehen zu werden, habe ich in die Gegenrichtung überzogen und ohne Not von meinen Depressionen und suizidalen Überlegungen geredet. Danach war die Zuhörerschaft bleich und die ganze Sache hatte so eine Schwere bekommen, dass ein entspanntes Reden nicht mehr möglich war. Nachdem ich von Selbstmordgedanken geredet hatte, war natürlich kein Raum mehr für entspannte Berichte von der horizonterweiternden, glücklich machenden Erfahrung, als Frau die Welt zu erleben. Erst recht nicht für lustige Stories aus der skurrilen, bunten Welt der Transen.

8.3 Besondere Tücken

- **Überlagerung**

Bei unseren Coming Outs gibt es die besondere Gefahr eines Halo-Effekts: Wenn es zu schwierigen oder sogar kritischen Reaktionen kommt, dann meinen wir, das hätte seinen Grund darin, dass die anderen die Thematik nicht akzeptieren könnten. Wir meinen eigentlich immer, alles läge nur an der Thematik. Das ist aber sehr verkürzt und manchmal sogar krass falsch. Natürlich kann es sein, dass die Kommunikation wegen des Themas schwierig ist. Viel häufiger dürfte aber an diesem Punkt deswegen Sand ins Getriebe kommen, weil es andere Probleme beim Miteinander reden gibt. Ärgerliche Verknotungen im Gespräch, die gar nichts mit dem Thema, sondern mit besonderen Situationen der einzelnen Leute zu tun haben, können sehr störend sein. Vor allem, wenn du sie falsch interpretierst.

- **Rollen**

Manchmal ist es viel einfacher mit Fremden zu reden, als mit Bekannten. Von den Fremden weiß man zwar nicht, wie sie zu bestimmten Themen stehen, ob sie liberal sind oder erzkonservativ. Doch dieser Nachteil wird mehr als aufgewogen durch die Tatsache, dass sie keine Vorurteile aus jahrelanger Kenntnis über dich haben. Bildlich gesprochen ist es einfacher, etwas auf ein leeres Blatt Papier zu schreiben, als auf eines, das schon jede Menge Text enthält. Je besser dich die Menschen zu kennen glauben, umso schwerer ist es, ihnen ein anderes Bild von dir zu vermitteln.

Im innerfamiliären Rollenspiel - ich rede hier von der Familie, doch in Freundeskreisen gilt das ebenso - haben die einzelnen Personen häufig jahre- wenn nicht sogar jahrzehntelang eingeübte Rollen. Da gibt es Patriarchen Urmütter, Spaßvögel, schwarze Schafe, Täter, Helfer, Retter und Opfer. Die Beteiligten setzten als selbstverständlich voraus, dass ihre stereotypen Vermutungen über die einzelnen Akteure funktionieren. Häufig werden sogar immer wieder die gleichen Stücke aufgeführt. Eines könnte eventuell sein: Onkel Heinz ist bei jeder Feier irgendwann besoffen und muss von Tante Irmgard weggeschafft werden. Jede und jeder hat eine Rolle, die mit Sorgfalt gespielt wird. Es gibt Leute, die immer Probleme und Sorgen haben und diejenigen, zu denen man mit Sorgen kommt, die aber ihrerseits selber nie welche haben. Jedenfalls keine, die es wert wären diskutiert zu werden.

Ein familiäres Coming-out kann nun zur Folge haben, dass allseits geglaubte und gehegte Vorurteile über ein Familienmitglied nicht bloß in Frage gestellt werden, sondern sogar dessen übliche Rolle gefährden. Jemand beansprucht Raum für Interesse und Auseinandersetzung, der bisher nur als Schiedsrichter und Helfer bei den Themen anderer aufgetreten ist. Plötzlich ist der erfolgreiche Mann und Vater, der sich immer von allen die Probleme angehört hat und hilfreiche Ratschläge geben konnte, jemand der selbst akute Probleme mit sich und seiner Lebensgestaltung hat! Die Rolle des- oder derjenigen, die dem zuhört und für ihn da ist, ist im Familientheaterstück nicht vergeben. Sie wurde bisher nie gebraucht.

Deshalb lösen Coming-outs im näheren Umfeld häufig seltsame Reaktionen und viel Unbeholfenheit aus. Die haben dann gar nichts damit zu tun, dass die Transidentität als solche für die anderen problematisch wäre. Viel problematischer ist, eine Person im familiären Standarddrama plötzlich nicht mehr in der alten, sondern in einer neuen, anderen Rolle sehen zu müssen.

8.4 Das Ergebnis

Wichtig ist, dass klar ist, was man mit dem Gespräch überhaupt erreichen will. Wie bereits erwähnt, ist es nicht genug, „es einfach nur mal zu sagen". Der Aufwand und das Risiko eines Coming-out sind nur sinnvoll, wenn dabei auch eine Verbesserung erreicht wird. Üblicherweise sind es mehr Freiräume. Es muss dir jedoch bewusst sein, dass du keinen Anspruch auf ein bestimmtes Ergebnis hast. Ob die Menschen, dich mit diesem neuen Wissen über dich akzeptieren und mögen, das ist allein deren Entscheidung. Sie müssen damit fertig werden. Manchmal braucht das einige Zeit, manchmal sogar sehr viel Zeit. Und manchmal ist das Ergebnis auch, dass die Leute feststellen, dass sie es gar nicht schaffen. Weil das ein ebenso typisches, wie im Nachhinein unbefriedigendes Ergebnis ist, möchte ich gleich noch die „goldene Zitrone" präsentieren. Eine häufige Reaktion, die uns erwartet:
„Ach, das ist uns eigentlich egal. Du bist unser Freund/Bruder/Schwager/Kind/Vater und dadurch ändert sich nichts zwischen uns!"
Das ist genau die Reaktion, die fast jeder sehr freundlich aufbringt und die mich fertig macht. Ich habe sie so oder so ähnlich schon einige Male gehört und ich fand es nicht gut! In allen Beziehungsgeflechten (Familie, Freundeskreis) haben wir, wie ich gerade schon erläutert habe, eine bestimmte Rolle. Jetzt haben wir das Risiko auf uns genommen und ein Coming-out gemacht. Natürlich erhofften wir uns davon eine wie auch immer geartete Veränderung der Situation zum Besseren. Wenn wir wollten, das alles beim Alten bleibt, dann hätten wir ja einfach die Klappe halten können. Und dann kriegt man gesagt: *„Macht nix! Du bleibst für uns der geliebte Mensch, der du immer warst!"*. Gerade habe ich denen doch erklärt, dass ich eben nicht der Mensch bin, den ich ihnen ewig lang vorgespielt habe! Wenn das nicht anerkannt wird, was zugegebenermaßen sehr schwer ist, dann habe ich mein Ziel nicht erreicht. Das mag total lieb gemeint sein, ist aber in letzter Konsequenz eher der Trostpreis als der erhoffte

Hauptgewinn. Es ist zwar keine Katastrophe, denn es hätte durchaus wesentlich schlimmer kommen können. Unverständnis, Ablehnung, Abbruch der familiären Kontakte sind durchaus auch mögliche Ergebnisse eines mutigen Comingout. Doch wirklich hilfreich ist das eben nicht.
Bei aller Erleichterung, die schwierige Situation überhaupt lebend überstanden zu haben, solltest du darauf achten, dass das Ergebnis nicht nur für deine Gesprächspartner okay ist, sondern auch für dich. Du hast etwas Schweres und Mutiges getan. Da sollte eine kleine Verbesserung für dich drin sein.

8.5 Networking

Networking ist aktuell ein beliebtes Stichwort. Insbesondere in den Bereichen Karriere und Arbeitsmarkt oder im Zusammenhang mit komplexen sozialen Problemlagen wird es häufig als Lösungsoption genannt. Bücher, Fortbildungs veranstaltungen und sogar Studiengänge informieren über Nutzen und Funktion von Netzwerken. Etwas, das so wichtig ist, hat auch für transidente Menschen ein nicht zu unterschätzendes Potential.
Wikipedia schreibt unter dem Stichwort „Soziales Netzwerk (Soziologie)" Folgendes: *Unter der Tätigkeit „netzwerken" versteht man den Aufbau und die Pflege eines Beziehungsgeflechts einer mehr oder weniger großen Gruppe von einander „verbundenen" Personen, die sich gegenseitig kennen, sich informieren, und manchmal unabhängig von ihren Leistungen zum Beispiel in ihrer Karriere fördern oder andere Vorteile verschaffen.*
Mit unserer männlichen Seite sind wir üblicherweise sozial gut vernetzt. Familie, Freunde, Beruf sind wesentliche Aspekte der Vernetzung. Durch die Vernetzung erhalten wir notwendige und hilfreiche Informationen, moralische und materielle Unterstützung und vieles mehr. Im Grunde sind wir als soziale Wesen ohne unser Beziehungsnetzwerk gar nicht lebensfähig.
Anders sieht es für unsere weibliche Seite aus. Wenn man allein auf die weiblichen Sozialbeziehungen fokussieren würde, wäre da wenig oder gar nichts. Das ist nicht so schlimm, solange sich der Aktionsradius der weiblichen Aktivitäten auf die eigene Wohnung beschränkt. Doch selbst dann stellt sich schon das Problem der Einsamkeit. Da ist niemand, der mit einem redet, der einen lobt, bestärkt oder auch mal kritisiert. Alle Kommunikation ist bloß an den Mann adressiert.

Richtig schwierig wird es jedoch, wenn man sich entschließt, den Schutz der eigenen vier Wände zu verlassen. Dann geht es kaum ohne Netzwerk. Oder anders herum: Wenn man dann ein Netzwerk hat, wird vieles leichter und manches geht, was ansonsten unmöglich wäre. Ohne auf die Details eingehen zu wollen, war meine Situation so, dass ich ohne ein Netzwerk niemals in der Lage gewesen wäre, meine Situation zum Besseren zu verändern. Netzwerkmanagement hat mir in vielerlei Hinsicht erst ermöglicht, meine Lebenssituation erträglich zu gestalten.
Folgende Aspekte werden durch mein soziales Netzwerk als Jula gestützt, gefördert oder erst ermöglicht:

- **Unterstützung**: Die Akzeptanz, die ich erfahren habe und die Selbstverständlichkeit, mit der ich als Frau akzeptiert werde, ist ein wichtiger Baustein in meinem Selbstmanagement.
- **Feedback**: Du brauchst andere Menschen, die dir helfen, dich richtig zu sehen.
- **Wissen**: Über das Internet scheint alles Wissen bloß noch ein paar Klicks entfernt zu sein. Doch an spezielles Expertenwissen kommt man nur im direkten Gespräch. Die persönliche Beratung kann nicht durch noch so viele Wikipedia-Artikel ersetzt werden.
- **Ressourcen**: Wo stylt man sich um, wenn man von daheim aus welchen Gründen nicht als Frau losziehen kann? Bei Menschen, die der netten Frau gerne mal ihr Bad zur Verfügung stellen!
- **Gesellschaft**: Noch viel unangenehmer, als allein in der Wohnung zu hocken, finde ich es, allein durch eine Stadt zu irren oder allein in einer Kneipe zu hocken. Das mache ich nur, wenn es sein muss. Viel schöner finde ich solche Unternehmungen mit Bekannten oder Freundinnen.

8.6 Wie baut man ein Netzwerk auf?

Der Baustoff eines sozialen Netzwerkes sind kommunikative Beziehungen. Weil wir es als Männer gewohnt sind, ein soziales Netzwerk, in das wir hineingewachsen sind, um uns herum zu haben, ist der Gedanke eventuell etwas fremd, dass man so etwas auch taktisch aufbauen kann. Selbst bei einem Umzug muss man nicht so von vorne anfangen wie beim Aufbau eines Netzwerkes für eine Frau, die es eigentlich gar nicht geben sollte. Der erste Schritt ist, dass man sich mit seiner Besonderheit Menschen anvertrauen muss. Andere Menschen können der Frau in uns nämlich nur dann helfen, wenn sie von ihr wissen. Hilfreiche Personengruppen sind:

- **Freunde und Verwandte**: Der natürliche Ausgangspunkt für ein tragfähiges soziales Netzwerk einer transidenten Frau sind die Menschen, die den Mann kennen und mögen. Freunde und Verwandte sind normalerweise eine gute Wahl für ein taktisches Coming Out, wenn man zu ihnen ein gutes persönliches Verhältnis hat.
- **Betroffene**: Andere Transgender sind eine weitere Gruppe von potentiellen Netzwerkpartnern. Die eine hat eine sturmfreie Bude, die andere gute Ausgehideen! Wir können uns gegenseitig jede Menge Unterstützung geben, zumal wir für die gleichen Probleme Lösungen benötigen.
- **Dienstleister:** Das ist jetzt etwas lieblos formuliert, denn schließlich geht es um Menschen. Die Frau in uns braucht, um sich wohl zu fühlen, eventuell einige Dienstleistungen, die der Mann nicht braucht: Epilation, Make-up, Friseur, Maniküre, Perückenservice ... all diese freundlichen Menschen werden Teil deines weiblichen Netzwerkes, wenn du ihnen ehrlich sagst, was du warum von ihnen möchtest.
- **Weitere**: Irgendwann ist es soweit, dass sich die ersten Kontakte ergeben, die wir als ganz normale Frauen haben. Wir lernen Menschen kennen, mit denen uns irgendetwas verbindet. Und wenn der Kontakt sich verstetigt, dann sind sie unsere Bekannten, eventuell sogar unsere Freund/innen, auf jeden Fall aber Teil unseres Netzwerkes.

9. Kapitel: Partnerinteressen

Eines der schwierigsten Themen ist die Integration der Transidentität in eine Partnerschaft. Idealerweise hat die Partnerin von Anfang an gewusst, worauf sie sich mit uns eingelassen hat und es gibt keine Überraschung, nachdem man eine kreuzbürgerliche Ehe geschlossen und gemeinsam Kinder gezeugt hat. Doch in vielen Fällen läuft es anders. Die transidente Person schämt sich vor sich selbst und glaubt eventuell sogar, eine von ganzem Herzen geliebte Partnerin, eine Ehe und Kinder würden sie von ihrer Besonderheit kurieren und sie könnte ein ganz normaler Mann sein. Deshalb wird die Transidentität vor der Partnerin verheimlicht, so lange es nur irgend geht. Und wenn die Sache dann doch auffliegt, dann ist die Not groß.

Seien wir ehrlich: Wir tun unseren Ehefrauen/Partnerinnen mit unseren Bedürfnissen nach Weiblichkeit ganz schön was an! Allerdings beruht das auf Gegenseitigkeit. Wohl kaum eine andere Person wird von einem transidenten Menschen als so hinderlich bei dem Versuch erlebt, sich selbst zu verwirklichen, wie die eigene Frau oder Partnerin. Gut, es gibt Frauen, denen macht die weibliche Seite ihres Partners nichts aus. Sie unterstützen und fördern sogar die weibliche Seite. Sie gehen ohne Scham mit „ihr" aus und erleben diesen Aspekt als positiv für ihre Partnerschaft. Manche gehen den Weg sogar dann noch mit, wenn ihr Partner körperlich und von der sozialen Rolle komplett Frau geworden ist. Ja, das gibt es wirklich. Aber in vielen Partnerschaften, die ich kenne, ist das nicht so.

Lassen wir die glücklichen Paare, denen es ohne Stress gelingt, die Transidentität eines Teils in ihre Partnerschaft zu integrieren, beiseite. Sie haben den Neid derjenigen, bei denen es anders ist, und das mag ihnen genügen. Mein Thema sind die anderen. Die, bei denen sich die Transidentität ein schwieriges Problem in der Partnerschaft darstellt und sich eventuell sogar zur Familienkrise auswächst. Kurz, diejenigen, denen es so ähnlich geht, wie meiner Frau und mir.

Weshalb haben es ausgerechnet unsere eigenen Partnerinnen so schwer, unsere feminine Seite nett zu finden oder zumindest zu akzeptieren? Ich könnte die Frage auch provokanter formulieren: *„Wieso machen es uns gerade unsere eigenen Frauen so schwer, unsere Weiblichkeit so auszuleben, wie wir das brauchen?"* Manchmal hat es den Anschein, als würden gerade unsere Partnerinnen unserem Glück im Wege stehen. Statt uns zu unterstützen oder zumindest Verständnis für unsere Bedürfnisse zu haben, liefern sie uns ständig

Hindernisse und Probleme. Sie wollen dies nicht und jenes nicht wissen. Und sehen wollen sie schon gar nichts davon. Jedes Zugeständnis muss in langwierigen Kämpfen abgerungen werden. Dabei sind unsere Partnerinnen ansonsten tolerant gegenüber anderen Menschen. Ich glaube nicht, dass es Partnerinnen gibt, die generell ein Problem mit Transidentität haben. Meine Frau hat einmal gesagt: *„Ich habe nichts gegen Transvestiten. Ich würde problemlos mit jeder deiner Freundinnen durch die Stadt gehen. Mit denen bin ich schließlich auch nicht verheiratet!“* Die Ablehnung richtet sich also individuell gegen uns!
Letztendlich haben unsere Partnerinnen in etwa die gleichen Probleme mit unserer weiblichen Seite, wie wir selbst. So, wie viele von uns Jahre brauchen, sich selbst mit dieser für einen Mann so unpassenden Identität, anzunehmen, fällt es auch unseren Frauen schwer. Doch wir haben zumindest den direkten Zugang zu unseren Gefühlen. Wir spüren unmittelbar, dass etwas in uns ist, das wir nicht ignorieren können. Dieser Zugang fehlt unseren Partnerinnen. Sie sehen zunächst nur einen äußerlich normalen Mann. Sie können nicht spüren, dass das Bedürfnis nach Weiblichkeit einen anderen Charakter hat, als ein Hobby oder die Vorliebe für bestimmte Speisen. Folglich hat unsere Partnerin es sogar noch ein wenig schwerer als wir. Anders als wir, spüren unsere Frauen selbst nicht die innere Notwendigkeit, dieses Thema als Teil des eigenen Lebens zu akzeptieren.
„Wieso muss ich mir das überhaupt antun?“ Das ist wohl die erste Frage, die sich Frauen stellen, wenn sie unerwartet mit der Thematik konfrontiert werden. Sie bemerken, dass da etwas ist, das ihr Leben stört und sie stellen sich die berechtigte Frage, ob das denn wirklich sein muss. Es ist nicht ihr Thema! Wieso sollte sie damit ein Problem haben müssen? Das Beste wäre doch, wenn es sich bei der seltsamen Macke des Partners um etwas handelt, das die Beziehung und das gemeinsame Leben nicht stört. Weil man Transidentität und deren Auswirkungen auf die Menschen nicht sehen kann, ist die Versuchung groß, das Problem einfach dort zu lassen, wo es nach Meinung der Frau hingehört: bei ihrem Mann! Das Problem leugnen und es so weit wie möglich an den Rand des gemeinsamen Lebens drängen, sind übliche und auch verständliche Reaktionen.
Ganz so einfach ist es jedoch nicht. Um das zu verdeutlichen, möchte ich ein Beispiel bemühen. Stellen wir uns vor, der Ehepartner habe einen Unfall gehabt, durch den er den rechten Arm verlor. Wäre das auch allein sein Problem, dessen Auswirkungen auf das Alltagsleben die Partnerin im weiteren Verlauf

nicht an sich heranlassen würde? Sicher nicht. Oder der Partner erkrankt an einer Depression. Würde sich eine Partnerin dann auch darauf zurückziehen, dass es ja schließlich nicht ihr Problem sei? Es ist ein schwerer, erster Schritt der Erkenntnis, den Partnerinnen vollziehen müssen, dass ihr Mann, den sie eventuell lange als vollkommen normales und sogar besonders liebenswertes Exemplar seiner Art gesehen haben, eine Besonderheit mit sich herumträgt, die sein Leben stark beeinflusst. Zwar ist die Besonderheit nicht offensichtlich, doch sie ist unveränderbare Realität. Transidentität können die betroffenen Personen ebenso wenig wegdenken wie eine fehlende Extremität, eine Diabetes oder eine psychische Erkrankung. Besonders tückisch ist diese Thematik bei Spätberufenen, die jahrelang ihre Transidentität mit sich selbst ausgemacht und niemanden sonst aus ihrer Familie davon wissen ließen. Aus der Tatsache, dass jemand es über Jahre geschafft hat, die Transidentität zu seinem persönlichen Geheimnis zu machen und weder Partnerin noch sonstige Familie damit zu behelligen, lässt sich nicht folgern, dass er diese Kraft auch weiterhin haben wird.

Transgender selbst müssen irgendwann akzeptieren: es geht nie weg! Es wird immer Teil meiner Persönlichkeit und meines Lebens sein. Für die Frau heißt das, sie muss einen großen Schritt tun. Den großen Schritt von *„Muss das sein?“ zu „Wie kriegen wir das hin?“* Den anderen mit seiner Besonderheit anzunehmen ist sehr schwierig, aber es ist ein entscheidender Schritt. Oft ist er nicht ohne äußere Hilfe zu bewältigen. Eine gemeinsame Paartherapie kann eine notwendige Hilfestellung sein.

- **Rücksichtnahme**

Einen Teil des Problems kann man eventuell dadurch entschärfen, dass man auf die Belange seiner Lieben Rücksicht nimmt.

Immer dann, wenn wir unsere Identität, sei es mit Worten oder mit Taten nach außen sichtbar werden lassen, verändern wir damit etwas. Primär ist es das Bild das andere Menschen von uns haben. Doch das ist es nicht allein. Es verändert auch das Bild, das andere von den Menschen haben, mit denen wir in engen Beziehungen verbunden sind. Eventuell werden unsere Frauen und Kinder sogar noch eher mit gesellschaftlichen Vorbehalten konfrontiert, als wir selbst. Es ist durchaus nicht ungewöhnlich, dass mit dem Anlass von Verärgerung nicht geredet wird, sehr wohl aber mit denen, die ihm nahe stehen.

Meine Frau hat Angst, dass ihre Beziehungen zu Freunden und Nachbarn

überschattet werden, wenn allgemein bekannt wäre, wie ich manchmal rumlaufe. Hier haben wir einen Konflikt. Meine Frau fühlt sich verunsichert und wünscht deshalb Geheimhaltung in der näheren Wohnumgebung. Ich halte das für Quatsch, weil ich denke, dass meine Besonderheit für die Nachbarn nur einen sehr geringen Sensationswert hätte. Trotzdem respektiere ich den Wunsch meiner Frau. Nicht weil ich die Gründe ihrer Angst für rational halte, sondern weil ich weiß, dass ihre Angst echt ist. Und nur darauf kommt es an. Die Angst vor Spinnen oder Fahrstühlen ist auch irrational. Trotzdem geht man mit einem geliebten Menschen die Treppe hoch, um ihm einen Gefallen zu tun und zwingt ihn nicht in den Fahrstuhl.
Natürlich würde ich mir wünschen, dass meine Frau manches entspannter sieht, damit ich die eine oder andere Erschwernis in meinem sozialen Leben als Frau nicht mehr hätte. Aber das kann ich nun mal nicht erzwingen. Also nehme ich Rücksicht. So wie sie akzeptieren musste, dass ich nun mal kein normaler Mann sein kann, so muss ich auch akzeptieren, dass sie bestimmte Ängste und Vorbehalte hat. Doch die Rücksichtnahme findet ihre Grenzen, wo sie zur Selbstverleugnung wird.

9.1 Problematische Aspekte in der Partnerschaft

Selbst wenn die Partnerin bereit ist, sich der Thematik zu stellen, ist es immer noch schwierig. Nach den intensiven Diskussionen mit meiner Frau gibt es verschiedene problematische Aspekte. Ohne Anspruch auf Vollständigkeit, möchte ich einige im Folgenden darstellen.

- **Unsicherheit**

Wir Betroffenen wissen, wie wenig präsent unsere Thematik in der Gesellschaft ist und beklagen gerne das Unwissen, das zu schrägen Vorurteilen führt. Unsere Partnerin hat wahrscheinlich nur durch uns Zugang zu dieser Thematik und weiß darüber im Übrigen so wenig, wie der Durchschnitt der Gesellschaft. Und dann kommt der eigene Mann und man soll dazu eine Meinung haben, eine zustimmende, akzeptierende, positive. Dabei weiß man überhaupt nicht genau, was das eigentlich bedeutet. Das Spektrum der Möglichkeiten, was der Mann denn gemeint hat, als er sagte *„Ich trage gerne Frauenkleidung."* ist gewaltig. Zwischen einem eventuell unproblematisch in die Beziehung integrierbaren Fetisch für Strumpfhosen bis zu der Aussicht, sich demnächst in einer les-

bischen Beziehung mit einer körperlichen Frau wiederzufinden oder alternativ als alleinerziehende Mutter, wo man gerade doch noch Managerin eines erfolgreichen kleinen Familienunternehmens war, ist alles möglich.
Wie soll man denn zu solchen Aussichten eine akzeptierende Haltung entwickeln? Erschwerend kommt hinzu, dass nicht einmal der Partner, der es als selbst Betroffener doch am besten wissen sollte, präzise und glaubhafte Angaben dazu machen kann, was er denn wirklich will und wo das alles endet. Doch, es gibt sehr gute Gründe für eine Partnerin verunsichert zu sein, wenn sie mit der Thematik konfrontiert wird.

- **Verlustangst**

Selbst wenn es manchen Betroffenen mit Blick auf sich selbst unwahrscheinlich vorkommen mag: Es gibt jemanden, der diesen Mann mag! Sehr sogar. Während wir selbst beim Blick in den Spiegel mit unserem Körper hadern und am liebsten unser Schicksal, dass uns so zynisch bestraft hat, zur Rechenschaft ziehen würden, liebt unsere Frau diesen Mann mit diesem Körper. Und weil sie diesen Mann liebt, hat sie natürlich große Angst, ihn zu verlieren. Was bleibt von meinem Mann, wenn er schleichend oder erdrutschartig immer weiblicher wird? Das ist für unsere Partnerin nicht bloß eine hypothetische Frage, sondern eine sehr reale und beängstigende. Während wir der Meinung sind, durch ein Mehr an Selbstverwirklichung nur gewinnen zu können, droht unseren Frauen realer Verlust.
Diese Verlustangst unserer Partnerin wird teilweise von uns selbst nicht ernst genommen, weil uns selbst es schwerfällt, den Mann, der wir für sie nun mal sind, in seiner Rolle zu wertschätzen. Sie liebt uns in dieser männlichen Rolle immerhin so sehr, dass sie uns geheiratet hat oder zumindest eine dauerhafte Beziehung mit uns eingegangen ist. Sie wollte uns nicht als die zweite Mutter, sondern als den Vater ihrer Kinder. Bloß weil wir diese Rolle nicht wertschätzen und eventuell immer weniger ertragen können, heißt das nicht, dass das unsere Partnerin ähnlich sehen kann. Und die Tatsache, dass sie es nicht ändern kann und dass sie vielleicht nie gehabt hat, was sie meinte, ist kein wirklicher Trost.

- **Scham**

Von unserer Besonderheit befürchten unsere Partnerinnen ganz konkret eine nachhaltige Beeinträchtigung des eigenen Lebens.

„Was werden die Nachbarn sagen, wenn sie das mitkriegen?“
„Was denken unsere Kinder von ihrem Vater?“
„Wird mein Mann zum Stadtgespräch und in Folge vielleicht seinen Job und wir unsere Existenz verlieren?“
Diese und viele andere Fragen nicht zu der Transidentität selbst, sondern zu den sozialen Nebenwirkungen eines offenen Umgangs mit diesem Thema, bewegen nicht nur uns, sondern auch unsere Partnerinnen. Der Wechsel der Geschlechtsrolle hat zumindest die Anmutung des Anrüchigen. Selbst wohlmeinenden Partnerinnen fällt es schwer, die Assoziation mit dem Begriff Perversion zu vermeiden. Da ist die Angst vor dem Getuschel beim Bäcker oder in der Kirche nicht unverständlich. *„Schau nur, die Arme! Ihr Mann verkleidet sich als Frau...“*
In einem Zeit-Artikel über die Mutter eines schizophrenen Jungen habe ich folgende Passage gelesen:
„In dem kleinen fränkischen Ort, in dem sie mit ihrem Mann lebt, glauben die Leute, ihr Sohn habe Probleme mit Drogen. »Das ist auch besser so. Die Wahrheit können und wollen die Leute nicht verstehen«, sagt Barbara B. »Die zucken zusammen, man hat so was nicht zu haben, es ist ein Makel«„.
Wäre es auch bei Transidentität besser, dass die Leute glauben, man nimmt Drogen oder würde das Familieneinkommen in Spielhallen verzocken? Ist es besser zu sagen *„Mein Mann hat ein Suchtproblem!“* als zu sagen *„Mein Mann lebt seine weiblichen Aspekte aus“*?
Wohl nicht nur bei mir, sondern auch bei anderen Transgendern in ähnlicher familiärer Situation führt das „Fremdschämen“ zu Konflikten in der Partnerschaft. Für mein Selbstmanagement und meine seelische Stabilität ist es wichtig, dass ich mit mir selbst und meiner Besonderheit Frieden schließe und ich mich eben nicht dafür schäme, was ich empfinde und tue. Es hat mich eine Menge Kraft gekostet, genau das hinzukriegen: zu dem zu stehen, was und wie ich bin. Da ist es schwierig, wenn einem die eigene Frau vermittelt, dass die Nachbarn, Freunde, Bekannten, Verwandten usw. von dieser Besonderheit nichts erfahren dürfen. Solange ich mich noch für mich selber geschämt habe, war mir vollkommen klar, dass das so ist und ich war mit meiner Frau einer Meinung. Aber nun fällt es mir schwer zu verstehen, warum etwas, das mich besonders macht, vor aller Welt versteckt werden muss. Dennoch verlangt meine Frau, dass meine Nachbarn keine Chance kriegen, mich in weiblicher Version weggehen oder heimkommen zu sehen. Ihr ist das sehr wichtig. Mich nervt es, weil es mein

Leben ein Stück komplizierter macht und ich nicht mehr nachvollziehen kann, was eigentlich so schlimm daran ist, wenn mich die Nachbarn mal im Kleid sehen würden. So schlecht sehe ich nun auch wieder nicht aus! Doch ich beuge mich der von mir nicht mehr geteilten Scham und Bedenken meiner Frau und gehe bei Licht als Mann aus dem Haus und komme zu gefährlichen Zeiten nicht als Frau nach Hause. Nicht, weil ich einsehen würde, dass das richtig ist, sondern aus Respekt vor den Wünschen meiner Frau.
Meine Frau ärgert sich, dass ich so unsensibel bin und traut mir nicht ganz zu unrecht zu, ihre Position, die für sie selbstverständlich ist, nicht zu teilen und mich eventuell mal anderweitig zu verhalten. Umgekehrt ärgere ich mich, dass sie meine für mich wichtigen Bemühungen, meine Weiblichkeit aus der Scham herauszuholen, wo sie für mich nicht hingehört, durch ihre Forderung nach Geheimhaltung konterkariert. Denn dadurch, dass sie es offensichtlich für peinlich und problematisch für die Nachbarschaftsbeziehungen hält, drückt sie aus, dass es für sie doch nicht ganz so okay ist, wie sie mir gegenüber behauptet.

- **Enttäuschung - Wer bin ich und wie verläuft mein Leben?**

Natürlich werden sich nicht alle Vorstellungen, die wir von unserer Zukunft haben auch so verwirklichen. Aber wenn sogar die Rahmenbedingungen der Zukunft in Frage gestellt werden, dann ist das ein schwer verdaulicher Bissen. Und die Frage, ob ich mit einem Mann oder einer Frau zusammenlebe, ist sicherlich eine der Grundsätzlicheren. Die Frau, mit der wir zusammenleben hat sich wahrscheinlich - es sei denn, wir haben ihr von Anfang an nicht nur gesagt, was mit uns los ist, sondern auch, wo es enden kann -bewusst für ein traditionales Beziehungsmuster entschieden. Ein heterosexuelles, in dem sie den weiblichen Part hat und ein männlicher Gegenpart existiert. Da hat es schon etwas von Vertragsbruch, wenn irgendwann in einer Mann-Frau-Paarbeziehung plötzlich die Geschlechtsidentität eines Teils in Frage steht. Mit dem Eheversprechen verbinden sich heterosexuelle Paare nun mal als Mann und Frau. Und dann will der Teil, der versprochen hat, der Mann zu sein, es plötzlich nicht mehr sein. Es mag dahinstehen, ob der Mann gelogen hat, als er versprochen hat ein Mann zu sein, oder ob er es trotz guten Willens inzwischen einfach nicht mehr schafft, zumindest nur Mann zu sein. Entweder mit einem plötzlichen Schock oder als Ergebnis eines langen Prozesses muss sich die Frau dieser Einsicht stellen. Er ist weg. Stattdessen

ist da diese komische Frau, die du nie geheiratet hast und mit der du auch nie eine Partnerschaft eingegangen wärst! Und dann verlangt sie noch, du müsstest Verständnis dafür haben und wehrt sich, wenn du deinen Mann zurück verlangst!
Die berechtigten und eventuell sogar durch ein Eheversprechen besiegelten Erwartungen der Frau an ein rollenkonformes Verhalten ihres Mannes werden angetastet, wenn er darauf besteht, in der einen oder anderen Form und Intensität die weibliche Rolle alternativ oder ergänzend zu leben. Es ist ein großer Unterschied, ob man zu einer Familienfeier, einer Party, einem Straßenfest oder einer Theateraufführung als unauffälliges heterosexuelles Paar geht oder als zwei Frauen.
Dieser Konflikt lässt ich nicht einfach wegdiskutieren. Die Partnerin hat schon ein Recht darauf, dass man die Rolle ausfüllt, die man ihr damals versprochen hat. Vielleicht nicht ungebrochen, aber doch so gut es geht.

- **Beste Freundin?**

„Ich wäre doch so gerne auch deine Freundin!“ Viele transidente Männer haben diesen Satz schon zu ihrer Frau gesagt und sind zu ihrer Verblüffung auf wenig Gegenliebe gestoßen. Mir ist es lange nicht klar gewesen, wo denn das Problem liegt, wenn ich meiner Frau angeboten habe, ich könnte doch auch ihre Freundin sein.
Freundinnen sucht man sich als Frau nach anderen Kriterien aus als Ehemänner. Das klingt zwar trivial, ist aber in unserer speziellen Situation wichtig. Ich musste erst selbst Frauenfreundinnen haben, um zu verstehen, dass die Funktionen, die eine Freundin für eine Frau erfüllt, nicht bloß vollkommen andere sind, als die des Mannes. Na klar, sonst hätte sie ja gleich ihre beste Freundin geheiratet! Sondern vor allem, dass diese unterschiedlichen Funktionen nicht gut in einer Person zusammen passen. Irgendwo muss man schließlich eine verständnisvolle Zuhörerin finden, wenn man vom Partner total genervt ist.
Nicht, dass Frauen es nicht zu schätzen wüssten, wenn ihre Interessen vom Partner geteilt werden. Natürlich ist es nett für eine Frau, wenn sie sich mit ihrem Mann kompetent über Modefragen unterhalten kann. Doch der Job der Einkaufsberaterin ist bei vielen Frauen schon vergeben. Und sehen wir es realistisch: Es ist viel leichter jemanden zu finden, mit dem man nett shoppen gehen kann, als jemanden der einen Abfluss reparieren oder beim Auto die Winterreifen wechseln kann.

- **Verunsicherung - Begehren und begehrt werden**

In einer Partnerschaft geht es nicht nur darum, sein Leben möglichst praktisch zu gestalten, sondern da sind sexuelle Bedürfnisse. Es ist auf verschiedene Weise verunsichernd, wenn der Partner seine Geschlechtsrolle dauerhaft oder temporär ändert.
„Wenn mein Mann plötzlich weiblich wird und ich ihn weiter liebe, bin ich dann lesbisch?“ Diese Frage stellen sich so oder ähnlich wahrscheinlich viele Frauen, die damit umgehen müssen, dass ihr Partner seine weibliche Seite auslebt. Festzustellen, dass der geliebte Mann sich mehr und mehr in eine Frau verwandelt oder wenigstens als solche gesehen werden möchte, ist für viele heterosexuell orientierte Frauen ein unangenehmer Gedanke. Wenn ich auf Männer stehe, dann möchte ich natürlich einen Mann im Bett haben.
„Bin ich ihm etwa nicht weiblich genug?“ ist eine weitere Frage, die sich Frauen aufdrängt, wenn sie ihren Partner in weiblicher Rolle sehen. *„Wenn ich ihm genug Frau wäre, dann bräuchte er ja keine weitere Weiblichkeit in sich selbst zu suchen.“*
Wer jemals eine Partygesellschaft von Transgendern gesehen hat, der weiß, dass wir eine gewisse Neigung zur Übererfüllung weiblicher Stereotype haben. Das kann man mit Unsicherheit und Überkompensation erklären, es kann aber auch damit zu tun haben, dass die sexuell an Frauen Interessierten von uns ihre Idealvorstellung von Frauen nach außen präsentieren. Unser Aussehen kann durchaus damit erklärt werden, dass wir versuchen, selber die Art von Frau zu sein, die wir sexuell attraktiv finden. Wenn das so ist, dann wäre diese Frauenfigur nicht nur so etwas wie eine Konkurrentin für die Partnerin. Nein, sie wäre sogar eine Kritikerin, die der Frau ohne Worte sagt: *„Schau, wie du dich stylen müsstest, damit du für deinen Mann begehrenswert bist!“* Die Frau, in die sich der Partner verwandelt, ist so etwas wie eine unheimliche Geliebte, mit der sie nicht siegreich konkurrieren kann. Sie ist eventuell tatsächlich seine Traumfrau!

- **Alltagslasten**

Jenseits aller Themen der Moral und der Selbstverwirklichung gibt es noch die ganz handfesten Fragen des alltäglichen Lebens.

- **Finanziell**: Zur Ehre der Frauen kann ich sagen, dass ich von keiner meiner Bekannten jemals gehört habe, dass dieser Aspekt von der Partnerin zum

Beschwerdepunkt gemacht wurde. Und das, obwohl sicher viele kein Geld zu verschleudern haben und Frausein ein echter "Materialsport" ist! Kleidung, Schuhe – alles zudem häufig in teuren Übergrößen -, Make-up, Kosmetikerin, Reisen, Brustprothesen, Perücken ... Da kommt einiges zusammen. Wie gesagt, die Frauen beschweren sich nicht. Doch Geld, das für eine 500 € teure Perücke ausgegeben wurde, steht nun mal nicht mehr zum Kauf eines neuen Schlafzimmerschrankes zur Verfügung.

- **Zeitlich**: Egal ob in Form realer Abwesenheiten oder in Form von Zeit, die in Internetforen verbracht wird. Zeit, in der der Gatte weiblich unterwegs ist, geht auf Kosten der Familie. Die Zeit im Job bleibt unangetastet, ein Mindestmaß an Schlaf muss auch sein, also wird die Zeit beim Familienleben eingespart.
- **Kräftemäßig**: Eine transidente Person in der Familie haben ist anstrengend. Wenn manche Frauen genervt sind von der Auto- oder Fußballmacke ihres Liebsten, dann sollten sie sich eventuell mal mit der Frau eines Transgenders unterhalten. Es ist eine echte Kraftleistung, dieses Thema in das Familienleben zu integrieren.

Einen weiteren Aspekt dieser Probleme finde ich mit der Bezeichnung „Der Druck des schönen Scheins“, die ich neulich gelesen habe, gut wieder gegeben. Niemand will eine Thematik, die mit Scham verbunden ist, gerne im weiteren Bekanntenkreis debattiert haben. Folglich ist ein Geheimnis in der Familie. Geheimnisse sind anstrengend. Man muss sich konzentrieren, was man wem sagt. Man muss aufpassen, dass das Geheimnis gewahrt bleibt. Manchmal muss man sogar lügen, um es zu schützen.
Eines sollte jetzt klar sein: Sie hat gute und nachvollziehbare Gründe, die Frau, die da plötzlich unerwartet in der Familie aufgetaucht ist, nicht besonders zu mögen. Sie macht ihr Leben schwieriger, sie bringt Probleme! Und die lassen sich nicht mit einem schlichten Hinweis auf notwendige Selbstverwirklichung beiseite wischen.

9.2 Was kann man tun?

Man kann es drehen und wenden, wie man will, wir haben es hier mit einem knallharten Interessenkonflikt zu tun. Es sollte deutlich geworden sein, dass jede der beiden Seiten ihre Berechtigung hat. Jeder Mensch hat nur ein Leben und in diesem versucht er glücklich zu werden. Beide Parteien haben ein Recht auf Selbstverwirklichung.

- **Trennung**

Viele Beziehungen scheitern an der Aufgabe, ein für beide Parteien tragfähiges, gemeinsames Lebenskonzept unter Berücksichtigung der Transidentität zu finden. Trennung ist tatsächlich eine häufig gewählte Lösung. Manchmal ist es unmöglich, die Transidentität eines Partners in die Beziehung zu integrieren. Manche Paare bleiben als Zweckbündnisse so lange zusammen, bis die Kinder „aus dem Gröbsten raus" sind, oder so lange es halt irgendwie erträglich ist. Das muss nicht falsch sein. Die Trennung kann eine für beide Beteiligten befreiende und befriedigende Lösung sein. Allerdings nur dann, wenn die beiden sich nicht mehr lieben. Das ist ein wichtiger Punkt! Ich glaube nämlich nicht daran, dass Transidentität allein eine funktionierende Liebesbeziehung zerstören kann! Sie kann jedoch die Belastungsprobe sein, der das bereits strapazierte und ausgeleierte Band der Liebe nicht mehr standhalten kann.
Doch wenn die Partner sich noch lieben, dann ist Trennung keine Option. Sie mag manchmal, wenn der Schmerz zu groß ist, verlockend erscheinen und vielleicht ist sie ein Drohmittel in streitigen Auseinandersetzungen, doch wenn da noch Liebe ist, wenn die andere Person immer noch wichtig ist, dann wird man ohne sie nicht glücklich. Selbst dann, wenn es sehr schwer erscheint, mit ihr glücklich zu werden.

- **Grenzen setzen**

Der falsche Eindruck, mit jedem Zugeständnis an die Neigung des Partners würde diese noch mehr Raum verlangen, führt verschiedentlich in Beziehungen zu dem Versuch, einseitig Einschränkungen vorzugeben. Die Druckmittel reichen von *„Du willst doch auch nicht, dass ..."* über *„Wenn du mich liebst ..."* bis hin zu ernst gemeinten Trennungsdrohungen. Das funktioniert in vielen Fällen und für viel Zeit übrigens recht gut, zumindest wenn man die Gefühlslage des gemaßregelten Teils außer Betracht lässt.
Die Motivation dahinter ist häufig nicht einmal ehrenrührig. Die Frau will eventuell ihrem Partner helfen, ein Verhalten, das sie für problematisch, wenn nicht sogar für gefährlich hält, im Griff zu behalten. Es ist die Rolle, die sie auch einnehmen würde, wenn der Partner ein Alkoholproblem hätte. In diesem Fall würde sie ihm schließlich auch nicht anbieten, ihm mehr Schnaps zu besorgen

und ihn auch nicht zum Trinken verführen, wenn er eine trockene Phase hat. Nein, sie würde ihm Grenzen setzen und seine Motivation stärken, trocken zu bleiben.
Wenn unsere Besonderheit eine Sucht wäre, dann wäre „Grenzen setzen" vielleicht die richtige Maßnahme. Aber wie bereits erwähnt, handelt es sich bei unserer Besonderheit weder um eine Sucht, noch um eine Geisteskrankheit. Deshalb ist es nicht angemessen, die Partnerschaftlichkeit bei diesem Thema aufzugeben und den anderen wie einen Kranken oder ein Kleinkind zu behandeln.
Ich gestehe zu, es mag funktionieren, aber eine Lösung ist es nicht. Denn der Druck, den ein solches Vorgehen auf den betroffenen Teil macht, der bleibt irgendwo.

- **Die einzige Brücke**

… über die die Partner zusammenfinden können ist das Gespräch. Reden, reden, reden. Lange, ernsthaft und immer wieder.
Jede Paarbeziehung ist einmalig. Interessen, Pflichten, Emotionen bilden jeweils einen einmaligen Mix. Deshalb gibt es keine Patentlösung. Es gibt keinen „Idealvortrag", den die eine oder andere Seite halten kann und plötzlich hat der andere Partner Verständnis und lenkt ein.
Miteinander im Gespräch bleiben. Das sagt sich so leicht. Doch es ist gerade in Beziehungen besonders schwer, weil es ja nicht bloß um die Lösung von Sachproblemen geht, sondern zwangsläufig jede Menge verschiedener Emotionen mit im Spiel sind. Wut, Freude, Begehren, Enttäuschung, Frustration, Hoffnung, Liebe …. das alles macht ein Gespräch über die Transidentität zu etwas, das man tendenziell eher meidet. Vermutlich sind sogar Gespräche über die üblichen Problemthemen Finanzen, Kindererziehung oder *„Holen wir Mutter zu uns?"* noch einfacher als dieses Thema. Die Wahrscheinlichkeit, dass es weh tun wird, dass Ängste und andere Emotionen hochkochen, ist enorm. Deshalb entscheiden sich viele für das Schweigen. Ich habe für manche Themen Monate gebraucht, bis ich mich getraut habe, sie bei meiner Frau anzusprechen. Bei einigen hat es Jahre gedauert, bis wir sie einvernehmlich gelöst hatten. Schweigen ist verlockend. Mal passt die Situation sowieso nicht, mal will man eine gute Stimmung nicht mit einem potentiell konfliktbeladenen Gespräch stören. Doch es gibt eine, wie ich finde, überzeugende Begründung, weshalb man sich den Stress antun sollte: Wenn die Beziehung gerettet werden soll, dann müsst ihr das Schweigen überwinden und miteinander ins Gespräch kommen.

Das ist das Ziel: Wir reden miteinander, um unsere Beziehung und unsere Liebe zu retten!

9.3 Mehr oder weniger

„Das wird ja immer mehr! Vor ein paar Jahren hat es dir gereicht, wenn du ab und zu mal einen Rock und eine Strumpfhose angezogen hast. Und nun ...“
Fast alle von uns, die in einer Beziehung leben und versuchen, ihre Transidentität in diese zu integrieren, kennen diese Worte ihrer Frau. Und schuldbewusst blicken wir zu Boden und müssen gestehen: Ja, das scheint tatsächlich so zu sein! Wo vorher ein unauffälliger und scheinbar ganz normaler Mann war, tauchen zunehmend andere, weibliche Aspekte auf. Die weiblichen Anteile im Leben nehmen langsam, bei manchen allerdings auch sprunghaft schnell zu und verdrängen vorher vorhandene männliche. Die bevorzugte Kleidung insbesondere im allgemein unsichtbaren Bereich verändert sich. Jeans und Freizeitkleidung werden nicht mehr in der Männerabteilung gekauft, Körperbehaarung vermindert sich, dafür tauchen Schmuckstücke auf. „Sie“ beansprucht immer mehr Platz auf Kosten des Mannes. So erleben wohl viele Frauen den Prozess, wenn sie mit ihrem Partner gemeinsam versuchen, seine weiblichen Neigungen in der Partnerschaft zu akzeptieren. Natürlich ist das beängstigend. *„Wo wird das enden?“* und vor allem: *„Sollte man nicht irgendwo eine Grenze ziehen?“* sind übliche Überlegungen. Doch ist es wirklich so, dass die weibliche Seite zu Lasten der männlichen wächst, diese geradezu auffrisst? Oder ist es anders?
Nach meinem Erleben ist es eher so: Die Menge an Weiblichkeit, die in mir steckt, hat sich nie verändert. Sie war immer gleich und sie wächst nicht. Was sich verändert, ist der Aufwand, den ich treibe, um die weiblichen Aspekte zu verstecken. Wenn Menschen wie ich so tun, als seien sie ganz normale Männer, dann bedeutet das die nachhaltige Unterdrückung eines relevanten Teils der Persönlichkeit. Je mehr Freiheiten ich mir in der Selbstrepräsentation nehme, also je weniger ich diesen Teil von mir unterdrücke, je mehr ich die Sachen trage und tue, die ich wirklich mag und nicht mehr die, die von mir erwartet werden, weil ich ja körperlich ein Mann bin, desto mehr der sowieso vorhandenen Weiblichkeit wird sichtbar. Ich werde also nicht weiblicher im Lauf der Zeit, sondern weil ich mehr zu mir selber stehe und mich so

präsentiere, wie ich mich mag und wie ich wirklich bin, scheint mehr durch, wie ich wirklich bin. Weil ich nämlich nicht mehr vortäusche, männlich zu sein. So war ich schon immer! Ich habe es bloß nicht gezeigt, sondern mit männlichem Getue übertüncht. Da ist nicht mehr Weiblichkeit, sondern nur weniger vorgetäuschte Männlichkeit.

- **Mehr oder weniger - ist das nicht bloß Wortklauberei?**

Nein, das ist ein relevanter Unterschied. Im einen Fall verändert sich der Mensch. Etwas wächst in ihm. Brutal gesagt, so etwas wie ein Krebsgeschwür. Und dieses Geschwür macht einen gesunden Mann langsam kaputt. Im zweiten Fall bleibt der Mensch unverändert. Er traut sich nur in größerem Maße sich so zu zeigen, wie er sich fühlt. Er hört zumindest partiell auf, sich zu verstellen. Nach meinem Empfinden beschreibt die zweite These den Vorgang korrekt. Damit lässt sich übrigens auch erklären, warum es relativ viele Spätberufene bei uns Transgendern gibt. Es ist ein bekanntes Faktum, dass sich so etwa ab dem 40. Lebensjahr viele zu ihrer Transidentität bekennen, die vorher unauffällig männlich waren. Der Grund dafür ist, dass die Kraftreserven für das dauernde Theaterspielen nicht mehr ausreichen. Jeder Tag, jede Woche, jeder Monat unauffälliger Männlichkeit, die gelebt wird, weil die Frau oder Familie es verlangt oder weil man meint, es ihr zuliebe tun zu müssen, braucht Energie. Denn es geht nicht darum einfach etwas zu lassen, sondern es geht darum, einen Anteil der Persönlichkeit zu unterdrücken. Das geht, wie schon das Wort sagt, nur mit Druck. Und Druck kostet Kraft. Irgendwann erlahmt auch der stärkste Mann, und die Kraft, die es braucht, ständig Druck auf sich selbst auszuüben, reicht einfach nicht mehr aus.
Bei mir war es so. Außerdem hat man spätestens in diesem Alter vestanden, dass man nicht unsterblich ist. Eine Erkenntnis, die unmittelbar die Frage auslöst, wie lange man denn noch darauf verzichten will, seine Bedürfnisse zu leben, bloß um Konventionen und die Erwartungen anderer Menschen zu erfüllen. *„Er tat immer was von ihm erwartet wurde!“* ist ein Grabsteinspruch, der von Opfermut und Selbstverleugnung zeugt. Ehrlich gesagt, entspricht das nicht meinem Selbstbild.

Und wo wird das alles enden? Tja, das hängt stark davon ab, wie die einzelne Person im Inneren gestrickt ist. Es ist wohl der Alptraum jeder Ehefrau, dass der Mann komplett verschwindet und da nur noch eine Frau ist! Doch wie gesagt, das ist keine Veränderung des Menschen. Er oder besser sie war unter dem Deckmantel gespielter Männlichkeit schon immer so. Es war nicht zu sehen, aber trotzdem war es so.

Die schlechte Nachricht für die Partnerin und die Familie ist: Wo es endet ist weder zu beeinflussen noch zu kontrollieren. Das ist Schicksal. Da helfen weder Wille noch Therapien. Kein Druck und keine Liebe. Die gute Nachricht ist: Niemand ist schuld. Weder die Eltern noch die Frau tragen irgendeine Verantwortung für das, was passiert. Die betroffene Person übrigens auch nicht.

In vielen Fällen geht der Wunsch nach Weiblichkeit nicht so weit, dass kein Platz mehr für den Mann bleibt. Irgendwann ist ein stabiles Niveau erreicht. Ein für das Individuum, jedoch nicht unbedingt für seine Angehörigen, erträglicher Mix aus weiblicher und männlicher Außendarstellung ist gefunden. Wo dieser Wohlfühlstatus ist, das ist sehr unterschiedlich. Manchen genügt es, ab und zu mal ihre weibliche Seite in der Wohnung ausleben zu dürfen, andere sind eventuell bloß noch pro forma und in begründeten Ausnahmefällen als Mann unterwegs („für meine Mutter", „an der Arbeit").

Ein wichtiges Indiz für die Frage, wo das alles endet, ist das Verhältnis des transidenten Menschen zu seinem Körper. Wer unter seinem Männerkörper leidet, sich nicht mit ihm arrangieren kann, ihn ablehnt oder sogar hasst, wird kaum Kompromisse eingehen können, die den Körper unangetastet lassen. Umgekehrt werden diejenigen, denen ihr Männerkörper egal ist oder die ihn sogar so mögen, wie er ist, tendenziell weniger riskieren, ihn zu zerstören und lieber Kompromisse eingehen, was ihre Akzeptanz als Frau betrifft. Das sagt jedoch nichts darüber aus, wie weiblich sich die einzelne Person tatsächlich ist. Es gibt eine Menge Gründe, Selbstverwirklichung nicht zum alleinigen Entscheidungskriterium zu machen. Manche Sachen muss man tun, bei anderen hat man Spielräume. Es gibt viele Gründe, auf die komplette Offenlegung der eigenen Identität zu verzichten: Familie, Partnerschaft, Job, Gesundheit usw. usf. Es gibt sogar Fälle, in denen das Rad wieder ein Stück zurückgedreht wird. Nachdem eine Weile eine Menge Weiblichkeit nach außen in Erscheinung getreten ist, erkennt die Person, dass es ihr zu viel war und dreht die Schraube wieder ein Stück zurück. Wohl dem- oder derjenigen, die keine irreversiblen Entscheidungen getroffen hat.

9.4 Grund zur Dankbarkeit

Nach all den Bemühungen um Verständnis in Richtung auf die Partnerin, sollte das Kapitel mit dem Hinweis schließen, dass wir Transgender viele Gründe haben, unseren Frauen dankbar zu sein, wenn sie bei uns bleiben. So wenig, wie sich die sexuelle Orientierung eines Menschen ändert, so wenig werden Frauen anfangen eine Frau zu lieben, bloß weil die vorher ein Mann war. Vielleicht lieben sie die Frau, um des Mannes Willen, der sie vorher war. Vielleicht auch weil sie das letzte ist, das von dem verlorenen Mann noch geblieben ist. Doch auch in weniger weit gehenden Fällen wird die Frau diese andere Frau nur selten um ihrer selbst willen lieben.

Wenn es uns also gelingt, mit unsere Transidentität in die Paarbeziehung zu integrieren, dann sollten wir vor allem eines sein: Dankbar.

3. Teil: Der Weg nach draußen

10. Kapitel: Als Frau wahrgenommen werden

Kennst du einen Crossdresser?
Wirklich nicht?
Bist du sicher?
Nun, das kann daran liegen, dass es so wenige von uns gibt. Es kann daran liegen, dass wir so unauffällige Frauen sein können, dass niemand den genetischen Mann ahnt. Es kann aber auch daran liegen, dass wir uns so gut verstecken. Ich selbst habe mich viele Jahre vor aller Welt versteckt. Doch mittlerweile hat sich meine Meinung, in welchem Maße ich meine weibliche Seite anderen Menschen zeigen kann und will, drastisch geändert.
Nach meinem eigenen Erleben gibt es im Leben von Crossdressern zwei Phasen. Während der ersten Phase bleibt der Crossdresser für sich allein und erträgt eine Menge, um nicht als Crossdresser erkannt zu werden. Erst später tritt er in eine zweite Phase ein, die dadurch gekennzeichnet ist, dass der Crossdresser offensiv, manchmal sogar allzu naiv offenherzig seine Besonderheit offenbart. Nicht alle erreichen die zweite Phase, vielleicht nicht einmal die meisten, aber doch eine bemerkenswerte Anzahl. Der nach meinem Wissen häufigste Zeitpunkt für den Wechsel der beiden Phasen liegt zwischen 35 und 45 Jahren, doch das ist keine feste Regel. Ich kenne Crossdresser, die schon in jungen Jahren zu dem stehen, was sie sind. Es gibt jedoch auch viele Spätberufene.

10.1 Phase 1: Eckstein, Eckstein, alles muss versteckt sein - Der unsichtbare Crossdresser

Fantasien vom Mädchen-Sein hatte ich schon so lange, wie ich bewusst denken konnte. Damit verbunden war schon bald die feste Überzeugung, dass das etwas ist, womit ich für immer allein bleiben muss. Ich war davon überzeugt, etwas zu tun, das auf komplettes Unverständnis in Familie, Bekanntenkreis und Gesellschaft stößt. Entsprechend wurde das Verbergen zum ständigen Begleiter in meinem Leben. Ich habe mich vor allen versteckt: Eltern, Freunden, Fremden, Partnerin, Kind, ... sogar vor mir selbst. Lange Zeit war ich nicht in der Lage, ernsthaft das Wort „Transvestit“ zu mir selbst zu sagen, geschweige denn, es vor jemandem anderen zuzugeben, dass ich so einer bin. Was habe ich alles getan, um als ganz normaler Mann

zu gelten und vor allem: Was habe ich um des Versteckbleiben willens alles NICHT getan! Ich habe meine Besonderheit mit aller Kraft verdrängt, die ich hatte, nur um festzustellen, dass ich mich nicht ändern konnte. Das alles, um vor aller Welt den Schein einer männlichen Normalität zu wahren, die es nie gab. Ich möchte schwören, da sind nicht nur Hunderte, sondern Tausende von anscheinend ganz normalen Männern, die sich ebenso verstecken und quälen, wie ich das getan habe. Es ist natürlich immer eine tückische Falle zu vermuten, dass ein Problem, das man selbst hat, auch ganz viele andere haben. Und es ist schwierig den Umfang eines Phänomens zu schätzen, dessen Protagonisten sich verstecken. Doch es gibt Hinweise. Immer wieder werden Berichte, beispielsweise aus Notfallaufnahmen von Krankenhäusern kolportiert, die darauf schließen lassen, dass eine nicht unerhebliche Zahl von Männern eindeutig feminine Unterwäsche bevorzugt. Die kürzer oder länger, bei vielen eventuell das ganze Leben andauernde Phase des Versteckens vor der Welt scheint ein verbreitetes Phänomen in Transgenderkreisen zu sein. Diejenigen, die eine Partnerin oder sogar Kinder haben, haben die zusätzliche Notwendigkeit, sogar innerhalb der eigenen Wohnung den „schönen Schein" aufrechtzuerhalten. Manchmal täuschen sie Kinder und Ehefrauen mit Disziplin und Einfallsreichtum jahrzehntelang über die eigenen Bedürfnisse hinweg.
Das alles kostet eine Unmenge an Energie und braucht folglich eine starke Motivation. Meine großen Motivatoren waren Angst und Scham. Ich habe mich sehr lange für das geschämt, was ich bin. Doch meine Haupttriebkraft zum Versteckspiel war die Angst: die Angst vor dem Verlust meines bürgerlichen Lebens, meiner Frau, meiner Freunde.

10.2 Phase 2: Augen auf, ich komme! - Der sichtbare Crossdresser

Einige kommen irgendwann in eine neue Phase, in der sie plötzlich das Gegenteil von dem tun, was ich gerade beschrieben habe. Sie zeigen sich, gehen nach draußen. Sie wollen gesehen und wahrgenommen werden. Manche als schrille Paradiesvögel, aber viele als ganz normale, unauffällige Frauen. Das Bedürfnis, in der Öffentlichkeit Frau sein zu wollen, ist auch für uns Betroffene eine beängstigende Geschichte. Wir setzen uns der Gefahr aus, entdeckt, verspottet, gemobbt zu werden. Wir riskieren, nicht bloß als verkleideter Mann ganz allge-

mein, sondern als die konkrete Person „Herr X“ erkannt zu werden. Alles wäre auch für uns einfacher, wenn wir diese Risiken vermeiden könnten.
Bei mir hat sich die Veränderung vor ein paar Jahren vollzogen. An die Stelle der Angst trat mehr und mehr der Wunsch nach Akzeptanz. Ich wollte nach draußen, damit ich von anderen Menschen richtig, nämlich weiblich gesehen werde. Teils fehlte mir wahrscheinlich die Kraft, so weiter zu machen wie bisher, doch das erklärt nicht, warum es mir wichtig wurde von anderen mit meiner weiblichen Seite wahrgenommen zu werden. Mag sein, es war die Erkenntnis, dass es mir passieren könnte zu sterben, ohne die Dinge, die mir in meinem Leben als das erstrebenswerteste erschienen und die für Millionen Menschen alltäglich waren, jemals getan zu haben. Inzwischen ist es mir ebenso wichtig, als Frau oder zumindest partiell weiblich wahrgenommen zu werden, wie es mir früher wichtig war, genau das zu vertuschen.

Nicht nur Genetik und Aussehen machen eine Frau zur Frau. Und natürlich schon gar nicht die Kleidung. „Frau“ ist auch eine soziale Rolle, an die spezifische Verhaltenserwartungen geknüpft werden. Vieles von dem, was wir in sozialen Kontexten tun oder lassen, beruht nicht auf dem was wir wollen, sondern auf dem, was von uns als Inhaber/in einer bestimmten Rolle erwartet wird. Meiner Einschätzung nach ist der Einfluss, den Erwartungen auf das Verhalten und die Identität von Frauen oder Männern haben, ähnlich relevant wie der der Genetik. Ich kann und will an dieser Stelle nicht klären, wie groß die jeweiligen Einflüsse genau sind und will vor allem nicht abstreiten, dass es überhaupt genetisch bedingte Besonderheiten in Körper und Verhalten zwischen den Geschlechtern gibt. Vieles in der Differenzierung der Geschlechter ist sicher so, weil es genetisch so angelegt ist. Aber die Varianz innerhalb der Geschlechter ist groß und erst die vereinheitlichende Macht der geschlechtsbezogenen Rollenerwartungen sorgt dafür, dass fast kein Mann für sich ein Kleid als angemessene Kleidung empfindet oder fast ausschließlich Frauen gerne stricken.
Die soziale Rolle einer Frau oder eines Mannes hat viele, verschiedenartige Komponenten. Diese reichen von Vorlieben und Interessen über Fähigkeiten bis hin zu erwartetem Kleidungsstil. Die Art wie wir stehen, sitzen oder gehen wird von den Erwartungen geprägt. Eine Frau wird zwar eventuell mal das Bedürfnis haben, sich breitbeinig hinzusetzen, darauf in der Öffentlichkeit jedoch verzichten, weil sie damit den Erwartungen an sie nicht gerecht würde. Wie viele Frauen mag es wohl geben, die weibliche Kleidung nicht deshalb

tragen, weil sie ihnen nun mal am besten gefällt, sondern weil die Konvention von ihnen erwartet, dass sie bestimmte Kleidung tragen?

Frauen in Deutschland sind vielleicht nicht das beste Beispiel, weil es ihnen gelungen ist, erhebliche Freiräume zu erringen. Das sieht jedoch beispielsweise im islamisch geprägten Kulturkreis schon anders aus. Zumindest einige der Frauen dort tragen die Burka bestimmt nicht aus Neigung, sondern weil sie ihnen aus kulturellen Gründen, als unverzichtbarer Teil der Rolle als Frau aufgezwungen wird. Frauen und natürlich auch Männer sind in relevantem Maße so wie sie sind, weil ein bestimmtes Verhalten von ihnen erwartet wird. Frauen und Männern werden jeweils geschlechtsspezifische Eigenschaften unterstellt und ihr Verhalten wird danach beurteilt, ob es den jeweiligen geschlechtsspezifischen Erwartungen entspricht. Die geschlechtsspezifischen Rollenerwartungen sorgen dafür, dass Frauen sich frauengemäß verhalten und dass sie umgekehrt auch frauengerecht behandelt werden. Diese Kraft der Erwartungen und Vorurteile entfaltet ihre Wirkung von der Wiege an und behält diese bis zur Bahre. Die meisten Menschen, die mit ihrer sexuellen Identität nicht im Zweifel sind, werden den an sie gerichteten Erwartungen wahrscheinlich unreflektiert und unbewusst genügen. Sie tragen die Kleidung, die von ihnen erwartet wird, freuen sich über Blumen oder eine Flasche Schnaps als Geschenk und interessieren sich für die Themen, für die sie sich auf Basis geschlechtsspezifischer Stereotype interessieren sollten. Aber ich bin nun mal anders. Ich und andere Transgender ebenso brauchen Zeiten als Frau in Gesellschaft anderer Menschen, um wenigstens für eine gewisse Zeit dieser ständigen Diskrepanz zwischen den Erwartungen, die an uns gerichtet werden und unserem Inneren zu entkommen.

Wenn wir in weiblicher Rolle unter Menschen gehen und als Frauen akzeptiert werden, dann fällt in dieser Zeit eine Menge Stress von uns ab. Wenn wir in die weibliche Rolle wechseln, können wir uns unbefangen so verhalten und so reden, wie es uns unser Inneres nahe legt. Wir können endlich den geschlechtsspezifischen Verhaltenserwartungen entsprechen, denen wir entsprechen wollen. Endlich müssen wir nicht schauspielern, um Erwartungshaltungen zu bedienen, die einfach falsch sind. Und endlich können wir erwarten, dass wir keine Verwirrung hervorrufen, wenn wir uns so geben, wie wir uns fühlen.

Dieses Gefühl, endlich richtig und nicht durch unsere trügerische körperliche Erscheinung verzerrt gesehen und behandelt zu werden, können uns nur andere Menschen geben. Menschen, die die Frau in uns sehen und akzeptieren und uns

entsprechend gegenübertreten. Wir mögen als Frauen ungewöhnlich aussehen, doch wer immer uns mit frauenspezifischen Erwartungen gegenübertritt, wird diese erfüllt finden. Wir übertreiben dabei manchmal sogar etwas und sind eventuell klischeehafter Weibchen als die meisten modernen Frauen sich das erlauben würden.
Wir tun das nicht aus Jux, sondern wir folgen dabei den gleichen Bedürfnissen, die alle anderen Menschen ebenso für ihre Identität haben. In der englischsprachigen Fachliteratur gibt es den Begriff „self-maintenance“. Maintenance bedeutet so viel wie Wartung oder Bewahrung. Genau darum geht es. Wir haben in uns einen Teil, der der Wartung und Pflege bedarf. Und die besteht darin, dass er in Kontakt zu anderen Menschen kommt und von diesen Anerkennung und Zuwendung erhält.

Wenn ich mit anderen Transgendern zusammen bin, ob virtuell oder in der Realität, dann geben wir uns gegenseitig das Gefühl der wohlwollenden Wahrnehmung. Wir loben uns für unser gutes Aussehen, wir sprechen uns mit unseren weiblichen Namen an, wir erlauben uns dezidiert weibliche Attitüden. Ein prima Geschäft auf Gegenseitigkeit, doch leider nicht das wahre Leben.
Wenn ich mich in weiblichem Styling in die Öffentlichkeit begebe, dann formuliere ich damit nonverbal eine bestimmte Erwartungshaltung. Ich erwarte, dass ich entsprechend meiner Präsentation als Frau behandelt werde. Zumindest erwarte ich, dass ich als Mensch gesehen und behandelt werde. Dazu gehört, dass ich mit „Frau ... „ angesprochen werden möchte und dass ich selbstverständlich die Damentoiletten benutze. Eventuell werden mir sogar typisch weibliche Vorzüge, wie Türen öffnen und „in den Mantel helfen“ gewährt. Das ist aber schon eine Dreingabe!
Auf einer Ebene darunter geht es darum, einfach bloß als Mensch akzeptiert und ohne großes Getue einfach normal behandelt zu werden. Also keine besondere Aufmerksamkeit hervorzurufen und so wie man gerade aussieht akzeptiert zu werden. Diese Erwartung wird zu vermutlich 98% erfüllt. Kaum jemand überschreitet die Grenzen des Anstands und redet mich schräg an. Die vielen Leute, die an mir vorbeigehen und mich kurz und ohne weitere Reaktion anschauen, sind Quelle meines Hochgefühls: Juchhu! Ich kann eine Frau sein!

Die meiste Zeit jedoch wirke ich oberflächlich betrachtet wie das, was ich immer vorgegeben habe zu sein, nämlich wie ein ganz normaler Mann. Wie gesagt:

oberflächlich betrachtet. Es gäbe so viel an mir für aufmerksame Beobachter zu bemerken und ich wünsche mir manchmal, dass es tatsächlich solche Beobachter gäbe. Über Schuhe, Hosen, Shirts, Fuß- und Fingernägel bis hin zum Lippenstift gibt es viele kleine Äußerlichkeiten zu entdecken, von meinem Verhalten, meinen Interessen und Ansichten ganz zu schweigen. Ich verstelle mich nicht mehr, doch niemand scheint diese femininen Kleinigkeiten an mir zu bemerken. Vielleicht stimmt das aber gar nicht und meine Weiblichkeit wird bemerkt, aber niemandem ist das wichtig genug, um mir zurückzumelden, dass man es bemerkt hat.
In Phase 1 hätte es mich enorm beruhigt, wenn ich gewusst hätte, wie weit man gehen kann, ohne dass es jemanden schert. Aber nun, in Phase 2, bin ich doch etwas enttäuscht. Jetzt wo die Frau sich nach ewigen Jahren in die Öffentlichkeit wagt, wird sie schnöde ignoriert. Zwar habe ich zunächst nur von mir gesprochen, doch meine ich, diese Tendenz zur Außendarstellung, den Wunsch endlich auch als Frau gesehen und akzeptiert zu werden, bei anderen ebenso wahrgenommen zu haben. So wie vorher jeder kleine Riss in der perfekten Tarnung die Angst auf den Plan rief, führt jetzt das ständige Übersehen zu Verärgerung, weil niemand sich die Mühe macht, genauer hinzusehen.
Das Bedürfnis ist eigentlich trivial: ich möchte in den anderen Menschen das Bild wiedererkennen, das ich selbst von mir habe. Und da ich mich selbst zu einem guten Teil als weiblich sehe, möchte ich mich auch so von anderen gesehen fühlen. In der Folge tue ich inzwischen mehr und mehr das, was ich mir früher nie vorstellen konnte: ich sage anderen Leuten, in erster Linie guten Bekannten, denen ich vertraue, was sie an mir bisher übersehen haben, aber wissen sollten, wenn sie mich verstehen wollen. Dahinter steht eine schlichte Erkenntnis: wenn ich mich nicht mehr schäme für das was und wie ich bin, warum soll ich es dann nicht vertrauten Menschen sagen und zeigen können?!

Nun ist es soweit. Du denkst darüber nach, nicht nur in den heimischen vier Wänden Frau zu sein, sondern dich auch mal in die Öffentlichkeit zu wagen. Viele von uns tun es, noch mehr aber träumen davon und trauen sich nicht. Es ist ein weiter Weg, vom Wunsch zur Verwirklichung. Es sind viele kleine und große Hindernisse zu überwinden, die zwischen Aschenputtel und ihrem Auftritt als Prinzessin beim Ball liegen.

11. Kapitel: Wohin die Kugel rollt

Für mich ist es wichtig, als Frau in der Öffentlichkeit unterwegs zu sein. Doch körperlich bin ich nun mal ein Mann. Nach viel Überwindung habe ich mich getraut, als Frau in die Öffentlichkeit zu gehen. Meine große Angst war, dass ich draußen als „verkleideter Mann" Aufmerksamkeit errege. Doch zu meiner Überraschung geschieht das nur in sehr geringem Umfang und sogar Menschen, die mich als Mann kennen, gehen an mir als Frau achtlos vorüber. Wie kommt das?

Ist dir schon mal aufgefallen, dass du auf der Straße nicht allgemein Menschen, sondern entweder Männer oder Frauen siehst? Na klar, sagst du, weil Menschen nun mal entweder Frauen oder Männer sind! Es gibt in unserer Welt keine Neutren. Eine Person ist entweder Mann oder Frau.

Nein, warte einen Moment bevor du das zu einer Selbstverständlichkeit erklärst. Ich finde das gar nicht so selbstverständlich. Und das liegt nicht nur daran, dass ich zwischen den beiden Welten wandere.

„Alle Wahrnehmung ist Symbol für erwartbare Realität."

Ist die Differenzierung zwischen männlich und weiblich wirklich so eindeutig? Die Zuordnung zu einem Geschlecht im Alltagsleben geschieht allein nach der äußeren Erscheinung. Und da sind die wahrnehmbaren Unterschiede zwischen den Geschlechtern, wenn man es genau nimmt, lediglich graduell und nicht kategoriell. Männer und Frauen haben gleichermaßen Arme, Beine, Augen, Münder und Haare. Wenn ich bloß ein Bein, eine Hand oder auch ein Auge oder einen Mund sehe, dann ist es schwer, dieses Detail eindeutig als männlich oder weiblich zu identifizieren. Wenn ich nicht weitere Hinweise dazu nehme, wie Behaarung oder kosmetische Optimierungen, dann kann ich nur vermuten. Die Übergänge sind fließend, es gibt männlich wirkende Frauen und Männer mit einer femininen Figur.

Keine Frau und auch kein Mann entspricht dem Prototyp. Frauen tragen nicht unbedingt Röcke, haben nicht unbedingt einen großen Busen oder lange Haare. Sie bewegen sich auch nicht unbedingt immer erkennbar feminin und selbst die Stimmlage ist nicht immer erkennbar höher als bei Männern. Trotzdem zweifeln wir im Alltag fast nie. Jemand biegt um die Ecke und wir sehen: eine Frau!

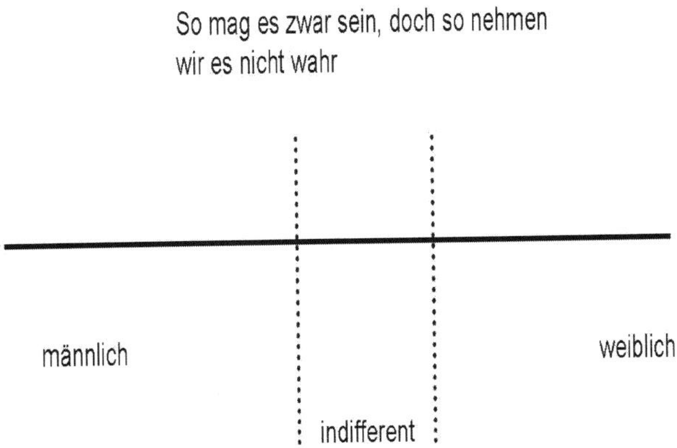

Ohne Überlegung, ohne Zögern. Es gibt in der Wahrnehmung kein „Unentschieden“, selten ein „Vielleicht“, fast immer ein blitzschnelles „So ist es“. Es ist wie mit einer geworfenen Münze, die Kopf oder Zahl zeigt, aber nicht auf der Kante stehen bleibt. Oder wie mit einer Kugel, die auf einem Hügel liegt. Sie rollt immer in die eine oder andere Richtung und bleibt selten oben auf der Kuppe liegen.

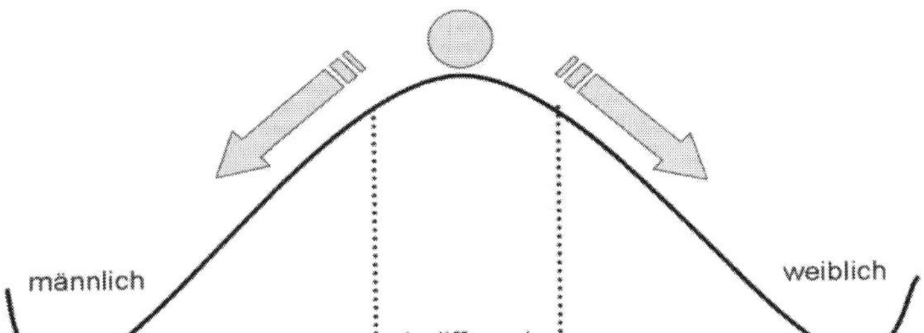

Die Interpretation der Wahrnehmung verbiegt die Gerade zu einer Kurve, so dass eine „Schwerkraftwirkung“ entsteht, die trotz Indifferenz des Wahrgenommenen zu einer eindeutigen Zuordnung führt. Die Kugel bleibt nie im indifferenten Bereich, sondern rollt immer in eine der definierten Kategorien.

Wir erkennen, wenn wir einen Menschen sehen, in ihm fast immer blitzartig den Mann oder die Frau.
Was geschieht, wenn sich ein Mensch aus weiter Ferne langsam nähert? Wir sehen jemanden und unser Gehirn klickt sofort auf Mann oder Frau. Nur sehr selten müssen wir diesen ersten Eindruck revidieren. Oder wir sehen bloß eine Silhouette oder einen kleinen Ausschnitt auf einem Bild. Wir denken nur in extremen Fällen „Mensch“, sondern schließen auch aus minimalen Anhaltspunkten auf „Mann“ oder „Frau“. Offensichtlich ist nicht bloß das entscheidend, was man zu sehen bekommt, sondern es passiert auch etwas in unseren Köpfen. Aber was? Und kann mir das Wissen darüber als Transgender eventuell nützlich sein?

11.1 Etwas theoretischer Hintergrund

> *„Die Wahrheit wird nicht von uns entdeckt, sondern erschaffen.“*
> *Antoine de Saint-Exupery*

Die Frage, was in unserem Kopf passiert, wenn wir unsere Umwelt wahrnehmen, wurde von Philosophen und Psychologen untersucht. Unsere Wahrnehmung bildet nicht objektiv die Realität ab, sondern die Fülle der auf uns einströmenden Sinneseindrücke wird gefiltert und interpretiert: Wir nehmen immer subjektiv wahr.

> *„Wie man an die Wirklichkeit herangeht, ist für das ausschlaggebend, was man finden kann. Und das ist natürlich keine ganz neue Idee. Kant und Hume und andere haben das ja schon lange Zelt vor uns gesagt, aber die Einsicht ringt sich nun doch weiter und weiter durch, dass es sich um eine sehr bedeutsame Erkenntnis handelt. Das heißt, dass wir im buchstäblichen Sinne unsere Wirklichkeiten konstruieren.“*
> *Paul Watzlawick, Die Unsicherheit unserer Wirklichkeit*

So ist das. Wir konstruieren unsere Wirklichkeit und dementsprechend bestimmt unser Denken auch unsere Wahrnehmung. Wenn wir also wissen, dass Menschen entweder Mann oder Frau sein müssen, dann sehen wir auch nur Frauen oder Männer und keine seltsamen Zwischenformen.

Im normalen Leben bin ich ein Mann und werde als solcher wahrgenommen. Da gibt es keine Zweifel. Sicherlich gäbe es Gründe, das eine oder andere seltsam oder vielleicht sogar feminin zu finden. Doch meine Männlichkeit ist so evident, dass die Informationshäppchen, die eigentlich die Interpretation „weiblich“ nahelegen müssten, durch den überwiegend männlichen Gesamteindruck unterdrückt werden. Die Kugel rollt immer auf die männliche Seite. Selbst dann, wenn ich mir eine Menge erlaube: Lackierte Finger- oder Fußnägel, rabiater Kahlschlag der Körperbehaarung, Frauenpullover, Frauenhose, Frauenstrümpfe ... Es ist nicht nur so, dass der Gesamteindruck trotz allem männlich bleibt, es ist sogar so, dass die weiblichen Accessoires nicht mal als solche wahrgenommen oder interpretiert werden.

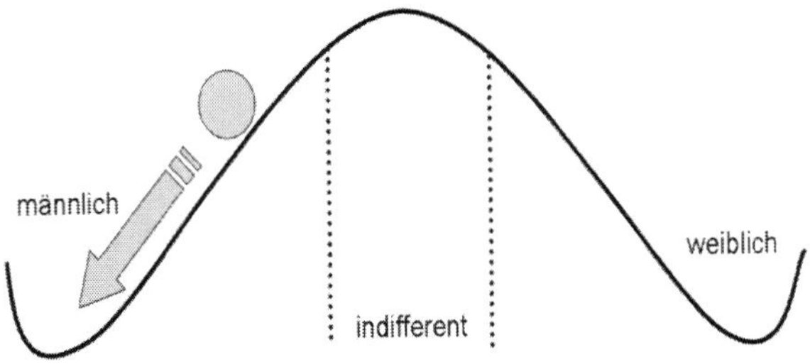

So ungefähr dürfte es bei mir sein:
ich bin nicht der männlichste aller Männer, aber selbst wenn ich eine Menge anstelle, werde ich immer noch als eindeutig männlich wahrgenommen

Und wenn sie wahrgenommen würden, dann würde ich nicht als „weiblich“ oder als „neutral“ eingestuft werden, sondern als Mann der unpassende Kleidung trägt oder sich lächerlich zurechtgemacht hat. Wenn ich ohne weitere Stylingmaßnahmen ein nettes Kleid anziehen würde und durch die Straßen ginge, dann würde mich sicher niemand für eine Frau halten. Meine Kugel rollt immer wieder zurück auf die männliche Seite.

11.2 Die Kugel über die Kuppe bringen

Ich muss also etwas tun, damit die Kugel die Kuppe des Berges hinter sich lässt. Und da gibt es einiges zu korrigieren und zu vertuschen, denn ich habe körperliche Unzulänglichkeiten, die verhindern, dass ich jemals eine perfekte Frau sein kann. Aber wenn ich über die Kuppe bin, dann rollt die Kugel plötzlich auf die andere Seite. Die meisten Menschen sehen eine Frau. Wohl keine besonders attraktive, sicher eine sehr große, aber immerhin eine Frau.

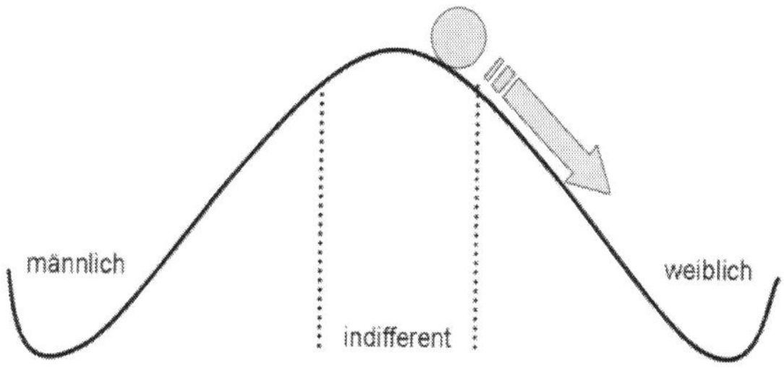

Die Kugel ist „eigentlich" noch im indifferenten Bereich, aber die interpretierende Wahrnehmung lässt sie zielstrebig in Richtung „weiblich" rollen

Nach meiner Erfahrung brauche ich drei Dinge, um meine Kugel über den Berg zu bringen, aber dann klappt es tatsächlich: Make-up, Frisur und ein wenig Busen. Wenn diese drei Aspekte meiner Erscheinung weiblich sind, dann kippt das Bild für die weit überwiegende Zahl der Menschen, wenn auch leider nicht für alle. Plötzlich werden alle Aspekte, die vorher noch unproblematisch als männlich interpretiert wurden, genauso unproblematisch als weiblich interpretiert. Ich bin über den Berg!

Zwar werden wohl immer noch Auffälligkeiten wahrgenommen, doch lösen sie bei den allermeisten Menschen keine großen Zweifel aus. Wenn ich versuche zu sagen, was denn genau den Eindruck zum Kippen bringt, dann ist es das Gesicht. Beim Blick in das Gesicht entscheidet sich, ob wir unsere Gesamteindrücke in Richtung Mann oder Frau interpretieren und die Kugel dann in diese Richtung rollt. Sicherlich ist, von den Geschlechtsorganen abgesehen, das Gesicht der Teil des Körpers bei dem sich die Geschlechter am stärksten unterscheiden. Dabei gilt für diesen Teil wieder das, was auch für den Gesamteindruck gilt: Das Gesehene wird nicht ambivalent interpretiert, sondern in die eine oder andere Richtung. Und wiederum ist es eine Kombination von verschiedenen, gar nicht mal dramatisch unterschiedlichen Aspekten. Augen, Mund und Nase sind bei Männern nicht unterschiedlich groß oder geformt. Trotzdem erkennen wir ein Männer- oder Frauengesicht sofort als solches. Gesichtsform, Augenbrauen und Behaarung prägen sehr stark den Eindruck. Wenn wir hieran arbeiten und dann noch eine weiblich wirkende Frisur hinzukommt, rollt die Kugel plötzlich auf die andere Seite.

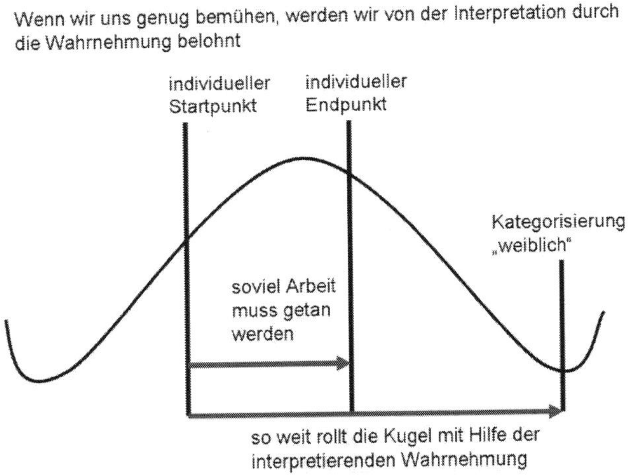

Bei mir und anderen, die ich kenne, ist der Moment, in dem der Eindruck kippt, recht gut zu diagnostizieren: Es ist der Moment, in dem ich die Perücke auf den Kopf setze oder meine Haare weiblich style. Wohlgemerkt, es geht dabei nicht um die Perücke, denn sie allein würde nichts bewirken. Die Perücke ist nur der Schlusspunkt. Der letzte Schubs, der die Kugel über die Kuppe bringt. Plötzlich ist da ein anderer Mensch, alle Details vorher haben nicht ausgereicht, mehr als einen weiblich gestylten Mann aus mir zu machen, doch mit dieser letzten Veränderung kippt das Bild und ich sehe weiblich aus. Na gut, zumindest weiblich genug um von den meisten Leuten nicht für bemerkenswert gehalten zu werden.

Bekannt ist dieser Effekt durch die Demaskerade von Travestiestars. „Mary" alias Georg Preuße hat das in ihrer Bühnenshow perfektioniert. Die ganze Zeit über sieht man eine Frau, obwohl man weiß, dass es eigentlich ein Mann ist und ist vergeblich bemüht, den Mann zu erkennen. Doch dann kommt das Ende der Show und Mary nimmt die Perücke ab und plötzlich sieht jeder: ein Mann, eindeutig „Georg" und nicht „Mary".

11.3 Der Nutzen

Soweit die Erläuterung. Aber was ist jetzt der Nutzen davon?

- **Du musst nicht perfekt sein, um als Frau akzeptiert werden zu können!**

Ich bin es selbst bei weitem nicht. Auch die meisten Frauen, die wir sehen, sind nicht perfekt. Es genügt, wenn du es schaffst einen überwiegend femininen Eindruck zu vermitteln, Kaum ist die Kugel über die Spitze des Berges, rollt die Kugel ganz automatisch in die Schale „weiblich" und du wirst als Frau gesehen und behandelt und deine fehlende Perfektion wird höflich übersehen.

- **Zwischen deiner männlichen und weiblichen Version liegen Welten!**

Wenn die Kugel auf die andere Seite gerollt ist, werden nicht nur andere Aspekte an dir wahrgenommen, auch die gleichen Aspekte werden anders interpretiert, noch bevor das bewusste Denken beginnt. Die Gefahr ist gering, dass jemand, der nicht durch irgendeinen Zusammenhang darauf gebracht wird, in der unbekannten Frau, die er sieht, den Mann identifiziert, den er kennt.

- **Es kommt auf die Kleinigkeiten an!**

Die Summe der Eindrücke und Details macht das Bild. Das schicke Kleid ist genauso bloß ein Eindruck wie der behaarte Handrücken. Vielleicht wirken die unterbewussten Eindrücke bei der Interpretation sogar noch intensiver, weil sie nicht vom Bewusstsein auf Vernunft geprüft werden können. Einzelne noch so weibliche Highlights bringen nichts zum Kippen, sondern wirken, wenn der Rest nicht stimmt, einfach bloß deplaziert.

- **Fotos sind entweder genial oder grausam!**

Je nach dem, ob man es auf den Fotos geschafft hat, die Kugel genügend weit auf die weibliche Seite zu bringen, sieht man entweder eindeutig eine Frau, die sogar recht attraktiv ist, oder einen Mann, der sich verkleidet hat. Da es keine Möglichkeit gibt, über sie hinaus Informationen einzuholen, ist der interpretierende Verstand auf die begrenzte Menge an Informationen reduziert, die das Foto selbst liefert. Das führt dazu, dass wir auf recht ähnlichen, fast zeitgleich aufgenommenen Bildern total unterschiedlich wirken können, wenn die Kugel eben sehr nahe der Kuppe liegt. Dann genügt schon eine leicht veränderte Kopfhaltung für einen völlig anderen Gesamteindruck.

- **Du selbst hast es am schwersten, die Frau in dir zu sehen!**

Gemeinerweise sehe ich, selbst wenn meine Mühen für viele andere erfolgreich waren, immer noch sehr stark den Mann. Ich sehe mich kritisch und misstrauisch und ich habe ständig im Hinterkopf, dass ich die meiste Zeit ein Mann bin und im normalen Leben unproblematisch, sofort und eindeutig für einen Mann gehalten werde. Die anderen Menschen haben diese Vorprägung nicht und so interpretiert ihr Gehirn unvoreingenommen, was an Sinneseindrücken bei ihm ankommt. Folglich sehen andere leichter und deutlicher als ich selbst, was sie sollen: Eine Frau.

12. Kapitel: Feedback - Der Zauberspiegel der Königin

Genau diese Subjektivität der Wahrnehmung, die uns hilft, von anderen so gesehen zu werden, wie wir das inszenieren, steht uns leider im Weg, wenn wir uns selbst betrachten. Eine inzwischen viele Jahre postoperative Transsexuelle, die als Frau unauffällig ihr Leben lebt, sagte neulich: *„Wenn ich vor dem Spiegel stehe, dann sehe ich immer noch einen Kerl!"* Vermutlich ist sie, abgesehen von einigen Menschen, die sie noch aus der Vergangenheit kennen und ein gutes Gedächtnis haben, die einzige, die diesen Mann sehen kann.

Wenn ich wissen will, wie ich aussehe, dann schaue ich in einen Spiegel. Es gibt jedoch ein Problem mit normalen Spiegeln. Sie bilden zwar genau das ab, was vor ihnen steht, aber die Betrachterin bin ich selbst. Das Spiegelbild sehe ich nicht objektiv, sondern eben mit meinen Augen. Mein Spiegel beantwortet mir leider nicht die Fragen, die mir so wichtig sind. *„Ist mein Make-up unauffällig feminin?" „Passt die Bluse mit dem Rock zusammen?"* und vor allem *„Werden mich die Leute da draußen für eine Frau halten?"*

Wenn ich das wissen möchte, dann müsste ich den Zauberspiegel der Königin aus dem Märchen Schneewittchen haben, der mir auf all das ehrliche Antworten geben würde. *„Spieglein, Spieglein an der Wand, wer ist die Schönste im ganzen Land?"* fragte die Königin ihren Zauberspiegel. Und der hat der Königin auf diese Frage geantwortet. Allerdings nicht ganz so wie sich die Königin es gewünscht hätte, Denn er sagte: *„... aber Schneewittchen hinter den sieben Bergen ist tausend Mal schöner als ihr!"*

Leider gibt es den Zauberspiegel nur im Märchen. Hier gibt es nur die normalen, stummen Spiegel. Und es gibt Feedback! Feedback ist viel besser als mein normaler Spiegel. Im Grunde genommen ist Feedback genau wie der Zauberspiegel der bösen Königin bei Schneewittchen!

Feedback bedeutet übersetzt nichts anderes als Rückmeldung. Es ist

- eine Rückmeldung,
- über ein bestimmtes Verhalten,
- in einer bestimmten Situation oder einem bestimmten Kontext,
- über die Wahrnehmung des Feedback-Gebers.

Mit anderen Worten: Feedback ist die Information des Empfängers einer kommunikativen Botschaft an deren Sender. In dieser teilt der Empfänger mit, was er empfangen hat und wie das auf ihn gewirkt hat. Was ich gerade etwas technisch erklärt habe, ist eines der stärksten Instrumente, das uns Menschen zur Verfügung steht, um unser Verhalten und damit unsere Wirkung auf andere Menschen zu überprüfen und zu optimieren.

Ausgangspunkt der Wichtigkeit von Feedback ist die Subjektivität aller menschlichen Wahrnehmung. Wie eben bereits in dem Kugel-Kapitel erläutert, sind wir keine Maschinen, die von ihrer Umwelt Messdaten empfangen, sondern was uns unsere Sinne vermitteln, unterliegt diversen Prozessen an deren Ende jeweils eine subjektive, gefilterte Interpretation des Wahrgenommenen steht. Besonders wichtig ist das, wenn es um die Frage geht, wie wir selbst von anderen wahrgenommen werden und auf diese wirken. Denn was das angeht, sind wir besonders gehandicapt. Wir können uns nicht mit den Augen einer anderen Person sehen, sondern nur mit unseren eigenen. Und dieser Blick ist vielfältig getrübt. Unsere Wünsche und Ängste sind die Hauptursachen dafür, dass wir uns nicht so sehen können, wie uns andere sehen. Das ist schade, denn häufig stellen wir fest, dass die Menschen um uns herum uns ganz anders sehen, als wir uns das wünschen. Zwischen dem Selbstbild und dem Fremdbild liegen manchmal Welten. Insofern ist Feedback für alle Menschen eine wichtige Informationsquelle, wenn sie wissen wollen, wie sie bei anderen Menschen ankommen.

Üblicherweise haben Menschen keine Zweifel, wie sie gesehen werden. Zumindest haben sie keine Zweifel, ob ihre Mitmenschen gerade einen Mann oder eine Frau sehen. Und wenn doch jemand Zweifel daran hat, dann haben sie das Recht, eingeschnappt und beleidigt zu reagieren. Ihre Identität kann ihnen auch dann nicht genommen werden, wenn das Äußere Anlass zu Zweifeln gegeben hat. Der Fehler liegt eindeutig beim Empfänger, der fehlinterpretiert hat, aber nicht beim Sender, der das Recht hat so zu sein, wie er mag. Bei uns Transgendern ist das anders. Wir überschreiten die Grenzen, die uns unsere Genetik setzt. Wir verhalten uns anders, als von uns erwartet wird, und, was es besonders für uns noch schwieriger macht, anders, als wir es von klein auf gelernt haben. Deshalb bin ich mir meiner Wirkung auf die anderen Menschen nie sicher, wenn ich in weiblicher Version unterwegs bin. Denn ich bin dadurch geprägt, dass ich im üblichen Alltagsleben immer als Mann gesehen werde. Wenn ich männlich unterwegs bin, dann kommt niemand auf die Idee, mich für eine Frau zu halten. Dementsprechend bin ich in weiblicher Version sehr unsicher, ob meine kosmetischen und bekleidungstechnischen Maßnahmen den

gewünschten Erfolg hatten. Zwar wünsche ich mir, wie eine Frau zu wirken, doch stimmt das auch?
An dieser Stelle kommt der Zauberspiegel zum Einsatz. Weil Feedback die eigene Wirkung auf andere widerspiegelt, ermöglicht es einen Vergleich zwischen Selbst- und Fremdbild. Die ehrliche Rückmeldung anderer gibt mir Aufschluss darüber, wie erfolgreich meine Bemühungen wirklich waren. Durch das Feedback erfahre ich, was andere Menschen sehen! Sie helfen mir zu erkennen, wo ich gut bin und wo nicht, was ich richtig mache und was ich falsch mache. Die Rückmeldung anderer hilft, das eigene Verhalten zu reflektieren und zu verändern. Ich kann besser werden, wenn ich das will. Aus diesem Grund habe ich meine Freundinnen gebeten, mir Rückmeldung zu geben, wenn ihnen etwas auffällt. Sie sollen mir sagen, wenn ich aus Ihrer Sicht etwas falsch oder ungewöhnlich tue, aber natürlich gerne auch, wenn ich als Frau gerade gut und überzeugend bin.

Sicherheitshalber betone ich, dass Feedback bestimmte Grenzen hat. Was ein Feedbackgeber sagt, ist nicht die objektive Wahrheit, sondern bloß seine eigene subjektive Wahrnehmung. Nicht weniger, aber eben auch nicht mehr. Wenn mir also jemand sagt, dass er mich sehr feminin findet, dann heißt das nicht, dass ich auf jeden Fall und auf alle anderen Menschen feminin wirke. Es heißt lediglich, dass ich in dieser konkreten Situation und für diesen konkreten Menschen so wirke. Aber immerhin: Er findet mich feminin! Das ist doch schon mal was.
Generell gilt, dass Feedback umso verlässlicher ist, je näher es an konkreten Beobachtungen ist. Die Aussage *„Deine Haut wirkt sehr feinporig.“* ist unter dem Gesichtspunkt der Vertrauenswürdigkeit besser als *„Das Make-up ist unauffällig“* oder gar *„Du bist schön“*. Denn je mehr Interpretation und Wertung in einer Aussage stecken, umso unwahrscheinlicher ist, dass sie ein anderer genau so treffen würde. Ein roter Pickel ist fast immer ein roter Pickel, aber ob er auffällt oder hässlich ist, darüber kann man leicht verschiedener Meinung sein.
Natürlich muss man nicht alles annehmen oder gar umsetzen, was andere sagen. Es gibt zerstörerisches Feedback. Das ist solches, das dir nicht hilft, dich zu entwickeln, sondern dich gänzlich in Frage stellt. Wenn mir jemand sagt, dass ich als Frau unmöglich aussehe und es gefälligst lassen soll, das zu tun, dann ist das nicht hilfreich. Es mir weder besser zu werden, noch kann ich den

Rat überhaupt umsetzen. Ob ein Feedback nützlich ist, das kann und muss man im Einzelfall entscheiden. Feedback, das dir nicht hilft, lässt du einfach seitlich liegen. Du tust, was du tun musst und die Rückmeldung hilft dir dabei besser zu werden.

- **„Wer mich kritisiert, ist mein Lehrer!"**

Vernünftigerweise setzt du Feedback zielgerichtet für die Dinge ein, die du ändern kannst. Du kannst weder deine grundlegenden Charaktereigenschaften ändern noch die Eckpunkte deines Aussehens. Also ist es Unfug, sich mit der Frage auseinanderzusetzen, ob es wirklich sein muss, dass du als Frau raus gehst oder wie es wäre, wenn du zwanzig Zentimeter kleiner wärst. Beide Punkte sind, wie sie sind. Aber du kannst dir deiner Wirkung bewusster sein und an den Punkten arbeiten, die veränderbar sind: Körperhaltung, Kleidung, Make-up, Frisur, Sprechweise und vieles andere mehr.
Allerdings schadet auch hier Übertreibung! Wenn mir jemand ständig alles sagen würde, was an mir gerade für eine Frau nicht perfekt ist, dann würde ich wohl keinen Schritt mehr vor die Tür wagen. Auf der einen Seite hilft es mir sehr, wenn ich kleine Hinweise bekomme, die ich direkt umsetzen kann. *„Halt dich gerade!"* und *„Mach gefälligst nicht so große Schritte!"* sind für mich schon Klassiker! Auf der anderen Seite kann es zerstörend sein, wenn mir zur Unzeit zu viele Zweifel beschert werden *(„Du, ich glaube, die starren dich alle an!")*.
Wie der letzte Satz zeigt, ist es manchmal echt hart, eine Rückmeldung zu bekommen. Wenn ich ehrlich bin, ist es immer hart, wenn man erfährt, dass man weniger gut/weiblich/unauffällig ist, als man sich das gewünscht hätte. Positive Rückmeldungen gehen natürlich runter wie Öl und machen uns froh. Doch kritische Hinweise sind, so nützlich sie sein mögen, immer etwas, dem man sich erst mal stellen muss. Es ist zweifellos der leichtere Weg, sich einzubilden, man sei Klasse und den Rest der Welt auszublenden. Doch wenn man das nicht kann und ernsthaft besser werden möchte, dann muss man die Kritik nutzen.

Es ist nicht leicht, Feedback als etwas Gutes zu sehen, wenn man auf Fehler oder Makel hingewiesen wird. Doch auch wenn es schwer fällt: für Feedback sollte man dankbar sein. Feedback ist ein Ausdruck persönlicher Wertschätzung. Andere nehmen sich Zeit, sich mit deinen Verhaltens- und Wirkungsweisen auseinanderzusetzen. Sie geben dir dadurch die Möglichkeit, dich persönlich

weiterzuentwickeln. Feedback ist die beste Möglichkeit, zu lernen und besser zu werden.
Also: wenn ihr kompetentere Frauen werden wollt, dann nutzt nicht nur den Schminkspiegel, sondern auch den Zauberspiegel! Bittet andere Menschen, am besten solche, deren Urteil ihr vertraut, um Feedback.

13. Kapitel: Ängste überwinden

Da nach meiner Einschätzung das größte Hindernis nicht draußen lauert, sondern in deinem Kopf, stelle ich dir zunächst einige Hilfsmittel vor, die dir helfen sollen, dich selbst zu managen. Das wichtigste ist, wie du dich selbst psychisch auf deinen Ausgang vorbereitest. Dazu möchte ich dir einige Hinweise geben.
Vorweg: Ob du dich der Welt da draußen stellst oder nicht, ist nicht primär eine Frage, wie tolerant deine Umwelt ist oder was die Gesellschaft zulässt! Und es ist nicht primär Frage deiner körperlichen Voraussetzungen. Es ist vor allem eine Frage deiner Entscheidung! Zwar gibt es nach meinen Erfahrungen kein Toleranzproblem in unserer Gesellschaft, doch selbst wenn es eines gäbe, würde das für dich und mich nichts bedeuten. Die Welt ist wie sie ist, daran kannst du nicht viel ändern. Was du ändern kannst, vielleicht sogar ändern musst, wenn du dich ihr als Frau stellen willst, ist deine Einstellung zu dieser Welt! Und die kannst du selbst bestimmen. Ist das nicht toll?

13.1 Was will ich überhaupt?

Die erste Überlegung sollte sein: Was will ich draußen als Frau machen? Das ist ein weites Feld, denn du kannst alles tun, was andere Frauen auch tun können. Für den Anfang solltest du dir nicht zu viel vornehmen. Generell gilt: Mute dir nicht zu viel zu. Für den Anfang ist es ein riesiger Schritt, sich überhaupt als Frau nach draußen zu begeben. Vielleicht möchtest du einen einsamen Spaziergang in menschenleerer Gegend machen oder auch begleitet von einer Freundin zu einem Transgender-Treffen gehen.
Faustformel 1: Mach immer nur Sachen, von denen du dir zutraust, sie zu bewältigen. Also geh erst mal bloß spazieren, bevor du einkaufen gehst. Geh möglichst erst mal in Gesellschaft, bevor du alleine etwas unternimmst.
Faustformel 2: Wenn du draußen unterwegs bist, dann bist du für alle, denen du begegnest, eine Frau. Zumindest bist du das auf den ersten Blick, eventuell sogar für alle weiteren. Also tu nur Dinge und vor allem gehe nur an Orte, an die eine Frau gehen würde. Das gilt insbesondere, wenn du alleine unterwegs bist. Vielleicht hast du bis jetzt keinen Gedanken daran verschwendet, ob du in der Dunkelheit bestimmte Straßen oder Wege gehst. Jetzt solltest du es aber tun. Was willst du? Möglichst nicht auf andere Menschen treffen? Oder doch?

Wozu? Nicht auffallen? Positiv auffallen? Oder überhaupt bloß auffallen? Spazierengehen, endlich mal mit Genuss Korsettladenschaufenster studieren, Einkaufen (was? wo?), andere Leute besuchen, Essen gehen, ins Kino oder Theater gehen, einen Volkshochschulkurs besuchen? Allein? Begleitet? Von wem? In einer Gruppe? Im Alltag? Zu besonderen Anlässen?
Nur wenn du weißt, was du willst, kannst du das nötige Selbstbewusstsein entwickeln, es auch zu tun.

13.2 Wie mache ich mich stark?

Es braucht einiges an Mut und Selbstbewusstsein, sich erstmals vor die Tür zu trauen. Schlimmerweise lauert sogar die Gefahr einer sich selbst erfüllenden Prophezeiung: Weil du ängstlich und unsicher bist, verhältst du dich auch so und bist deshalb auffällig! Und das bemerkst du, wirst dadurch noch unsicherer usw. usf. Grauenhaft.
Aber woher nimmt man die positive Grundstimmung und das nötige Selbstvertrauen, wenn man nicht von Natur aus mutig und bedenkenfrei ist? Im Laden gibt es das nicht zu kaufen.

> *„Wir werden zu dem, worüber wir nachdenken."*
> *Earl Nightingale*

Es gibt einiges, was man tun kann, um sich bereit zu machen. Ich stelle dir im Folgenden einige Denkansätze und Techniken vor, die du nutzen kannst.

- **Was habe ich davon?**

Wenn du dich entschlossen hast, einmal rauszukommen, dann solltest du auch wissen, warum du das machst. Welche Erlebnisse erhoffst du dir, welche Erfahrungen und Gefühle? Konzentriere dich darauf, welchen Lohn dir die Unternehmung, die du vorhast, einbringt und nicht darauf, was alles schiefgehen könnte.

- **Glaube an dich!**

Was wir glauben hat einen starken Einfluss auf unser Verhalten. Wenn wir an etwas glauben, dann verhalten wir uns so, als sei es wahr! Deshalb ist der erste Schritt, dass du daran glaubst, dass du es schaffen kannst. Solange du denkst

„Es geht nicht!" oder *„Ich kann nicht!"* wirst du es auch nicht können. Solange du glaubst, es sei unmöglich, dass du als Frau ausgehen kannst, solange wirst du nicht herausfinden können, ob es nicht vielleicht doch möglich ist. Also glaube an dich und gib dir eine Chance.

> *„Das kann ich nicht glauben!" sagte Alice.*
> *„Nein?" sagte die Königin mitleidig. „Versuch es noch einmal: tief Luft holen, Augen zu ..."*
> *Alice lachte. „Ich brauche es gar nicht zu versuchen", sagte sie. „Etwas Unmögliches kann man nicht glauben."*
> *„Du wirst darin eben noch nicht die rechte Übung haben", sagte die Königin. „In deinem Alter habe ich täglich eine halbe Stunde darauf verwendet. Zuzeiten habe ich vor dem Frühstück bereits bis zu sechs unmögliche Dinge geglaubt."*
> *Lewis Caroll, Alice hinter den Spiegeln*

- **Planung!**

Plane deine Unternehmungen sorgfältig und mache dir bewusst, dass du das getan hast. Überlege dir, was du selbst alles tun kannst, damit dein Vorhaben gut läuft. Das ist schon das Erste, das du tun kannst, um die nötige Sicherheit zu gewinnen. Du wachst nicht plötzlich in Frauenkleidern auf einem Marktplatz auf, sondern du hast die Umstände durch deine Planung in der Hand. Du kannst durch deine Wahl von Ziel, Zeit und Kleidung weitgehend die Rahmenbedingungen bestimmen. Du bist nicht hilflos, sondern du legst die Regeln schon im Vorfeld fest. Wenn du unsicher wirst, denke daran, wie gut du alles geplant hast!

- **Realistische Erwartungen**

Auf Basis deiner Planungen hast du eine ungefähre Vorstellung davon, was dich erwartet. Formuliere dein Ziel so, dass du es in jedem Fall erreichen kannst, unabhängig davon, was andere Menschen tun.
Wahrscheinlich bist du, ebenso wie ich, optisch keine perfekte Frau! Das ist aber auch gar nicht notwendig, denn keine Frau ist perfekt! Es gibt, große und kleine, schöne und hässliche, dicke und dünne. Wenn du nicht gerade einen Vollbart hast, wirst du als Frau nicht total aus diesem sehr weiten Rahmen fallen. Doch du wirst eventuell auffällig sein. Diese Aufmerksamkeit ist erwartbar und wenn ich das

weiß, dann verunsichert es mich nicht so stark, wenn es dann tatsächlich eintritt. Überlege dir also vorher, ob du wohl Leute treffen wirst oder eher nicht. Ob du mit jemandem sprechen willst oder nicht. Und sei dabei realistisch! Überlege was wahrscheinlich passieren wird und nicht, was du dir wünschst!
Es ist nicht getan realistische Erwartungen an die Situation zu haben, du brauchst auch realistische Erwartungen an dich selbst! Also: sei ehrlich und sei nett zu dir und gib dir die Chance, deinen Ausflug zu genießen. Verlange dir nicht zu viel auf einmal ab, hebe dir mehr für später auf. Wenn du Angst davor hast, als Frau sprechen zu müssen, dann plane deinen Ausflug so, dass du wohl nicht reden musst.

- **Was habe und kann ich alles?**

Du kannst dich richtig fertig machen, wenn du nur auf das guckst, was bei dir alles schwierig ist. Das hilft dir nicht, dein Ziel zu erreichen. Schau auf das was du hast und kannst! Besinne dich auf deine Ressourcen. Was steht dir alles zur Verfügung um das Abenteuer erfolgreich zu bewältigen? Das können Äußerlichkeiten sein (gute Figur, kleine Füße), aber vor allem Fähigkeiten (Schlagfertig sein, sympathisch wirken, gut Probleme lösen können, stark sein, also bei Bedrohungen sich wehren können....) Jede Fähigkeit und Eigenschaft, die dir in deinem sonstigen Leben zur Verfügung steht, kann dir helfen, deine Unternehmungen als Frau positiv zu gestalten.

- **Kopfkino**

Du kannst deinen Ausflug nicht erst genießen, während du ihn machst oder wenn du hinterher nochmal daran denkst. Du kannst ihn schon vorher genießen! Dazu kannst du eine Technik nutzen, die ich „Kopfkino“ nenne. Setz dich bequem hin und mach die Augen zu. Nun stell dir vor, du siehst einen Film mit dir als Hauptdarstellerin. Stelle dir vor, wie das sein wird, wenn du unterwegs bist! Ganz genau! Fang damit an, wie du das Haus oder dein Auto verlässt. Schau dir zu, wie du die Tür abschließt und losgehst. Spüre, wie der Wind über deine Beine streicht, höre auf das Klappern deiner Absätze auf dem Asphalt, beobachte dich, wie du die Straße entlanggehst, langsam, ohne Hast. Beobachte dich, wie du reagierst, wenn dir unverhofft Leute entgegenkommen.
Ein solches Gedankenspiel wirkt umso besser, je mehr du in die Details gehst und alle Sinne einbeziehst. Du kannst sehen, hören, spüren, schmecken und rie-

chen! Spule deinen Film in Gedanken vor und zurück, lass interessante Szenen mehrfach ablaufen, variiere sie ein wenig.
Wenn du deinen Ausflug so gedanklich vorwegnimmst, wirst du ruhiger und sicherer in der Echtsituation, denn du hast die Situation schon erlebt, hast Verhaltensweisen ganz ohne Risiko schon vorweg ausprobiert.

- **Rituale**

Rituale sind gleichförmige Abläufe, die dazu dienen auf bestimmte Situationen vorzubereiten. Sie werden in Religionen benutzt, aber auch von Sportlern, wenn sie sich für den Moment fertigmachen, in dem sie Höchstleistung bringen müssen. Und so wie ein Sportler sich ein paar Mal ins Gesicht schlägt, oder mit Hingabe sein Handtuch auf die Hantelbank drapiert, so kannst auch du Rituale schaffen und nutzen, die dir helfen zu sagen *„Okay, jetzt bin ich Frau und bereit für die Welt!"* Das Schminken dient natürlich zunächst der optischen Veränderung, aber es ist auch ein Ritual, das du bewusst als solches nutzen kannst, ebenso wie das Anlegen von Schmuck oder Kleidung. Oder du stellst dich vor dem Ausgang vor den Spiegel und sagst dir *„Ich bin eine Frau!"* oder was immer dir hilft, dich gut zu fühlen. Schaffe dir kleine Rituale, sie werden dich stärker machen.

- **Eine von Millionen**

Ein Aspekt, den du dir immer wieder vor Augen führen solltest, wenn du das Gefühl hast, etwas total Verrücktes zu tun: Millionen von Menschen laufen ungefähr so gekleidet, wie du es vorhast, auf der Straße rum! Frauen sind nichts Besonderes. Sie sind im Straßenbild total normal. Also warum sollte jemand bei dir etwas anderes vermuten als die Normalität? Du machst nichts besonderes, sondern nur das, was Millionen Frauen in Europa vollkommen selbstverständlich auch tun.

- **Katastrophenszenario**

Abschließend noch eine Übung für Situationen, vor denen man richtig Angst hat. Sie ist für mich recht hilfreich, aber sie hat ihre Tücken und ist deshalb nicht für jede geeignet. Die Übung besteht darin, dass man sich vorher vorstellt, was alles im schlimmsten Fall schief laufen kann. Und ich rede hier nicht von Kleinkram!
Testen wir es mal an. Wenn ich Angst vor einem Ausgang hätte, dann

könnte schon das Styling schief gehen: die Perücke ist weg oder der Hund hat sie halb zerfetzt! Das Make-up färbt meine Haut grün! Kaum ist die Haustür zu stelle ich fest, dass der Haustürschlüssel weg ist! Ich gehe ein paar Schritte und der Absatz bricht ab und als ich mich bücke um den Schuh auszuziehen, reißt der Rock hinten von oben nach unten auf usw. usf.
Wenn man dieses Spiel eine Weile gespielt hat, dann merkt man, dass, was immer da draußen sein mag, viel harmloser ist, als das, was ich mir vorgestellt habe! Ich entschuldige mich bei allen, die diese Übung ausprobieren und sich danach gar nicht mehr raus trauen! Es ist eine Typfrage, ob solche Schreckensszenarien helfen.

13.3 Mit welchen Problemen muss ich rechnen? Und wie bewältige ich sie?

Trotz aller Vorbereitung gibt es immer wieder Situationen, die du nicht geplant hast.

> *„Don't panic!“*
> *Regel Nr. 1 aus dem Hitchhiker's Guide to Galaxy*

Grundsätzlich gilt: Jede Situation, die eine Frau überstehen kann, kannst du auch überstehen! Da nur das Unerwartete dich wirklich schocken kann, zähle ich mal ein paar Standardsituationen auf.

- **Ich muss sprechen!**

Jemand spricht dich an oder du brauchst eine Auskunft. Im ersten Fall kannst du noch die Taubstumme mimen oder wegrennen, im zweiten Fall bleibt dir nichts anderes übrig als zu reden. Also tu es! Du musst nicht kieksen oder flüstern. Klar wäre es besser, wenn deine Stimme auf weiblichen Tonfall und Sprachgebrauch hin trainiert wäre, doch das braucht es nicht zwingend. Viele Frauen haben dunkle Stimmen. Und das Schlimmste, was dir passieren kann, ist dass deine Stimme dich als Mann verrät. Das mag doof sein, aber es ist ein Kompliment. Ein großes Kompliment! Vom Aussehen her wurdest du also als Frau eingestuft. Glückwunsch!

- **Pöbler**

Nach meinen Erfahrungen gibt es nur zwei Gruppen, die die Grenzen des Anstands verletzen und mehr tun, als einfach nur gucken. Dabei handelt es sich einerseits um Jugendliche, aber fast nur wenn sie im Rudel auftreten, und andererseits um Betrunkene. Es ist nicht angenehm, wenn man von so einer Type angegrölt wird, aber es ist auch keine Katastrophe. Ratschlag: Sieh zu, dass du aus der Nähe der Pöbler wegkommst. Zieh deines Weges, als hättest du es nicht bemerkt. Nicht provozieren, nicht hingucken, nicht rennen, nicht stehenbleiben! Einfach zügig weitergehen! Es sind Besoffene! Es sind Kinder! Da muss man sich nicht drum kümmern.

- **Bekannte**

Da ich den meisten Menschen in meinem privaten und beruflichen Umfeld nicht auf die Nase gebunden habe, dass ich nicht so langweilig bin, wie ich aussehe, ist das meine größte Furcht .

Doch schauen wir auf die Fakten. Zunächst ist es unwahrscheinlich, dass du, wenn du dich nicht gerade in deinem Kiez aufhältst, auf Bekannte triffst. Die Welt ist groß. Sollte es aber doch eintreten, dann ist lange noch nicht gesagt, dass deine Bekannten etwas anderes sehen als eine Frau oder einen weiblich gekleideten Mann. Wie sollen sie wissen, dass du es bist. Es ist unwahrscheinlich, dass du als Person identifiziert wirst, wenn man dich plötzlich auf der Straße oder im Lokal als Frau sieht. Du kannst dich sehr weitgehend darauf verlassen, dass zwischen deinem männlichen und deinem weiblichen Erscheinungsbild so viel Unterschied liegt, dass du vielleicht zwar als Mann aber eben nicht als *„Der Kurt!!!“* erkannt wirst.

Und wenn doch? Dann steh zu dir. Verblüffenderweise interessiert die meisten Leute erstaunlich wenig, dass du auch als Frau unterwegs bist. Die Leute, die bis jetzt unerwartet rausgefunden haben, dass es mich auch als Frau gibt, hat es nicht besonders interessiert. Ich muss wohl damit leben, dass ich nicht der Nabel des Universums bin.

- **Polizei**

Zwei Worte: Na und?! Du tust nichts Verbotenes! Basta!

Um unerwünschte, längere Kontakte mit der Polizei zu vermeiden, ist es gut seine Ausweispapiere dabei zu haben, auch wenn man dem Passbild gerade nicht sehr ähnlich sieht.

Ich selbst hatte bisher nur einmal Polizeikontakt und den hatte ich selbst herbeigeführt. Ich bin nämlich mit einer Freundin auf eine Wache gegangen um eine Brieftasche abzugeben, die wir in einem Park gefunden hatten. Da der Polizist, der die Fundanzeige aufgenommen hat, mir keine große Beachtung geschenkt hat, kann ich nicht über Besonderheiten berichten.

- **Ich muss mal!**

Du bist eine Frau, also nutze die für Damen vorgesehen Örtlichkeiten. Frauen sind tolerant! Selbst wenn sie in dir den biologischen Mann erkennen, werden sie Verständnis dafür haben, dass du so wie du momentan aussiehst, lieber kein Männerklo besuchen willst.

- **Das Grauen**

Und dann ist sie doch eingetreten: Die Situation, die dich überfordert hat. Du stehst irgendwo in der Öffentlichkeit und fühlst dich gedemütigt, lächerlich und klein! Schrecklich! Was nun?

1. Du lebst! Es geht weiter!
2. Konzentriere dich auf deine Atmung! Versuche deinen Atem zu beruhigen. Konzentriere dich darauf, tief unten im Bauch mit dem Zwerchfell zu atmen. Konzentriere dich allein auf das Ausatmen. Vergiss die Welt! Atme!
3. Geh weg! Bring dich in Sicherheit!
4. Und später: Nutze die Situation, um aus ihr zu lernen. Reflektiere, was da passiert ist und warum du so ausgerastet bist.

13.4 Das größte Problem ist die Angst

Was ist es, was die meisten von uns hindert, in der von ihnen gewünschten Geschlechtsrolle in die Öffentlichkeit zu gehen? Es ist nicht die Scham, obwohl viele von uns darunter leiden, dass sie nicht so normenkonform sind, wie sie nach außen scheinen. Es sind nicht die fehlenden Gelegenheiten, obwohl viele von uns in Familie und Beruf so eingebunden sind, dass sie nur selten und wenig Zeit für sich selbst haben.
Es ist die Angst! Die Angst, dass der Schritt vor die Türe, den wir uns so sehr wünschen, unser Leben zerstören könnte. Die Angst, dass wir körperlich oder

seelisch tief verletzt werden, obwohl wir doch nur versuchten, ein wenig mehr wir selbst zu sein. Weil wir uns mit dem Schritt in die Öffentlichkeit so präsentieren, wie wir sind, fühlen wir uns dadurch schutzlos und angreifbar. Vielleicht haben wir das Gefühl, wir würden andere Menschen provozieren, weil wir gegen ungeschriebene Regeln verstoßen. *„Ein Mann schminkt sich nicht, trägt keine Kleider und Pumps!“*

Eventuell fühlen wir in uns, dass wir gar kein Mann sind, zumindest kein richtiger. Aber wir wissen, dass wir für einen Mann gehalten werden und trotz Schminke, Perücke und Frauenkleidung als solcher erkannt werden können. Und wir haben Angst vor dem was dann passiert. Oder zumindest passieren könnte. Wir fürchten uns davor, zum Opfer zu werden. Aggression, Demütigung, Verletzung - all das fürchten wir, wenn wir im Zimmer vor dem Spiegel stehen und überlegen, ob wir es wagen können, diese Frau, die wir nun mal sein müssen, der Welt zu präsentieren. Wir haben Angst, dass sie nicht akzeptabel ist für die Menschen da draußen, dass sie geschmäht und verlacht wird. Und wenn wir nicht Angst um uns selbst haben, dann sorgen wir uns um unsere Familien. Was, wenn wir erkannt werden und die Kinder sich dafür rechtfertigen müssen, was ihr Vater tut?

Für viele von uns sind diese Gründe so gewichtig, dass sie daheim bleiben, obwohl sie es sich anders wünschen würden. Und denjenigen von uns, die trotz ihrer Ängste rausgehen, machen es die Ängste zusätzlich schwer.

Die Angst vor Entdeckung und den daraus eventuell erwachsenden Konsequenzen für Beruf, Privatleben und vor allem unsere Familie ist ein Thema, das jede von uns individuell behandeln muss. Die Lösung ist auf der Hand liegend: Wenn es nur das ist, was einen hindert, dann lebt man sich als Frau an Orten aus, wo die Gefahr der Entdeckung gering ist. Nur für die ganz prominenten von uns ist das keine Option.

Die Angst davor auffällig zu sein und Aufmerksamkeit auf sich zu ziehen, ist ein sehr individuelles Thema, weil jede von uns andere Voraussetzungen hat. Manche wollen sogar auffallen, anderen ist es hochgradig unangenehm, wenn sie bloß kritisch angeschaut werden.

Mir geht es im Folgenden um die Angst vor persönlichen Übergriffen, vor Demütigung und vielleicht sogar Gewalt. Und dabei in erster Linie um die Auseinandersetzung mit der Frage, wie realistisch diese Angst überhaupt ist. Denn wenn es da draußen vielleicht gar nicht so viel gibt, vor dem ich Angst

haben muss, dann ist kann ich mit einem anderen Selbstbewusstsein nach draußen gehen.
Fehlendes Selbstbewusstsein ist ein eigenes, aus der Furcht folgendes Problem. Weil wir Angst haben, angegriffen zu werden, gehen wir schon vorsorglich in Deckung. Nicht im wörtlichen Sinne, aber im übertragenen. Wir wechseln die Straßenseite, wenn uns jemand entgegenkommt. Wir ziehen den Kopf zwischen die Schultern und schauen entweder nach unten oder ängstlich auf die Leute, um zu sehen, wer von denen uns wohl lächerlich findet oder gar plant uns mit Worten oder schlimmerem anzugreifen. Wir fürchten uns so sehr vor der Aggression der anderen, dass wir sie fast schon als selbstverständlich erwarten. Und das spüren die Menschen um uns herum. Wir sind dadurch zunächst nicht einfach eine normale Frau, sondern wir fallen auf, weil wir unsere Unsicherheit über unsere Haltung und unser Verhalten kommunizieren.

13.5 Begegnung analysiert

Doch was passiert wirklich, wenn wir anderen Menschen gegenübertreten? Müssen wir wirklich direkt mit Aggression rechnen? Betrachten wir die Situation Schritt für Schritt.

1. **Wahrnehmung des Gegenübers:** Diverse Signale werden empfangen. Das Aussehen, der Geruch, all das wird in Sekundenbruchteilen aufgenommen und im Unterbewusstsein verarbeitet.

2. **Interpretation auf Basis von Vorerfahrungen, Stereotypen**: Neben dem Geschlecht gibt es weitere, wichtige Aspekte wie Alter, ethnische Zugehörigkeit, soziale Stellung. All das wird schon auf den ersten Blick vermittelt. Teilweise mit Gewissheit, teilweise mit Unschärfen und teils als Hypothese. Hinzu kommt noch der soziale Kontext der Begegnung, der ebenfalls prägend dafür ist, wie ich mich verhalte. Ich werde mich auf einem Fußballplatz anders verhalten als in einem Konferenzraum oder in der Oper.

3. **Kommunikation auf Basis der gewonnenen Erkenntnisse:** Schon die Art und Weise, wie ich jemanden begrüße, hängt davon ab, was ich bis

jetzt erfahren habe oder erfahren zu haben glaube. Es wäre zumindest unhöflich, in den meisten Fällen sogar dumm, die Information aus dem Erscheinungsbild nicht korrekt zu nutzen. Einen alten Menschen werde ich anders begrüßen als einen Jugendlichen oder ein Kleinkind, einen Mann anders als eine Frau. Nachlässigkeiten oder gar Fehler, die man sich hier erlaubt, sind schwer wieder gut zu machen. Hier gilt schonungslos der bekannte Spruch: *„Es gibt keine zweite Chance für den ersten Eindruck!"*
Also ist man gut beraten, in dieser kritischen Phase möglichst keine groben Fehler zu machen. Zumindest dann, wenn die vage Chance oder das Risiko besteht, die andere Person wiederzutreffen oder gar näher mit ihr zu tun zu haben.

Das ist also die Startsituation und sie ist im Normalfall schon nicht einfach. In Blitzesschnelle müssen Eindrücke interpretiert und zu situativ richtigem Verhalten umgesetzt werden. Wir tun das alles üblicherweise weitgehend automatisiert und ohne größeres Nachdenken. Diese erste Phase ist wichtig, weil wir einen guten Eindruck machen müssen. Und das setzt voraus, dass wir die Person uns gegenüber so behandeln, wie sie es wünscht und vor allem, wie sie es gewohnt ist.

- **Transgender verunsichern ihre Kommunikationspartner**

Eigentlich bin ich gewohnt, das umgekehrt zu sehen. Mein Fokus liegt auf der Angst und den Bedenken, wie und ob ich wohl von anderen akzeptiert werde. Dabei bin ich theoretisch in der besseren Situation. Ich sehe den anderen und weiß wie er angesprochen werden will, wie ich mich verhalten muss, damit er zufrieden ist.
Umgekehrt ist es für unsere Gegenüber schwieriger. Wenn wir in unserem aktuellen Erscheinungsbild nicht absolut perfekt sind dann werden wir andere Menschen vor Probleme stellen. Durch unsere nicht komplett widerspruchsfreie Erscheinung wird der routinierte Ablauf des Standardprogramms gestört. Kurz gesagt: wir verunsichern unsere Gesprächspartner in dieser ersten Phase des Gesprächs, wenn sie noch keine weiteren Informationen von uns bekommen haben.
Früher habe ich gedacht, mein Problem im Kontakt zu anderen Menschen läge darin, dass ich unter einen moralischen Rechtfertigungsdruck geraten würde.

Dass also die erste Frage an mich regelmäßig wäre, warum ich mich so ungewöhnlich verhalte. Doch das ist gar nicht das, was meine Gesprächspartner in der ersten Phase des Kontakts beschäftigt. Die sind von viel schlichteren, aber für sie wichtigeren Fragen in Beschlag genommen. Die lauten *„Ist das jetzt ein Mann oder eine Frau?"*, *„Wie soll ich ihn oder sie anreden?"* oder ganz allgemein *„Wie soll ich mich jetzt verhalten?"*
Die Frage der ethisch-moralischen Einordnung meiner Person mag sich vielleicht stellen - aber irgendwann später, wenn überhaupt. Zunächst steht die Verunsicherung, wie man sich verhalten soll, wenn die übliche Routinen nicht greifen, im Mittelpunkt.

- **Unsere Aufgabe: Sicherheit geben**

Da wir in dieser Situation die stärkere, weil nicht verunsicherte Partei sind, liegt es an uns, unserem Gegenüber Hilfestellung zu geben. Das ist gar nicht so schwer. Wir müssen bloß dafür sorgen, dass er oder sie schnell auf vertrautes Gelände kommt. Das bedeutet konkret:

- Sicherheit geben: *„Hallo, ich bin <Vorname>"* oder *„Guten Tag, ich bin Frau <Nachname>"*. So stellen wir schnell klar, wie wir angeredet werden wollen und vor allem, welche geschlechtsrollenbezogenen Verhaltenserwartungen wir für uns akzeptieren.
- Vertrauen schaffen und Bedenken zerstreuen: lächeln, freundlich sein. Und vor allem
- Das Problem dort lassen, wo es hingehört: Bei unserem Gegenüber. Ungefragte Erklärungen helfen in dieser Situation nicht weiter. Sie schaffen nur Probleme. In seiner aktuellen Verhaltensunsicherheit will der andere keine Erklärungen, sondern bloß wissen, wie er sich richtig verhält.
  Je kompetenter und selbstverständlicher wir in der von uns gewählten sozialen Rolle agieren, umso leichter machen wir es unseren Gesprächspartnern. Und das werden sie uns danken! Die Entlastung, von Verhaltensunsicherheit befreit zu sein, wird durchwirken auf die weitere Kommunikation. Wenn man auf vertraute Kommunikationsmuster und -modelle Bezug nehmen kann - und da ist es egal welche - vereinfacht das die weitere Gesprächsführung sehr. Und wenn später dann die Kommunikation gut läuft, wieso sollte mein Gesprächspartner durch Fragen nach dem Warum und Wieso die Lage wieder kompliziert machen?

13.6 Typische Personengruppe: Verkaufspersonal!

Wenn wir - egal ob als Mann oder Frau - unterwegs sind, dann ist es eine übliche Situation, dass wir etwas kaufen und so mit Verkaufspersonal in eine Kommunikation eintreten. Viele von uns haben riesige Ängste davor, die Kleidung, Schuhe zu kaufen, die sie möchten, weil sie sich davor fürchten im näheren Kontakt als Crossdresser erkannt zu werden. Doch das Verkaufspersonal sieht mich nicht primär als Mann oder Frau, sondern als Kunden oder Kundin. Diese Menschen haben ein zentrales Interesse: Sie wollen Umsatz machen! Ganz egal, wie sie mich finden, sie werden sich so verhalten, dass ich mich wohl fühle und vor allem kaufe. Also werden sie mich so behandeln, wie ich ihrer Einschätzung nach behandelt werden will. Sie werden versuchen, mich möglichst nichts von ihrer Verunsicherung spüren lassen, wenn eine solche überhaupt vorhanden ist. Wenn die Verkäuferin oder der Verkäufer versagt und mich verunsichert oder gar verprellt, dann werde ich reagieren. In der Regel damit, dass ich mich zurückziehe und – das ist der entscheidende Punkt - nichts kaufe. Also wird das Ladenpersonal bemüht sein, mich möglichst so zu behandeln, wie ich das möchte. Das ist relativ einfach, wenn ich mich eindeutig männlich oder weiblich präsentiere.
Aber was, wenn nicht? Wenn ich mich zum Beispiel eindeutig männlich präsentiere, aber Ungewöhnliches für einen Mann tue? Wie ich felsenfest glaube, härtet nichts mehr ab, als in männlicher Version Frauenkleidung kaufen zu gehen und diese auch anzuprobieren. Denn in dieser Situation verhalten wir uns quer zu wahrscheinlichen Erwartungen.

- **Beispiel: Mann kauft Frauenkleidung**

Ein Besuch in Schlips und Kragen im Betty Barclay Werksverkauf. Ich strebe mit einem Stapel von Klamotten den bewachten Umkleiden zu, wo man zu Kontrollzwecken eine Nummer mit der Zahl der Kleidungsstücke bekommt.
Die Garderobenwächterin: *„Wie viele Sachen hat denn ihre Frau schon?“*
„Welche Frau?“
„Na Ihre!“
„Wieso?“
„Zum anprobieren.“
„Da ist keine Frau!“
„Doch. Die Frau, der sie die Sachen bringen!“

Sie zwingt mich dazu, Farbe zu bekennen: *„Die probiere ich selber an!“*
Sie beharrt *„Aber ich muss doch wissen wie viele Sachen die Frau ...“*
Ich beharre auch: *„Ich probiere die Sachen selber an!“*
„Ach so!“
Plötzlich lacht sie fröhlich und ich werde von ihr in den Arm genommen. *„Da haben sie Recht! Die Sachen sind ja auch viel schöner!“*
Sie hängt noch lächelnd an meinem Arm als ich schon fast bei der Umkleidekabine bin.

Was kann man aus diesem Beispiel lernen? Zunächst ist festzustellen, dass Vorurteile enorme Beharrungskräfte haben. Obwohl ich gesagt hatte, was Sache ist, machte die Verkäuferin zunächst weiter wie gehabt, weil es nicht in ihre Vorstellungswelt passte, dass ein Mann Frauensachen anziehen möchte. Doch dann war es nicht mehr zu verleugnen: Der Mann will die Frauensachen anprobieren. Aber ich schaute sie freundlich an, war offensichtlich irgendwie nett. Wenn man weiß, um was es geht, dann kann man es akzeptieren, auch wenn es zunächst ungewöhnlich ist. Mit meiner eindeutigen Aussage, war klar, was ich wollte. Die Erleichterung, zum Routineprogramm „Anprobe“ mit dem Zählen der Teile und der Ausgabe der korrekten Nummer übergehen zu können, war der Dame deutlich anzumerken. Wieso sonst sollte sie mir um den Hals gefallen sein. Alles in Ordnung! Anprobe! Findet halt die gleichen Sachen schön, wie ich! Sind ja auch schöner! Alles bestens!
Ich habe früher massive Ängste gehabt, als Mann Frauenkleidung zu kaufen und bin mit sehr vielen Bedenken als Mann um die schönen Kleider und Blusen in den Damenbekleidungsgeschäften herumgeschlichen. Mittlerweile bin ich der festen Überzeugung: Ich kann als Mann alles kaufen und vor allem anprobieren. Hier geht es nicht um Mann oder Frau, der magische Begriff heißt „Kunde“. Kunde ist Kunde, egal ob er einen Herrenanzug trägt oder eine Damenjeans.

Jetzt kommt ein Erstrecht-Schluss: Wenn es schon für einen männlich gestylten Mann problemlos möglich ist, Frauenkleidung zu kaufen, so kann eine weiblich gestylte Person, selbst wenn sie als genetisch männlich erkennbar ist, das erst recht. Trotzdem ist es schwerer, in weiblicher Version Kleidung zu kaufen, als spazieren zu gehen. Das Problem besteht darin, dass der persönliche Kontakt zu Verkaufspersonal voraussichtlich keinen großen Zweifel daran lässt, dass man als genetischer Mann erkannt wird. Während man sich beim

Spazierengehen noch einreden kann - und vielleicht stimmt es ja auch - dass man von den Passanten nicht als genetischer Mann gesehen wird, ist das beim Einkaufen, zumal wenn man sich beraten lässt und sprechen muss, nur schwer möglich. In dieser Situation muss man wie bei einem Coming-out dazu stehen, wer oder was man ist. Das ist die große Hürde: Unsere eigene Angst vor dem Erkanntwerden als Mann.

Doch wie gesagt, in weiblicher Situation ist es leichter! Anders als in männlicher Version, wo wir mit unserem für Männer tendenziell ungewöhnlichen Verhalten für Verunsicherung sorgen, verhalten wir uns nun konsistent zu der Rolle, die wir durch unser Styling verkörpern. Entsprechend unproblematisch und professionell sind die Reaktionen des Verkaufspersonals. Ich habe noch nie mehr als einen leichten Hauch von Irritation wahrgenommen und unangemessenes Verhalten, das die Situation peinlich werden lassen könnte, noch nie. Wie schon erwähnt, Menschen, die ihr Geld im Kundenkontakt verdienen, sind routiniert. Solange die Person, der sie sich gegenübersehen keinen Anlass gibt vom Routineprogramm abzuweichen, werden sie das auch nicht tun. Sie wollen schließlich den Verkauf abschließen und Umsatz machen. Und keinesfalls wollen Sie, dass sich jemand über sie bei Vorgesetzten beschwert. Also verhalten sie sich professionell. Eine weiblich gekleidete und gestylte Person, die Frauenkleidung kaufen möchte, ist einfach ein Kunde oder eine Kundin. Und wird entsprechend freundlich behandelt. Ein Mann, der Frauenkleidung für sich kaufen möchte, ist ungewöhnlich und irritierend, doch letztendlich wird auch hier schnell die Routine über die Irritation siegen. In manchen Spezialgeschäften gibt es nicht mal einen Hauch von Irritation. Insbesondere Schuhgeschäfte für Übergrößen kennen verunsicherte Männer, die sich bei den Regalen für Damen-Übergrößen herumdrücken, zur Genüge. Entsprechend freundlich wird man dort betreut.

Natürlich gibt es immer die Möglichkeit, per Katalog zu kaufen. Doch viele von uns, die nach Überwindung der Angst festgestellt haben, wie wohltuend und unkompliziert es ist, als Frau im richtigen Leben einkaufen zu gehen und dabei so selbstverständlich wie man sich das nur wünschen kann als Frau behandelt zu werden, wollen auf diese Annehmlichkeit nicht mehr verzichten.

Gut, das war jetzt das Einkaufen. Aber was ist mit dem Rest? Was ist mit Busfahrern, Passanten, Polizisten, Kellnerinnen? Nichts anderes! Die dar-

gestellten Abläufe sind bei allen Kontakten die gleichen mit nur leichten Modifikationen.
Es gibt nur wenige theoretische Standardsituationen:

1) Wir werden gar nicht erst bewusst wahrgenommen.
2) Wir werden wahrgenommen, aber es kommt zu keiner Kommunikation.
3) Wir werden unproblematisch als Frau eingeordnet.
4) Unsere Gegenüber erkennen den Mann hinter der Fassade und sind verunsichert, weil sie sich nicht sicher sind, wie sie uns behandeln sollen.

Nur im vierten Fall gibt es überhaupt Handlungsbedarf und dann haben wir - wie dargestellt - die Chance, die Weichen schnell in die richtige Richtung zu stellen. Und wenn wir das tun und so freundlich sind, den Leuten ihre Unsicherheit zu nehmen, dann werden sie uns das danken und uns so behandeln wie wir behandelt werden wollen.

13.6 Schlussfolgerungen

Natürlich ist es trotz allem, was ich geschrieben habe, nicht von der Hand zu weisen, dass wir in der Öffentlichkeit in mindestens dem gleichen Umfang wie eine Frau, der Gefahr von Übergriffen ausgesetzt sind. Es wird immer Menschen geben, die darauf warten, Opfer zu finden und vermeintlich Schwächere zu belästigen, zu quälen oder gar zu missbrauchen. Daran solltest du denken, wenn du nachts durch dunkle Straßen oder Unterführungen oder durch Parks gehst! Ebenso wie jede andere Frau solltest du dir der Risiken bewusst sein. Aber vor den meisten Menschen brauchst du dich nicht zu fürchten. Vielleicht finden sie dich seltsam, aber sie wollen dir nichts Böses. Die wenigsten Leute da draußen warten auf eine von uns, damit sie jemanden demütigen können! Die wenigsten Leute wollen Streit und Ärger! Den allermeisten geht es ebenso wie dir und mir: sie sind froh, wenn sie ihrer vertrauten Routine folgen können und wenn es sich so ergibt, dann angenehme Kontakte zu anderen Leuten haben.
Im direkten Kontakt musst du dir bewusst machen, dass deine Gegenüber eventuell verunsichert sind. Sie brauchen deine Unterstützung und Hilfe. Und wenn du sie ihnen gibst, dann werden sie dir dafür dankbar sein.

14. Kapitel: Passing

Passing ist so etwas wie der heilige Gral der Transgender, ein Schlüsselbegriff der Transgender-Gemeinde. Wer ein gutes Passing hat, der wird von anderen beneidet oder bewundert. Aber was genau ist es denn nun? Wie so viele Begriffe und wie alle wichtigen Begriffe entpuppt sich der Begriff bei näherem Hinsehen als vielschichtig.
Passing kommt aus dem Englischen und hat nicht nur zufällig große Ähnlichkeit mit dem deutschen „passieren“, Es bedeutet also soviel wie vorbeigehen oder durchgehen. Passing liegt vor, wenn ich als Frau durchgehe. Es kann bedeuten, dass ich als Frau durchgehe, weil ich keine Aufmerksamkeit errege und deshalb niemand sich weiter um mich kümmert. Oder es ist so ähnlich, wie beim Passieren einer Personenkontrolle: Ich werde genau gemustert, wahrgenommen und dann werde ich akzeptiert und man lässt mich passieren. Im ersten Fall werde ich nicht bewusst wahrgenommen, im zweiten Fall schon und Passing hat dann mehr den Charakter von Akzeptanz.
Mit beiden Aspekten möchte ich mich gleich noch näher beschäftigen.

- **Warum Passing so wichtig ist**

Der erste Gedanke dazu könnte sein: Weil Passing so eine Art Maßstab dafür ist, wie gut man ist. Je besser das Passing desto besser ist man als Transgender. Diesen kompetetiven Aspekt, will ich nicht ganz von mir weisen, weil es allen eitlen Menschen Spaß macht sich zu vergleichen. Doch im Grunde ist das Blödsinn, denn unsere Weiblichkeit hängt nun mal nicht davon ab, wie weiblich unser Körper wirken kann.
Wirklich wichtig ist Passing aus ganz einem anderen Grund: Passing ist Sicherheit. Wir Transgender begeben uns mit dem was wir tun aus dem Normalbereich sozialen Verhaltens heraus, wir verletzen sittliche Normen, verstoßen gegen übliche Verhaltenserwartungen. Und wer sich unüblich verhält, gerät immer in die Gefahr, dafür von der Gesellschaft in irgendeiner Form bestraft zu werden. Hier in Europa besteht zwar keine Gefahr wegen Crossdressing mit der Staatsgewalt in Konflikt zu kommen, doch die Gesellschaft hat ihre eigenen Methoden Abweichler zu disziplinieren: Blicke, Getuschel und Gelächter sind probate Mittel. Gerade Personen, die eher am Rand der Gesellschaft stehen, genießen es, wenn da plötzlich jemand ist, der noch weiter außerhalb zu sein scheint, den man gefahrlos demütigen kann und dafür vielleicht noch die Anerkennung

einer schweigenden Mehrheit erntet. Ein Crossdresser wie ich kann der Kick des Wochenendes für eine Horde angetrunkener und gelangweilter Halbstarker sein! Ich will keine Märtyrerin sein und ein Opfer schon gar nicht. Ein gutes Passing sorgt dafür, dass sich mein individueller Sicherheitslevel steigert. Er ist immer noch niedriger als der eines Mannes in meinem Alter, doch er ist, wenn ich gut bin, fast so hoch wie der einer Frau meines Alters.

- **Unbemerkt bleiben**

Um Himmels Willen nicht auffallen, von niemandem bemerkt werden, ist zunächst das Ziel, das die meisten von uns anstreben, wenn sie sich in weiblicher Version in die Öffentlichkeit begeben. Wir wollen, dass die Leute an uns vorbeigehen und sich keine weiteren Gedanken machen. Es hat schon seinen Grund, warum viele von uns ihre ersten Schritte als Frau im Freien bei schlechter Beleuchtung, vorzugsweise in der Dunkelheit gemacht haben. Wir hoffen, dass die schlechten Sichtverhältnisse uns dazu verhelfen, unauffällig als Frau durchzugehen. Reicher an Erfahrungen und mutiger probieren wir das gleiche am Tag, in belebten Straßen und Fußgängerzonen.
Es gibt Dinge, die können wir nicht beeinflussen. Wegen meiner Körpergröße bin ich als Frau per se auffällig, weil ich die meisten Männer und fast alle Frauen deutlich überrage. Anderes kann man beeinflussen, so ist insbesondere die Wahl der Kleidung ein wichtiger Aspekt. Jedenfalls kann es gelingen, mit ein wenig Mühe so uninteressant zu werden, dass man den allerwenigsten Passanten den zweiten Blick wert ist, den es braucht um zu erkennen, dass da eine Frau mit einem massiven Gendefekt ist. Außerdem haben die Leute, die draußen unterwegs sind, meist etwas anderes zu tun, als weiblich gekleidete Menschen daraufhin abzuchecken, ob sie auch wirklich Frauen sind. Ja, wenn sie wüssten, dass wir da sind und etwas Ungewöhnliches zu bieten haben, würden sie ja schon neugierig gucken, ob sie uns in der Menge entdecken können! Doch sie wissen es nicht und widmen uns deshalb kein besonderes Interesse. Insofern muss man sich eigentlich schon etwas einfallen lassen, um in einer deutschen Fußgängerzone von den mehr oder weniger geschäftig umhereilenden Menschen bemerkt zu werden.

Wichtig für die Auffälligkeit ist auch die Frage, ob man eher allein losziehen soll oder in einer Gruppe. Die Chance, als Crossdresser unentdeckt zu bleiben vermindert sich drastisch, wenn man in einer Gruppe unterwegs ist.

Egal, wie gut oder schlecht dein Passing ist, in der Gruppe ist es abhängig von der Gruppengröße schlechter. Meine Formel dazu lautet: E = P x N! Wobei E der Entdeckungsfaktor ist, also die Wahrscheinlichkeit, mit der man als Crossdresser erkannt wird. P ist der individuelle Passingfaktor. Je höher, desto leichter wird man als Crossdresser erkannt. Und N ist die Zahl Transgender in der Gruppe. Für die eher mathematikfernen Leser/innen: Auffälligkeiten addieren sich nicht in der Wahrnehmung, sondern sie multiplizieren sich. Wenn also zwei Crossdresser gemeinsam unterwegs sind, dann ist ihr Risiko, als solche aufzufallen, doppelt so groß, wie für eine Person allein, bei dreien dreimal so groß und so weiter. Für eine Gruppe von zehn transidenten Personen ist es schon praktisch unmöglich nicht aufzufallen. Das gilt sogar dann, wenn du als einzige Transgender in einer Gruppe unterwegs bist, denn Gruppen sind schon als solche auffällig.

Wenn du also den Schutz der Gruppe suchst, dann musst du dir bewusst sein, dass du höchstwahrscheinlich als Transgender auffallen wirst. Der Gewinn an individueller Sicherheit, der sich aus dem Auftreten als Gruppe ergibt, wird bezahlt mit der gesteigerten Auffälligkeit, die eine Gruppe nun mal mit sich bringt. Deshalb haben Transvestiten, die immer nur in einer Gruppe in der Öffentlichkeit unterwegs waren und dabei gelernt haben, dass sie extrem auffällig sind, eine Hypothek, wenn sie allein losziehen wollen. Sie denken dann nämlich, sie wären allein ebenso auffällig! Doch das stimmt nicht.

- **Lächeln**

„Wenn du lächelst, dann verbessert sich dein Passing um mindestens 63%!“

Das ist natürlich eine unbeweisbare Scheingenauigkeit, doch der Kern der Aussage stimmt: Nichts schützt dich besser davor, zum Gegenstand kritischer Blicke zu werden, als ein freundlich-selbstbewusstes Lächeln. Wer lächelt, wirkt sympathisch und wer sympathisch wirkt, der tut nichts Böses. Dazu kommt, dass das Lächeln durch eine interne Feedbackschleife dazu führt, dass es du dich besser fühlst.

- **Bemerkt und akzeptiert werden**

Unbemerkt bleiben ist nicht immer das Ziel. Manchmal und/oder für manche ist es geradezu das Ziel, bemerkt zu werden. Eine sehr liebe Freundin von mir, die mit einer Aufmachung, die ich gerne als „Hafenhuren-Look“ bezeichne, in der Lage ist, eine Schneise in beliebige Fußgängerzonen zu schlagen, formulierte

es so: *„Unauffällig bin ich als Mann. Als Frau möchte ich auffallen!“* Und das geht selbst für einen Crossdresser nicht einfach so, sondern man muss sich Mühe geben und etwas dafür tun.
Eine Dragqueen wäre ganz schön enttäuscht, wenn der ganze Aufwand den sie getrieben hat, ihr keine Aufmerksamkeit bescheren würde und auch die lustigen Transvestiten, die mit Mieder und Petticoat auf 15 cm hohen Absätzen durch sonntäglich-verschlafene Provinzkäffer schlendern und dabei ihre langen platinblonden Mähnen zur Schau stellen, wären sicher traurig, wenn so gar keiner gucken würde.
Ich bin mir immer noch unklar darüber, ob diese Ladies der Sache der Transgender einen Bärendienst erweisen, weil sie den Eindruck erwecken, wir würden Frausein auf die Präsentation als Lustobjekt reduzieren oder ob ich ihnen dankbar sein soll. Dankbar, weil sie durch ihre Auffälligkeit die Toleranz provozieren, die ich nicht in Anspruch nehme, wenn ich mauerblümchenhaft um die Ecken schleiche. Woher sollen die Leute schließlich wissen, dass es uns tatsächlich gibt, wenn wir entweder in unseren Schlafzimmern bleiben oder so unauffällig sind, dass wir nur bei näherer Betrachtung als Transgender auffallen?
Jedenfalls ist es so, dass diese Personen nicht nur bemerkt werden, sondern auch akzeptiert! Na gut, einige Leute mögen sich aufregen, doch den allermeisten Leuten machen sie ebenso wie sich selbst eine große Freude. Die schillernde Transe mit ihrem Glitzermake-up und den endlos langen Beinen ist ein fröhlich-bunter Farbtupfer, ein Erlebnis, das einen langweiligen Spaziergang zu etwas macht, von dem man erzählen kann. Und weil sie diesen Effekt haben, wird diesen bunten Schmetterlingen kaum jemand etwas tun. Sie werden akzeptiert. Sicher nicht als normale Frauen, aber als Zauberwesen, die sich etwas trauen, die zu sich stehen und den Alltag etwas bunter machen.

- **Im Alltag**

Eine andere Sache ist es, sich als Frau - oder vielleicht sollte ich besser sagen: in der sozialen Rolle einer Frau - zu bewegen, Kontakte zu anderen Menschen zu knüpfen, zu kommunizieren. Dann ist es nicht damit getan zu erreichen, dass einem kein zweiter Blick geschenkt wird, sondern der zweite und weitere sind das Ziel der Aktion. Für Transsexuelle ist das eine Selbstverständlichkeit, dass sie wo weit kommen müssen, dass sie in sozialen Situationen bestehen. Der Übergang vom unauffälligen Bummeln zum bemerkt werden wollen ist schnell

geschafft. Man braucht sich bloß an eine Kaufhauskasse zu stellen und zu warten bis man dran ist. So ein Sozialkontakt ist geschäftsmäßig, es geht primär um den Kauf und nicht um mich als Person.
Doch wie ist es bei längeren Sozialkontakten, wo es nicht ums Geschäft geht und man gerade als Mensch abgeschätzt wird? Ich schildere am besten erst mal zwei Beispiele, die ich erlebt habe.

- **Beispiel 1: Der Geburtstag**

Das erste Mal, dass ich mich als Jula in eine Situation begeben habe, in der ich bemerkt werden musste und darauf vertrauen musste, dann auch akzeptiert zu werden, war anlässlich des 30 jährigen Geburtstags der Freundin einer Freundin. Diese junge Frau hatte auch mich zu ihrer Party, die sie gemeinsam mit einer Freundin feierte, eingeladen. Wir waren drei Transgender, die mit sorgsam gewähltem Outfit schließlich auf der Party mit insgesamt ca. dreißig Gästen aufliefen, wo wir nur eine der Gastgeberinnen kannten. Ich hatte mir vorher genau überlegt, wie ich mich auf die erwarteten Fragen hin rechtfertigen würde. Doch das einzige, was mir das Gefühl vermittelte ungewöhnlich zu sein, war, dass ein Mann sehr dankbar schaute, als ich ihn mit Handschlag und nicht wie die Frauen mit „Küsschen links- Küsschen rechts" begrüßte. Ich habe viel Zeit im grellen Neonlicht der Küche verbracht und mit verschiedenen Leuten über alles Mögliche geredet. Nur nicht über irgendeine der Fragen, die ich erwartet und auf die ich mich vorbereitet hatte. Mein Geschlecht oder auch nur mein Styling war definitiv kein Thema. Ich war danach irritiert, denn ich wusste und weiß immer noch nicht, für was mich die Leute auf der Party eigentlich gehalten haben.

- **Beispiel 2: Der Bookcrossing-Stammtisch**

Bookcrossing ist eine Gemeinschaft von Bücherwürmern, die sich nicht damit zufrieden geben, dass Bücher harmlos im Regal stehen, sondern gelesene Exemplare in der Wildnis aussetzen. Doch davon will ich gar nicht reden. Jedenfalls war und bin ich eine Bookcrosserin und ging diesem Hobby anonym nach, mit Kontakten zu anderen Bookcrossern nur über das Web. Eines Tages flatterte mir eine Einladungsmail in den Postkasten: Ich wurde eingeladen, am regionalen Meetup, einem regelmäßigen Treffen, eine Art Stammtisch teilzunehmen. Oh Klasse, das würde ich schon gerne, doch Bookcrossing ist Julas Hobby, und wenn ich da als Mann hinginge, hätte Jula plötzlich ein männliches Gesicht. Aber als Jula hingehen? In eine Runde von Leuten, die mit Transgenderthemen nix am Hut haben.... Ich hatte einerseits Interesse, aber andererseits große Bedenken. Na, jedenfalls habe ich dann mit der Organisatorin des BC-Stammtisches mein spezielles Problem erörtert: *„Ich würde ja gerne kommen, traue mich aber nicht, weil....“*. Im Ergebnis machte sie mir Mut einfach zu kommen, wobei sie es für total unnötig hielt, die anderen auf mich vorzubereiten. Kannst du dir vorstellen, wie das für mich war, als Frau zu einem Stammtisch mit Leuten zu gehen, von denen ich noch niemanden kannte? Wow, hatte ich Schmetterlinge im Bauch. Natürlich hatte ich die Situation vorher dutzendfach in Gedanken durchgespielt und hatte mir einen Vorrat von tollen Erklärungen, inklusive der Sachen, die ich von mir preisgeben, und besonders der Sachen, die ich für mich behalten wollte, zurechtgelegt. Als ich die Wirtschaft betrat, wurde ich von der Organisatorin sofort erkannt, sagte zu den anderen *„Hallo, ich bin Jula“* ... und dann passierte ... nichts. Also jedenfalls nichts Ungewöhnliches. Die anderen, ich glaube es waren sechs Frauen und zwei Männer, nahmen mich zur Kenntnis, sagten Hallo und bezogen mich in die normalen Gespräche ein. Und so ist es geblieben. Ich gehe jetzt regelmäßig hin. Bei verschiedenen Treffen waren unterschiedliche Leute da und nie hat jemand mit mir über die Frage gesprochen, ob meine Kleidung und mein Chromosomensatz kompatibel sind. Die Kellnerin weiß inzwischen, welchen Wein ich am liebsten mag und den Bookcrossern ist nicht verborgen geblieben, dass ich einen kleinen Schuhtick habe. Aber über das, was ich körperlich bin oder auch nicht bin, ist nie geredet worden.

- **Schlussfolgerungen**

In beiden Fällen ist mit in etwa das gleiche passiert. Von den Leuten wurde ich bemerkt und akzeptiert. Aber als was? Als Frau? Als Mann, der als Frau gesehen und behandelt werden möchte? Als komisch angezogener Mann?
In dem Versuch zu ergründen, was da passiert ist, habe ich meine Frau gefragt, woran es denn liege könne, dass meine zumindest bei näherer Betrachtung offensichtliche Besonderheit, so gar kein Thema ist. Ihre einleuchtende, wenn auch leider wenig charmante Antwort war: *„Ist doch logisch. So etwas tut man nicht. Du würdest einer Frau, die eine Brustamputation hatte, doch auch nicht auf den Busen starren und sie fragen, was das zu bedeuten hat.“*
So ist es wohl. Kein Mensch glaubt, dass ich eine perfekte Frau bin. Doch das ist auch nicht nötig, es reicht dass ich so wie ich bin akzeptabel bin, vielleicht

als Frau, vielleicht als Mann, der die Geschlechtergrenzen überschreitet, aber sicher als Mensch. Und das ist doch, worauf es ankommt.

15. Kapitel: Styling - über Kleidung, Haare und Make-up

15.1 Weiblich gekleidet oder doch lieber im Rock?

Ich bin gerne als Frau in der Öffentlichkeit unterwegs. Dabei sind mir zwei Dinge wichtig: Zum einen kann ich dort die Kleidungsstücke tragen, die ich schön und angenehm finde, nämlich typisch weibliche Sachen. Und zum anderen möchte ich möglichst unauffällig sein, um das Gefühl zu haben, tatsächlich als Frau gesehen zu werden. Ich dachte früher, es sei eine relativ einfache Gleichung: weibliches Styling + weibliche Kleidung = weiblich. Doch während es noch unstreitig, wenn auch für einen Mann gar nicht so leicht umzusetzen, ist, was weibliches Styling ist, bringt mich der Punkt weibliche Kleidung in einen Zwiespalt. Ich habe gelernt, dass gerade betont feminine Kleidung mich als Frau unglaubwürdig werden lässt. Warum das so ist, dem möchte ich ein wenig nachspüren um dann auch zu praktischen Schlussfolgerungen für stressreduziertes Frausein in der Öffentlichkeit zu kommen.

- **Was ist überhaupt weibliche Kleidung?**

Es ist ein verbreitetes Jammerthema in Transgenderkreisen, dass Frauen sich einfach nicht mehr feminin kleiden. Sie hätten alltäglich die Chance ihre Weiblichkeit mit den tollsten Klamotten auszuleben und was tragen sie in der großen Mehrheit? Hosen! Und Sneakers an Stelle von Pumps! Manchmal habe ich das Gefühl, dass die letzten, die noch einen Rock tragen, entweder Schotten oder Transvestiten sind.

Wie so viele Fragen, ist auch die nach weiblicher Kleidung nicht absolut und für immer zu beantworten, sondern es ist notwendig, auf den sozialen Kontext abzustellen. Das führt zu einer banal und selbstverständlich klingenden Aussage: Was Frauen tragen oder auch nicht tragen, unterliegt dem Wandel der Zeit. Frauen tragen heute andere Sachen als vor fünf Jahren und erst recht als vor 25 Jahren. Die Gesellschaft hat viele sittliche Normen, die Frauen in der Vergangenheit ihre Kleidung vorgeschrieben haben, abgeschafft oder stark aufgeweicht. Die Folge ist, dass es heutzutage bei grober Betrachtung zwei Sorten weiblicher Kleidung gibt:

Da ist zum ersten die exklusiv weibliche Kleidung. So nenne ich hier

Kleidungsstücke, die unsere Kultur aufgrund von sittlichen Normen ausschließlich Frauen zugesteht. Dazu gehören BHs, Feinstrumpfhosen, Röcke, Kleider. Zum anderen ist es Unisexkleidung, also Pullis, Hosen, T-Shirts. Dabei handelt es sich in weiten Teilen um einstmals exklusiv männliche Kleidung, die aber mittlerweile auch den Frauen zugestanden wird. Teilweise tragen Frauen diese Kleidungsstücke in den gleichen Versionen wie Männer, teilweise bekommen sie durch Applikationen, Besonderheiten im Schnitt, in Farbe oder Muster einen so weiblichen Touch, dass sie ein Mann nicht ohne mit Kopfschütteln rechnen zu müssen tragen könnte.
Jemand hat mir gesagt, durch den Wandel der Bekleidungsgewohnheiten wären Frauen dabei, ihr Frausein zu verleugnen. Das halte ich für falsch, denn der Grad an Weiblichkeit einer Frau ändert sich nicht in Abhängigkeit von der Kleidung. Es ist umgekehrt: Bekleidung wird zu weiblicher Bekleidung, wenn sie von hinreichend vielen Frauen getragen wird.
An dieser Stelle ist es mir wichtig zu betonen, dass das natürlich auch umgekehrt funktionieren würde! Wenn also nur genug Männer Röcke oder Feinstrumpfhosen tragen würden, dann würden sie irgendwann nicht mehr spezifisch weiblich sein. Doch den Bemühungen Herrn Gaultiers zum Trotz, beschränken sich die Männer auf die Kleidung, die ihnen vertraut ist und entwickeln keinerlei Ambitionen, ihr Spektrum zu erweitern.

- **Die Frauen in unseren Köpfen tragen nicht die gleiche Kleidung wie die Frauen auf den Straßen**

Jetzt wird es Zeit, ein interessantes Phänomen anzusprechen. Die Frauen, die wir im Alltag zu sehen bekommen, sind ganz anders angezogen, als die Frauen in unseren Köpfen. Machen wir einen spontanen Selbstversuch. Wir stellen uns vor unserem inneren Auge eine Frau vor, keine bestimmte, sondern irgendeine ...
Okay?! Was für Kleidung trägt sie? Die Frau in meiner Vorstellung trägt ein geblümtes Sommerkleid und Riemchensandalen. Ich habe in meinem Kopf ein Klischee von Weiblichkeit, das zwar sehr gut geeignet ist, Frauen von Männern optisch abzugrenzen, aber in der Realität nur selten so vorkommt. Das Bild der Frau in deinem Kopf ist wahrscheinlich anders gekleidet, aber ich schätze, sie trägt nur dann Jeans und Pulli, wenn du selbst eine biologische Frau bist. Die Frau in meinem Kopf unterscheidet sich durch Idealisierung und Betonung von Spezifika von den real existierenden Frauen auf der Straße.
Die Kleidung der realen Frauen richtet sich nach den Vorstellungen, die

sie selbst jetzt haben und wird beeinflusst durch das, was sie jetzt tun können und nicht nach dem, was sie früher mal getragen haben. Im Gegensatz zu Männern haben Frauen die Auswahl aus einem wesentlich breiteren Spektrum sittlich akzeptierter Kleidung. Sie haben die Freiheit, weitgehend das zu tragen, was der jeweiligen Situation am besten entspricht, und diese Freiheit nutzen sie. So schade ich das finden mag, Frauen wählen ihre Bekleidung nun mal nicht unter dem Gesichtspunkt aus, möglichst optimal klischeehafte Vorstellungen von Weiblichkeit zu bedienen, die gar nicht die ihren sind. Sie tragen ihre Kleidung in aller Regel nicht, um dadurch ihr Frausein auszudrücken oder gar zu belegen, sondern aus anderen Gründen. Das führt dazu, dass Frauen im Alltagsleben mehr und mehr auf exklusiv weibliche Kleidung wie Röcke verzichten und stattdessen lieber Hosen tragen. Selbstverständlich tragen auch Frauen Kleidung mal um ihrer selbst willen, weil sie sich inszenieren wollen und weil es ein tolles Gefühl ist, bestimmte Sachen zu tragen, ja sogar um sich weiblicher oder auch sexy zu fühlen. Doch selbst dann geht es um sie selbst und die Situation und nur sehr am Rande um die Erfüllung von Klischees.
Nur die Frauen in den Köpfen verzichten bisher noch auf die Vorteile, die es bringt mehr Auswahl zu haben.

- **Nicht eine Kleidung für alles, sondern Kleidung je nach Zweck!**

Eher als eine typisch weibliche Bekleidung gibt es einen typisch weiblichen Kleidungsstil, also eine feminine Art sich zu kleiden, ohne dass die verwendeten Kleidungsstücke exklusiv weiblich sein müssen. Eventuell liegt hier sogar der Grund für die im Vergleich zu Männern sehr viel größeren Spannbreite der weiblichen Garderobe. Von der größeren Breite weiblicher Kleiderschränke möchte ich gar erst reden. Frauen kleiden sich spezifisch für bestimmte Zwecke und mixen nicht alles zu einer Universalkleidung wie die Standardkombination für Männer „Jeans und T-Shirt“ zusammen. Am Beispiel des Brautkleides gibt es sogar Kleidung für nur einen Anlass. Frauen verbinden mit bestimmter Kleidung vielfach spezifische Ziele, die von „einfach praktisch“ bis „ihm soll die Luft wegbleiben“ reichen. So kommt es, dass die Kleidung einer Frau, die zum Shoppen geht, eben nur optimal zum Einkaufen sein muss und nicht auch noch „fühlbar weiblich“. Umgekehrt reicht es dann aber für ein tolles Paar Schuhe auch aus, dass sie total chic sind, sie müssen nicht zusätzlich noch für eine Bergwanderung geeignet sein.

- **Crossdressers Dilemma**

Zunächst ist festzustellen, dass es eine Differenz zwischen dem gibt, was Frauen aktuell im Alltag so tragen und dem, was ich gerne tragen würde, um mich weiblich zu fühlen. Ich lege viel mehr Wert auf exklusiv weibliche Kleidung. Weil ich nur selten die Chance habe, als Frau unterwegs zu sein, will ich dann natürlich besonders intensiv meine Vorstellung von den Vorteilen des Frauseins leben. Und dazu gehört in einem gewissen Grade dezidiert feminine Kleidung, denn Hosen muss ich jeden Tag anziehen. Frausein bedeutet für mich in größerem Maße als für eine biologische Frau, speziell die schönen, spezifisch weiblichen Kleidungsstücke tragen zu können. Wenn jedoch Frauen kaum noch Röcke und Kleider tragen, also durch ihre reale Kleidung die Klischees in meinem Kopf nicht mehr bedient werden, welche Auswirkungen hat das auf meine Selbstverwirklichung als Transgender?

- **Selbstversuch 1: Die Frau in meinem Kopf**

In München war ich mal so unterwegs, wie ich das am tollsten fand: Businesskostüm, dünne Strümpfe, kurzer Rock. Sehr feminin, seriös und geschmackvoll, wie ich meinte. Durchaus Kleidung, in der Frauen in der Öffentlichkeit anzutreffen sind. Blöd nur, dass ich weit und breit die einzige Frau in der knallvollen Fußgängerzone war, die ein Businesskostüm an einem Samstag bei knapp zehn Grad Außentemperatur und einem kalten Wind für eine angemessene Bekleidung gehalten hat.
Die Folgen waren eindeutig: viel Aufmerksamkeit und entsprechend viele Leute, die nicht nur das sahen, was sie sehen sollten, nämlich eine Frau, sondern auch das, was sie nicht sehen sollten. Die betont weibliche Kleidung führte gerade nicht dazu, dass ich für sehr weiblich gehalten wurde, sondern sie machte mich vor allem auffällig! Weil die anderen Frauen eben nicht so feminin gekleidet waren. Es lag wohl nicht ausschließlich an mir, auch eine genetische Frau wäre bei diesem Outfit einer genaueren Betrachtung unterzogen worden. Bloß bei mir gab es bei näherem Hinsehen noch mehr zu entdecken, als nur leicht deplazierte Kleidung.

Aber Halt, Röcketragen ist ja schließlich nicht alles, was ich will und es wäre mir nicht recht, wenn ich Weiblichkeit auf bloße Accessoires reduzieren würde. Es geht mit auch darum ein Stück normale, unauffällige Weiblichkeit in mein Leben zu integrieren. Nicht immer ist mir ein Rock den Preis an erhöhter

Auffälligkeit wert, den es nun mal kostet. Manchmal will ich zwar weiblich, aber in dieser Rolle möglichst unauffällig sein. Also, auf ein Neues!

- **Selbstversuch 2: Die Frauen auf der Straße**

Wenn ich als Frau unauffällig bleiben will, muss ich mich unauffällig kleiden und das bedeutet in der Konsequenz: eher unspezifische Kleidung: Hose, flache Schuhe, keine extravaganten Eyecatcher.
Bei einem Besuch in Stuttgart habe ich mich vernünftig verhalten und für einen Einkaufsbummel eine Hose und Sneakers getragen und war somit im Level dessen, was auch die anderen Frauen getragen haben.
Das Ergebnis war die weitgehende Unauffälligkeit, die ich schon häufiger erlebt habe. Sehr vereinzelte Reaktionen, die darauf schließen ließen, dass mir mein Frausein nicht abgekauft wurde, aber eben nur sehr vereinzelt.

- **Sonderthema: Röcke!**

„Kleider machen Leute."
Quintilian

Das Faktum ist feststehend: Crossdresser mögen keine Hosen. Es ist für uns geradezu ein Synonym für Freiheit, einen Rock oder ein Kleid tragen zu können. Diese Begeisterung für Röcke wird nicht von allen Menschen geteilt. Speziell die Sicht von biologischen Frauen ist eine andere. Die sind froh, dass ihnen die heutige Zeit die Wahlfreiheit lässt und sie nicht mehr zwingt, ausschließlich Röcke zu tragen. Sie nehmen die Begeisterung, die speziell Transvestiten für Röcke empfinden, teils mit Verwunderung, teils mit Erstaunen zur Kenntnis.

Bequemlichkeit

Die erste Antwort, die man von einem Crossdresser bekommt ist häufig *„Weil sie so schön bequem sind!"* Wenn man das näher hinterfragt, kommt man schnell auf das angenehme Tragegefühl, das Röcke angeblich im Vergleich zu Hosen vermitteln. „Luftig", „nicht beengend", „Stoff, der um die Beine schwingt" sind gebräuchliche Beschreibungen.
Die kritische Frage ist: merkt man das überhaupt auf Dauer? Ist es für das Gefühl in der Öffentlichkeit relevant? Wenn die geborenen Frauen das von uns Transgendern behauptete, tolle Tragegefühl teilen oder ähnlich wertschät-

zen würden, würden sie dann nicht auch häufiger Röcke tragen? Zumindest aber immer dann, wenn nicht aus anderen Gründen Hosen opportun wären? Wohl schon. Aber sie tun es nicht! Die angebliche Bequemlichkeit von Röcken scheint eine spezifische Transgender-Erfahrung zu sein.

Ich selbst bekomme spätestens nach einer Stunde, eher schon früher, von einem Rock kein besonders wohliges Tragegefühl mehr vermittelt. Es ist halt ein Kleidungsstück. Abhängig von der Länge und von dem Vorhandensein und dem Material einer Strumpfhose variiert das Tragegefühl, aber es ist in keinem Fall etwas, das meine Aufmerksamkeit dauerhaft in Beschlag nehmen oder mir gar dauerhafte Freude vermitteln würde. Wenn ich ehrlich bin, dann ist das einzige was sich eventuell nach einiger Zeit bemerkbar macht, die Strumpfhose. Und dann meist nicht in angenehmer Weise. Die Dinger haben eine Neigung, entweder zu dick oder zu dünn für die jeweilige Umgebung zu sein und sich eher durch kratzen und scheuern als durch angenehme Gefühle spürbar zu machen. Eine gute Strumpfhose ist eine, die gut aussieht und einen nicht nervt! Aber das ist ein anderes Thema, hier geht es um Röcke.

Ästhetik

„Röcke sind eben schön!" sagen viele Crossdresser. Stimmt, aber wenn man den ästhetischen Genuss, den ein Rock bietet, genießen will, ist es eher kontraproduktiv, ihn selber anzuhaben.

Etwas anders mag es sein, wenn man die Frage ins Zentrum stellt, wie man sich selbst am schönsten findet. Da sind Röcke natürlich ideale Mittel, um eigene körperliche Vorzüge ins Licht zu rücken. Unter langen Hosen kann man schöne Beine nur dann zur Geltung bringen, wenn diese extrem eng sitzen. Doch dann sitzen Hosen auch im Unterleibsbereich entsprechend eng und betonen Körperteile, deren Existenz wir doch lieber vertuschen würden.

Insofern haben Röcke für Transgender ästhetisch eine Doppelfunktion. Da Röcke meist eine Länge haben, die den Blick auf die Beine ermöglicht, können wir einen unserer - immerhin vorhandenen - Pluspunkte ausspielen. Denn wenn es überhaupt etwas gibt, um das wir von Frauen beneidet werden, dann sind es häufig die Beine: Selbst diejenigen von uns, die ansonsten ein kleines Gewichts- und Figurproblem haben, können häufig mit schönen Beinen punkten. Röcke erlauben uns, zu zeigen, was wir haben: nämlich häufig Beine, die so schön sind, dass wir darum von vielen Frauen beneidet werden. Der weitere Vorteil von Röcken ist, dass sie je nach Schnitt die Hüftpartie etwas üppiger erscheinen lassen, als sie tatsächlich ist. Das funktioniert besonders gut, wenn der Rock weit schwingend geschnitten ist.

Symbolik

> *„Das Äußere lässt auf das Innere schließen."*
> *Walther von der Vogelweide*

Ein Rock ist mehr als einfach nur ein Kleidungsstück! Röcke und Kleider symbolisieren in besonderer Weise Weiblichkeit, weil sie durch unsere Bekleidungssitten allein den Frauen vorbehalten sind. Für unsere Gesellschaft würde ich behaupten, dass der Rock oder das Kleid das wichtigste Symbol der Weiblichkeit ist. Ja, noch vor dem Busen!
Die Gleichung Rock=Frau erscheint simpel, aber zumindest wenn ich mir die Icons in unserer Umwelt anschaue, dann funktioniert es so. Piktogramme sind besonders aussagefähig, weil jedes Piktogramm so gestaltet wurde, dass die Zahl der dargestellten Elemente auf das erforderliche Minimum reduziert und Wiedererkennbarkeit der zu übermittelnden Information optimiert ist. Was auf einem Piktogramm erscheint, ist folglich relevant! Das angebliche Weiblichkeitssymbol Nummer Eins, die Brüste nämlich, sucht man in der Welt der Piktogramme vergeblich. Nein, die Piktogramm-Designer haben sich entschieden: Frauen sehen genau so aus wie Männer und unterscheiden sich von diesen nur durch den Rock oder das Kleid.
Der Rock ist also zu einem zentralen Symbol für Weiblichkeit geworden. Das nutzen wir natürlich gerne aus. Denn der Rock symbolisiert den Menschen, die uns wahrnehmen, dass da ein Frau oder zumindest jemand kommt, der für eine gehalten werden will.
Zudem ist er, und das schätze ich fast als wichtiger ein, auch eine Botschaft an uns selbst! Da ich etwas trage, was Männern zwar nicht rechtlich, aber doch durch die allgemeinen Verhaltensnormen verboten ist, bekenne ich mich damit symbolisch zur Weiblichkeit. Der Rock oder das Kleid zeigt uns, dass wir gerade nicht Mann sein müssen, sondern uns auf der anderen Seite der imaginären Geschlechtergrenze aufhalten.

- **Was bedeutet das für mich?**

Je nach dem Ziel, das ich verfolge, muss ich mit der Wahl meiner Bekleidung versuchen, eine sensible Balance zu wahren.
Der einfachere Fall ist es, wenn mir die Auffälligkeit egal ist, oder ich sie sogar wünsche. Dann kann ich jede Kleidung tragen, die dem Klischee von Weiblichkeit in meinem Kopf genügt: Wäsche, Rock oder Kleid, eventuell hohe Absätze und natürlich seidige Strümpfe. Allerdings muss ich mir dann entweder die Anlässe suchen oder schaffen, in denen es üblich ist, die entsprechende Kleidung zu tragen, oder ich muss mich mit der gesteigerten Auffälligkeit arrangieren.
Schwieriger wird es, wenn ich erstens weiblich und zweites in dieser Rolle unauffällig sein will. Denn tendenziell macht mich klischeehaft weibliche Kleidung zugleich auffälliger. Auffälliger für Frauen, weil die gucken, warum ich wohl so unvernünftig bin und auffällig für Männer sowieso, weil ein kurzer Rock und lange Beine umso interessanter sind, je seltener sie zu sehen sind. So werden viele Passant/innen zu dem provoziert, was ich mir eigentlich weder leisten will noch kann: intensiver hingucken! Wenn ich mich jedoch zu sehr zurückhalte, woher weiß ich dann, dass ich die Kugel tatsächlich über die Kuppe gebracht habe und von der Umwelt als Frau wahrgenommen werde? Die meisten von uns sind von der Natur nicht so bevorzugt, dass sie von Körperbau und Gesichtsform her mit nur wenig Styling eine unauffällige Frau sein können. Während eine Frau schon aktiv etwas dafür tun müsste, um in beliebiger Bekleidung nicht als Frau erkannt zu werden, gilt das für uns nicht. Wir müssen Signale setzen, die der Umwelt mitteilen *„Achtung, hier kommt kein Mann, sondern eine Frau!“*
Und ein solches Signal ist nun mal ein Rock. Ein Rock ist ein wichtiges Signal der Weiblichkeit und tut mit anderen, gleichgerichteten Signalen gemeinsam seine Wirkung. Jedenfalls wünschen wir uns das so. Und weil wir uns das so denken, funktioniert es wohl auch. Deshalb spielt bei der Bekleidungswahl und der häufigen Entscheidung für Röcke, der symbolische Aspekt eine große Rolle: Röcke stellen klar, wer man sein will! Wer in der Öffentlichkeit ergänzend zu sonstigem femininen Styling einen Rock trägt, der kann kein Mann sein! Zumindest ist die Botschaft klar, dass er es nicht sein will! Deshalb bin ich viel häufiger als meine Freundinnen im Rock unterwegs. Für genetische Frauen, die nicht wie wir auf den symbolischen Zusatznutzen von Röcken angewiesen sind, ist ein Rock nichts weiter als ein mehr oder weniger prak-

tisches und bequemes Kleidungsstück. Doch für uns, die wir uns Weiblichkeit ersehnen und immer in der Angst leben, dass andere viel mehr Mann in uns sehen, als wir das wollen, ist er eine Möglichkeit, ein Signal zu setzen. Alleine reicht dieses Signal natürlich nicht aus. Niemand wird einen Mann im Schottenrock allein wegen dieses Kleidungsstückes für eine Frau halten. Ebenso wenig wie man eine Frau bloß wegen einer Hose für einen Mann halten würde. Das wäre auch vor hundert Jahren, als Hosen noch für Frauen Tabu waren, nicht passiert. Eine Schwalbe macht nun mal noch keinen Sommer. Das Gesamtpaket muss stimmen.

15.2 Typgerechtes Styling

In den Frauenzeitschriften bekommen Frauen immer wieder Tipps für typgerechte Kleidung, die Vorteile betonen und Mängel kaschieren helfen soll. Da wir als körperliche Männer häufig eine Ansammlung weiblicher Defizite sind und wir zudem aus biografischen Gründen häufig besonders ahnungslos sind, was gutes, weibliches Styling angeht, möchte ich ein paar Tipps geben, die typische Probleme von Crossdressern fokussieren. Das Ziel ist dabei nicht, als weibliche Sexbombe rüberzukommen, sondern als Frau möglichst unauffällig zu sein.

- **Auswahl**

In den Damenoberbekleidungsabteilungen hat man eindeutig die Qual der Wahl. Alles, was es für Männer gibt, gibt es auch für Frauen - bloß in mehr Formen, Farben und Mustern. Und dann gibt es natürlich noch die Kleidungsstücke, die bloß für Frauen im Angebot sind. Für uns gilt, egal welche Figur wir haben, das gleiche was auch für geborene Frauen gilt: nicht jedes Kleidungsstück steht jeder Frau! Wie soll man sich da auskennen? Das schaffen nicht mal alle geborenen Frauen - und das obwohl sie ihr Leben lang Zeit hatten herauszufinden, was ihnen steht und sie alle mögliche Beratung hatten oder hätten haben können. Ich habe mittlerweile Freundinnen, die mir den einen oder anderen Tipp geben. Es ist auch sehr vorteilhaft, sich beim Kauf von einer guten Verkäuferin beraten zu lassen. Noch besser ist natürlich, sich eine professionelle Farb- und Stilberatung zu gönnen.

Natürlich ist Kleidung bei Frauen modeabhängig. Was dieses Jahr als unmöglich empfunden wird, kann schon im nächsten Jahr der letzte Schrei sein. Deshalb möchte ich keine Detailempfehlungen, zu Rocklängen oder Farben, abgeben, denn das kann sich in der nächsten Saison schon komplett geändert haben. Aber ich kann problembezogene Lösungshinweise geben, die unabhängig von der jeweiligen Mode immer gelten.

- **Orientiere dich an vereinfachenden Modellen**

- **Figurtypen**: Bei der Auswahl der richtigen Mode gilt für uns die gleiche Regel, wie für jede andere Frau: Die Körperform ist entscheidend für die Auswahl der Mode, die uns am besten kleidet. Als Hilfestellung können wir die Figurtypen-Empfehlungen nutzen, die es für Frauen gibt. Denn die haben auch das Problem, für ihren jeweiligen Körperbau aus der Vielfalt der Möglichkeiten sinnvolles herauszusuchen.
  Am hilfreichsten finde ich die Figurtypen mit Buchstaben (A-, O-, V-, H- oder X-Typ). Die Körperform entspricht dabei über den Daumen gepeilt der Form des Buchstabens. Im Internet finden sich haufenweise Tipps und Beratungsangebote, die an dieser Kategorisierung ansetzen.
  Körperbaubedingt gehören wir Crossdresser meist dem V oder H-Typus an, die runderen von uns, wären dann der O-Typ. In dieser Typisierung entspreche ich ziemlich genau dem V-Typ. Das bedeutet: breite Schultern, schmale Hüften, keine Taille. Es ist doch schon mal beruhigend, dass es auch genetische Frauen zu geben scheint, die so eine Figur haben.

- **Jahreszeiten**: Neben dem Figurtypus gibt es noch eine weitere sehr nützliche Typisierung: Die Farbtypen nach Jahreszeiten. Weiß oder schwarz geht natürlich immer, aber wenn du zu farbigen Sachen greifen willst, dann sollten sie mit deiner Haut und deiner Haarfarbe harmonieren. Finde heraus, welcher Farbtypus du bist (Frühling, Sommer, Herbst oder Winter) und kaufe deine Kleidung in den entsprechenden Farben.

Mit diesen beiden Systemen kannst du schon eine beachtliche Schneise in das ansonsten fast unübersehbare Angebot an Damenbekleidung bringen. Weitere Hilfe bekommst du von allen gut gekleideten Frauen. Wir haben Glück. Unsere Welt ist voll mit Lehrerinnen!

- **Hell und dunkel**

Dunkle Flächen wirken kleiner als helle. Dunkel macht kleiner/schmaler, weiß macht größer/breiter. Daraus resultiert eine der wichtigsten Stylingregeln: helle Farben, gemusterte und glänzende Materialien heben hervor, während dunkleres, einfarbiges und mattes Material optisch zurücktritt.
Nun kommt es darauf an, was du erreichen willst. Wie beim Schminken so führen auch bei der Kleidung helle oder dunkle Farben zu unterschiedlichen Effekten.
Wenn du mir nicht glaubst, dann schau dir mal an, was weiße Strümpfe mit Frauenbeinen machen! Kaum eine Frau hat so schlanke Beine, dass die nicht in weißen Strümpfen unförmig aussehen würden. Deshalb werden schwarze Strümpfe auch immer beliebt bleiben.
Diesen Effekt kann man auch für die sonstige Kleidung nutzen. Ich habe einen breiten Oberkörper. Der wirkt natürlich in hellen Tops ... genau! Also bin ich gut beraten, meinen Oberkörper in dunkleres Tuch zu hüllen, wenn ich möchte, dass meine breiten Schultern weniger auffallen.

- **Ablenkungsmanöver**

Jede von uns hat sie, doch nur wenige sind mit ihr vertraut. Die Kunst ist, sie zur Geltung zu bringen. Wen? Die eigene Schokoladeseite! Die allgemeine Regel lautet, dass man die Blicke dahin lenkt, wo wir unsere Stärken haben, und unsere Problemzonen optisch eher uninteressant machen. Praktisch heißt das, für den Bereich Problemzone und auch an ihren Rändern wählst du am besten matte Stoffe, wie Baumwolle oder Wolle in dunklen, zurückhaltenden Farben des eigenen Farbtyps. Verzichte auf alles, was den Blick anzieht. Muster, betonte Nähte, Applikationen oder Accessoires oder Schmuck direkt auf oder in der Nähe von Problemzonen sind ungünstig.
Stattdessen solltest du umgekehrt deine Stärken betonen und den Blick mit leuchtenden, hellen Farben, wenn es passt auch glänzenden Stoffen dorthin lenken. Hilfreich ist sind auch Strukturen, lebhafte Muster sowie Schmuck, sonstige Accessoires oder Applikationen.

- **Sonderthemen**

Vermutlich unser größtes (sic!) Problem ist die Körperlänge. Laut der Reihenmessung von 2009 liegt die Durchschnittsgröße der Frauen bei 166 cm. Zumindest, wenn ich mir die jüngeren Frauen anschaue, habe ich zwar das

Gefühl, dass die tendenziell eher größer sind als der Durchschnitt, doch trotzdem bin ich für eine Frau immer noch groß, weil ich nämlich selbst für einen Mann groß bin. Hinzu kommt, dass der männliche Körperbau sich in einigen Aspekten vom weiblichen unterscheidet. Deshalb hier einige Hinweise zum Thema „große, kantige Frau":

Absätze

Die Absatzfrage für größere Frauen ist schwierig. Ich kann mich zwischen zwei gegensätzlichen Positionen nicht entscheiden.

Ansatz 1: Du bist schon groß genug, nimm flache Schuhe, damit du nicht zum Leuchtturm wirst. Viele große Frauen tendieren eher zu flachen Absätzen. Gut sind Ballerinas, die sind nicht nur von Haus aus flach, sondern lassen die Beinlänge zudem gestauchter erscheinen. Für die kalte Jahreszeit eignen sich halbwadenhohe flache Stiefel.

Ansatz 2: Es ist sowieso egal, auf die fünf oder zehn Zentimeter kommt es nicht mehr an! Prozentual sind 8 cm bei einer 1,85 m Frau weniger als bei einer 1.55 m Frau. Und der höhere Absatz bringt so viele Vorteile für die Haltung, das Körpergefühl, das Aussehen und die Körpersprache, dass der Nachteil von ein paar Zentimetern mehr gar nicht ins Gewicht fällt.

Beide Argumentationslinien haben etwas Richtiges, keine ist zwingend. Entscheide dich nach deinem Gefühl. Du solltest beachten, dass Schuhe mit einer runden Spitze den Fuß optisch verkleinern, im Gegensatz zu spitz zulaufenden Pumps. Mit Slingpumps zum Beispiel wirkt der Fuß besonders zierlich.

Lieber eine Nummer größer!

Oder sogar zwei! Wichtig ist, dass die Bekleidung großzügig wirkt. Vor allem sollte das Oberteil locker über den Hüftbereich fallen. Es gibt praktisch nichts, was dich größer und unförmiger wirken lässt, als zu enge Kleidung mit eventuell noch zu kurzen Ärmeln. Der Vorteil prahlerisch sagen zu können *„Ich trage eine 38!"* ist zu teuer erkauft, wenn du dadurch aussiehst wie eine Presswurst.

Lange Extremitäten

Trotz der statistisch nachgewiesenen Veränderung, dass Frauen durchschnittlich größer geworden sind, haben sich die Modelabel nur bedingt angepasst. Die meisten Artikel, insbesondere Jacken und Hosen sind für relativ kurze

Extremitäten geschneidert. Es gibt zwar Mode in Langgrößen, doch die ist in deutschen Kaufhäusern und Boutiquen noch seltener zu finden als peppige Mode in Größen ab 48. Rühmliche Ausnahmen sind nur einige Hosenmarken, die Jeans sogar für meine rekordverdächtigen Stelzen im Programm haben. Zum Glück sind Röcke nicht so längensensibel. Bei hochgeschobenen Pulloverärmeln merkt man nicht, dass sie sowieso zu kurz wären.

Jackenformen

Bei Frauen sind Jacken sehr beliebt, die auf der Hüfte enden. Sie sind deswegen so beliebt, weil viele Frauen im Verhältnis zum Oberkörper kurze Beine haben. Kurze Jäckchen kaschieren das und lassen die Beine länger wirken. Wenn man sowieso schon endlos lange Beine hat, dann ist eine kurze Jacke zu viel des Guten. Das wirkt wie eine Karikatur. Also achte ich bei Jacken darauf, dass sie über die Hüfte gehen und die Hüftpartie schön tailliert ist. Das wiederum täuscht darüber hinweg, dass ich weniger Hintern zu bieten habe, als das bei einer Frau erwartet wird.

Lieber nicht

Alles mit Längsstreifen, sowie Blusen mit tiefen länglichen Ausschnitten oder Jacken mit lang gezogenem Revers. solltest du meiden. Ebenso einfarbige Kombinationen! Diesen Tipp kann ich aus eigener Erfahrung nur betonen. Weil ich meinte, dass ich sowas brauche, habe ich mir bei Betty Barclay ein Businesskostüm gekauft. Getragen habe ich es bisher nur einmal - ausgerechnet für ein Shooting mit einem Profi-Fotografen. Als ich später die Bilder zu sehen bekam, habe ich gedacht, mich trifft der Schlag! Brutal gesagt: Ich sehe darauf aus, wie eine anthrazit- nadelgestreifte Schrankwand! Stattdessen solltest du den Körper mit optischen Brüchen unterteilen. Das geht mit auffälligen Accessoires, Farbwechseln oder Mustern. Hilfreich ist auch eine Kombination von unterschiedlich langen Oberteilen zu einem Lagenlook. So kannst du beispielsweise enge Hosen oder Leggins zusammen mit Tuniken oder kurzen Kleidern tragen.

Körperhaare

Haare gehören bei einer Frau auf den Kopf und nicht an den Körper - zumindest nicht an sichtbaren Stellen. Für uns gilt: Wenn wir Haare an Stellen haben, die bei Frauen üblicherweise kahl sind, dann darf man da keine nackte

Haut zeigen. Oder umgekehrt: Nackte Haut, außer der Kopfhaut natürlich, ist bei einer Frau haarlos! Und wenn man sie nicht rasieren kann, weil ein kahles Bein den Kumpels von der Fußballmannschaft schwer zu erklären wäre, dann muss man sie halt mit Stoff bedecken! Dass „Stoff" im Sinne meiner letzten Anmerkung so viel bedeutet wie „undurchsichtiges Gewebe" muss ich nicht extra betonen, oder? Sicherheitshalber weise ich darauf hin, dass eine 20Den-Strumpfhose, egal welcher Farbe, nicht undurchsichtig ist. Beinbehaarung unter einer Feinstrumpfhose ist eine Todsünde! Achtung: Nicht nur Strumpfhosen können transparent sein, auch manche Shirtgewebe sind sehr viel transparenter als man glaubt. Unrasierte Arme können durch sie hindurch ebenso gesehen werden wie Achselhaarbüsche.
Wenn ich schon über transparente Stoffe rede, dann möchte ich gleich auf eine weitere Tatsache hinweisen: weiße Stoffe sind fast immer ein wenig transparent! Deshalb sollte die Dame mit Stil unter einem weißen Oberbekleidungsstück nichts anderes als weiße oder besser noch hautfarbene Wäsche tragen. Faustregel: Die schönste Unterwäsche ist unsichtbar!

Schmale Hüften
Hier hilft alles, was aufträgt: Ballon- oder Volant-Röcke, breite Taschen oder Cargohosen. Volumen, das auf der Hüfte aufspringt, auch auffällige Gürtel, erzeugt optisch weiblichere Hüften.

Breite Schultern
Faustregel: je weiter der Halsausschnitt ist, desto schmaler wirken die Schultern! Also achte ich bei Shirts darauf, dass sie einen möglichst breiten Halsausschnitt haben. Auch der Schnitt der Schulterlinie bewirkt etwas. Raglanärmel zum Beispiel lassen die Schulterpartie weicher und schmaler wirken.

Adamsapfel
Schals und Tücher sind das Patentrezept, um den Adamsapfel zu kaschieren. Egal, ob als enges Tuch oder locker getragen. Tücher sind einfach praktisch. Rollkragen sind die Ausnahme von der Regel, dass weite Kragen bei breiten Schultern besser sind. Hier ist der Halsausschnitt zwar extrem eng, doch er hat den großen Vorteil, dass er den Adamsapfel kaschiert!

15.3 Perücke

Kein anderer Moment ist so entscheidend für die temporäre Verwandlung eines Mannes in eine Frau wie dieser: Das Aufsetzen der Perücke. Nichts anderes verändert für sich allein genommen die Optik so stark wie die Frisur. Mit einer passenden weiblichen Frisur wird der gesamte Mensch vollkommen anders wahrgenommen. Weiblicher sowieso.

- **Nützliche Tarnung**

Für diejenigen von uns, die nicht als transidente Person bei Freund und Feind bekannt sind, die also Angst davor haben müssen, den Satz *„Schau doch mal! Ich dachte, das sei eine Frau, aber es ist unser Nachbar, Herr X!"* hören zu müssen, wenn sie als Frau unterwegs sind, bedeutet die verändernde Wirkung Schutz. Eine andere Frisur insbesondere mit anderer Haarfarbe verändert das Individuum komplett. Es ist unheimlich schwer, jemanden zu erkennen, der eine andere Frisur hat. Die Frau ist allein durch die Haarpracht optisch deutlich entfernt vom männlichen Ausgangspunkt. Und das nicht bloß wenn sie lange, gewellte, platinblonde Haare hat, wo bei dem Mann bloß bräunliche Stoppel wuchern, sondern bei so ziemlich jeder anderen Frisur.

- **Perückenkauf**

Da die Frisur für deine Gesamterscheinung so extrem wichtig ist, solltest du hier nur dann auf fachkundige Beratung verzichten, wenn du sehr genau weißt, was du tust. Die Tatsache, dass dir bei gekauften Haaren praktisch alle Türen offen stehen, macht es erst richtig schwierig. Blond, rot, braun, schwarz oder mehreres oder irgendwas dazwischen? Frech und kurz oder lang und sexy? Glatt oder gelockt. Und dann gibt es noch die unendliche Vielfalt der Schnitte. Das ist sehr kompliziert. Deine Vorstellungen von einer schönen, weiblichen Frisur haben eventuell nur wenig damit zu tun, wie du als Frau tatsächlich am besten aussiehst. Selbst Frauen lassen sich in Frisurfragen gründlich beraten und entscheiden das nicht einfach so. Viele Frisuren, die man auf Transgender-Treffen zu sehen bekommt, geben Zeugnis davon, wie viele von uns entweder niemanden um Rat gefragt haben oder diesen Rat zu leichtfertig ignoriert haben. Aus einer gewissen Neigung zur Klischeeübererfüllung heraus tendieren wir dazu, lange und extrem farbige Haare als besonders weiblich zu erachten. Dahinter steht eventuell die Hoffnung, durch eine lange platinblonde Mähne weiblicher zu wirken. Leider bewirken solche Mähnen vorrangig eines: sie ziehen die Aufmerksamkeit auf sich. Nur wenige Frauen laufen im richtigen Leben mit einer 50cm langen Mähne herum. Abgesehen von der Tatsache, dass so ein Prachtstück eigentlich nur in der Qualität „Faschingsperücke" bezahlbar ist, ist sie eben auch nicht weiblich. Jedenfalls nicht, wenn man eine erwachsene Frau sein möchte. Kleine Mädchen haben häufiger lange Haare, genau wie ihre Barbies. Aber erwachsene Frauen tragen kürzere Frisuren. Das mögen die Machos in uns zwar bedauerlich finden, aber es ist nun mal so, dass die durchschnittliche Haarlänge mit dem Lebensalter einer Frau abnimmt.

Wenn es deine Selbstverwirklichung also nicht unbedingt erfordert, solltest du zu eher kurzen bis mittellangen Modellen greifen und eine Haarfarbe wählen, die deiner Originalfarbe und deinem Hauttyp entspricht. Nochmals: lass dich beraten! Schon Details können riesige Unterschiede bedeuten.

- **Perücke ist nicht gleich Perücke**

An dieser Stelle sollte ich präzisieren, von was genau ich rede, denn die Qualitätsunterschiede sind ebenso gewaltig, wie die Preisunterschiede. Für 10 bis 50 Euro bekommt man in Kaufhäusern und im Versandhandel schon Perücken, die auf Bildern gut aussehen. Es handelt sich hierbei um Faschingsartikel. Wer damit raus geht, muss wissen, was er tut. Zwischen 50 und 250 Euro bekommt man besonders aus den USA schon halbwegs ansehnliche Exemplare. Zwischen 250 und 600 Euro muss man im deutschen Fachhandel für eine qualitativ ansprechende Perücke hinlegen. Darüber hinaus, insbesondere wenn man mehr als 1000 Euro hinlegen will und kann, bekommt man individuelle Maßanfertigungen, denen man nicht ansieht, dass sie gekauft und nicht selbst gewachsen sind.

Für alle Perücken unterhalb der letztgenannten Klasse gilt: man erkennt sie als Perücken! Die Frage ist bloß, ob schon aus 20 Metern oder erst wenn man sich gegenüber steht. Und folglich erregen sie Aufmerksamkeit.

- **Die Alternative: die eigenen Haare!**

Wenn du es dir irgendwie erlauben kannst, solltest du auf eine Perücke verzichten und deine eigenen Haare für eine weibliche Frisur nutzen. Hier kommt uns die weibliche Neigung zu praktischen Kurzhaarfrisuren zugute. Das können wir auch!

Der für mich entscheidende Aspekt ist die Authentizität. Mein Ziel ist es, mög-

lichst ich selbst in weiblicher Form zu sein. Das geht mit den eigenen, kurzen Haaren, sehr viel besser als mit der femininsten Perücke.
Es gibt viele Frauen, die auf Perücken angewiesen sind, weil sie Haar- oder Kahlheitsprobleme haben. Diese nutzen Perücken, um weiter sie selbst sein zu können. Für bloße Verbesserungen gibt es Farbe, Dauerwelle und eventuell noch Extensions, doch nur in Ausnahmefällen eine Perücke. Meiner Meinung nach ist das deshalb so, weil eine Perücke durch ihre starke verändernde Wirkung tatsächlich dazu führt, dass man eine andere Person wird. Eine lange blonde Mähne an Stelle der üblichen brünetten Kurzhaare macht aus einer Frau einen anderen Typ, auf den auch andere Stereotype und Klischees Anwendung finden. Mit einer Perücke kann eine Frau, eine andere Frau werden. Und ich könnte das mit Perücke auch. Doch je mehr die Perücke aus mir jemanden ganz anderen macht, umso weniger bin ich das selbst. Das ist eventuell sehr spitzfindig, aber je weniger ich an Utensilien brauche, je natürlicher ich mich geben kann, umso näher fühle ich mich meinem Ziel. Eine weibliche Perücke ist für mich geliehene Weiblichkeit, aber eben nicht originär meine eigene, mit der ich akzeptiert werden möchte. Insofern bezahle ich den Weiblichkeitsgewinn durch eine Perücke mit einem Authentizitätsverlust.
Für mich ist die Situation bloß noch ein wenig kniffliger als für eine geborene Frau. Denn während sie die Alternative hat, welche Frau sie sein will, habe ich das Problem überhaupt Frau sein zu können und darüber hinaus meine männliche Identität schützen zu wollen. Es kommt also darauf an, was für mich wichtiger ist. Ist es der Schutz der eigenen Person, dann komme ich um die Perücke nicht herum. Sie stützt mein Ego, weil sie das, was ich der Welt präsentiere, optisch weiter von meinem Normalzustand entfernt. Sie schützt meine Person, weil Rückschlüsse auf meine Identität als Mann schwerer möglich sind. Allerdings macht mich die Perücke für andere Menschen auffälliger. Sie sehen, dass ich nicht echt bin, sondern eine Maske trage.
Wenn ich ohne Perücke, also nur mit meinen eigenen, weiblich frisierten Haaren als Frau unterwegs bin, dann bin ich mehr ich selbst. Ich stehe zu dem was und wie ich bin. Das wirkt sich darauf aus, wie ich wahrgenommen werde. Der Effekt ist: ohne Perücke wirke ich glaubhafter als Frau. Ich habe mit Staunen festgestellt, dass mich ohne Perücke viel weniger Leute angestarrt haben als mit!

15.4 Make-up

Das Thema Make-up möchte ich nur kurz streifen.
Wenn du ernsthaft darüber nachdenkst, in weiblicher Version in die Öffentlichkeit zu gehen, musst du dir das notwendige Spezialwissen verschaffen. Vielleicht hast du Glück und deine Frau oder Freundin kennt sich gut mit deckender Kosmetik aus. Doch Vorsicht! Wenn ich „gut" schreibe, dann meine ich Expertenwissen! Es reicht nicht, wenn man seinen eigenen Typ verbessern kann. Aus einem männlichen Gesicht ein weiblich wirkendes zu machen, ist eine echte Herausforderung. Suche dir also im Zweifelsfall eine professionelle Beratung. Nicht allein, weil ich eine Schwäche beim Farbensehen habe, sondern auch, weil mir Jahre der Übung fehlen, bin ich zur Überwindung dieses Hindernisses zu einer Kosmetikerin gegangen, um mich beraten zu lassen. In diesem Bereich ist professionelle Hilfe Gold wert! Nicht nur im übertragenen Sinne, sondern ganz real. Für untaugliche, miese Make-up-Produkte, die einem unauffälligen Look als Frau eher hinderlich sind, hat man schnell einen Haufen Geld ausgegeben. Außerdem hast du in ihr eventuell gleich einen weiteren Knoten für dein weibliches Netzwerk.Wenn du keine Kosmetikerin kennst, dann nimm deinen Mut zusammen, suche eine im Telefonbuch und rufe an. Wahrscheinlich wirst du erstaunt feststellen, wie cool die Dame am Telefon auf dein Anliegen reagiert.
Ein Hinweis noch zum Thema Produkte. Wer mit einem dunklen Bartschatten zu kämpfen hat, wird nicht um Spezialprodukte herumkommen. Die gibt es zum einen aus dem Bereich der Maskenbildnerei und zum anderen weil es Frauen mit sehr hässlichen Hautproblemen, wie beispielsweise Feuermalen oder auch Narben gibt.

16. Kapitel: Körpersprache

Weiblichkeit äußert sich nicht nur in Klamotten und Styling. Für den femininen Eindruck sind andere Aspekte ebenso wichtig.

16.1 Haltung ist alles!

Der wichtigste Tipp als erstes: Halte dich gerade!
Weil das ein spezielles Problem von mir ist und ich selbst dauernd an meiner schlechten Körperhaltung arbeiten muss, möchte ich besonders darauf hinweisen, dass es sinnlos ist, sich über die Körperhaltung klein zu machen. Wenn du schon groß bist, dann musst du auch dazu stehen und dich gerade halten. Denn wenn du krumm und im vorgezogenen Schultern durch die Gegend schleichst, bist du nicht kleiner und unauffälliger, sondern du fällst wegen deiner miesen Haltung erst richtig auf.
Als Ausgangspunkt für meine weitere Darstellung möchte ich die Doppeldeutigkeit des Wortes Haltung nehmen. Zum einen steht Haltung für meine Körperhaltung. Andererseits bedeutet Haltung so viel wie eine innere Einstellung. Diese beiden Sorten von Haltung, also die Körperhaltung einerseits und die innere Einstellung andererseits beeinflussen sich gegenseitig. Wenn ich mich niedergeschlagen oder depressiv fühle, dann drückt sich das auch in meiner Körperhaltung aus. Und wenn es mir gut geht, dann sieht man mir das nicht nur im Gesicht, sondern ebenfalls an der Körperhaltung an.
Dieser Mechanismus funktioniert auch umgekehrt! Wenn ich bewusst eine bestimmte äußerliche Haltung annehme, dann verändert sich dem entsprechend auch mein Inneres. Diese Erkenntnis können wir dazu nutzen, um uns weiblich zu fühlen! Ganz einfach, indem wir uns weiblich verhalten!
Der Weg ist nur drei Schritte weit: Beobachten - Nachahmen - Tun. Zu jedem der Schritte möchte ich ein paar Hinweise geben, die du nutzen kannst um dich weiblich zu fühlen. Es sind Anregungen für mögliche Übungen, eine bessere Frauen zu werden als du jetzt schon bist. Du brauchst dafür keine Vorbereitungen, nicht mal freie Zeit. Nutze einfach dein ganz normales Leben und die alltäglichen Situationen: auf der Straße, im Büro und zuhause natürlich auch.

16.2 Erster Schritt: Beobachten

Es gibt für mich kaum etwas Schöneres und Interessanteres, als in einem Straßencafe zu sitzen und die Passantinnen zu beobachten. Schließlich sind sie meine Vorbilder.

- **Spiel 1: Schau dir Frauen an!**

Es gibt sie zum Glück fast immer und überall. Konzentriere dich auf bestimmte Details im Aussehen, die dich interessieren. Ein paar Beispiele:

- Kleidung
- Schuhe
- Frisuren
- Make-up
- Accessoires
- Schmuck
- Handtaschen
- Tücher

Aber auch das Verhalten ist interessant:

– Bewegung (Gang)
– Gestik
– Mimik
– Körperhaltung im Stehen oder Sitzen
– Stimme

Glaube mir, es gibt immer etwas zu entdecken und vor allem zu lernen. Bei jeder Frau!
Ich interessiere mich überwiegend für Frauen, denen ich vom Typ her ungefähr entspreche: große Frauen mit eher schmalen Hüften. Was tragen sie? Wie wirkt es? Daraus beziehe ich Anregungen was mir steht und von welcher Bekleidung ich besser die Finger lasse.

- **Spiel 2: Finde Gemeinsamkeiten und Unterschiede**

Manchmal ist es schwer, zu interpretieren, was man eigentlich gerade sieht. Es fällt leichter, wenn man einen Vergleichsmaßstab hat. Deshalb kann es sehr hilfreich sein, zwei Frauen miteinander zu vergleichen. Wo sind die Gemeinsamkeiten, wo die Unterschiede? Ich finde es besonders spannend, zu beobachten, welche Ähnlichkeiten und Unterschiede bei Frauen zu beobachten sind, die sich was ihren Körperbau und ihre sonstigen Eigenschaften angeht, vom Typ her sehr ähnlich sind.

- **Spiel 3: Sehe Filme mit anderen Augen**

Nicht bloß die Handlung ist bei Filmen interessant. Die Frauen in Filmen sind für andere Frauen Vorbilder. Warum nicht auch für dich? Weibliche Charaktere in Filmen sind häufig „bigger than life" sie sind überdurchschnittlich schön und überdurchschnittlich geschmackvoll gekleidet. Und sie verhalten sich häufig geradezu klischeehaft weiblich. Mache dir die Professionalität von Schauspielerinnen, Kostümbildnerinnen und Make-up-Artists zu Nutze und lerne von ihnen!

- **Spiel 4: Identifiziere dich mit Frauen!**

Das kannst du in beliebigen Alltagssituationen tun, doch beim Anschauen von Filmen geht das besonders gut. Ich suche mir in Filmen gerne eine weibliche Identifikationsfigur. Ich überlege mir wie es wäre, sie zu sein. Ich versuche mich in sie einzufühlen. Ich überlege mir, wie ich mich wohl an ihrer Stelle in den Situationen fühlen würde, die sie durchlebt.

Insgesamt gilt für alle Beobachtungen und Einfühlungsversuche, dass die Details das Wichtige sind. Der Gesamteindruck eines Menschen entsteht aus vielen kleinen Einzelheiten. Je kleiner das Detail ist, auf das du dich konzentrierst, umso genauer wird deine Beobachtung sein. Du wirst erstaunt sein, wie viele Details es gibt. Es gibt jede Menge zu sehen und zu lernen.

16.3 Zweiter Schritt: Nachahmen

Im zweiten Schritt vergleichst du deine eigenen Verhaltensweisen mit dem, was du beobachtet hast. Gibt es Unterschiede? Welche? Wenn du Unterschiede festgestellt hast, kannst du versuchen, deine eigene Haltung in die gewünschte Richtung anzupassen. Dabei gilt, dass es wichtiger ist, wenig zu wollen und dabei präzise zu sein, als die große Linie zu beachten.

- **Spiel 5: Sitzen wie eine Frau**

Damit meine ich, eine Frau, die man im Blickfeld hat, in ihrer Körperhaltung Detail für Detail zu kopieren. Ich mache das ganz gerne, wenn ich mich in einer Besprechung langweile.
Clevererweise habe ich mich so gesetzt, dass ich eine Frau unauffällig beobachten kann. Dann versuche ich bewusst, die gleiche Haltung einzunehmen wie sie. Von Kopf bis Fuß. Es bietet sich an, nicht alles auf einmal zu tun, sondern Körperteil für Körperteil so präzise wie möglich die Haltung zu kopieren.

- **Spiel 6: Stehen wie eine Frau**

Für diese Übung nutze ich gerne Situationen, in denen ich warten muss. Typisch ist das Warten auf einen Bus oder eine U-Bahn. Da hat man üblicherweise nichts anderes zu tun, als die Wartezeit rumzukriegen. Statt mich zu langweilen, nutze ich eine der mit mir wartenden Frauen als Vorbild. Von der Fußhaltung - häufig geschlossen und parallel oder auch über Kreuz – über die Armhaltung - eine bei mir leider nur imaginäre Handtasche haltend – bis hin zum Kopf, nehme ich mir die Frau als Muster. Bis ich mit meinem Ergebnis zufrieden bin und mich von der Haltung her in eine stehende Frau verwandelt habe, ist meist schon die Bahn da.

- **Spiel 7: Gehen wie eine Frau**

Im Vergleich zu statischen Situationen ist das schwieriger. Klar, das Beobachtungsobjekt befindet sich in Bewegung. Natürlich kannst du einer wildfremden Frau in gebührendem Abstand hinterherrennen, doch ich empfehle etwas anderes.
Orientiere dich, wenn vorhanden, an deiner Frau oder an jeder anderen biologischen Frau, mit der du gemeinsam unterwegs bist. Vergleiche deine Bewegungen mit denen deiner Begleiterin und passe dich an. Wichtige Aspekte sind: Schrittlänge, Schrittfrequenz und die Bewegung der Schulter, der Hüfte und der Arme.
Tipp: ich mag es gerne, mich einzuhaken, wenn ich mit einer Freundin durch die Stadt laufe. Das gibt mir nicht nur Sicherheit. Durch die körperliche Verbindung, bin ich mehr oder weniger gezwungen, mich ihren Bewegungen und ihrem Tempo anzupassen.

Das waren alles nur Beispiele. In praktisch jeder sozialen Situation, kannst du dir anwesende Frauen als Vorbild nehmen. Egal ob daheim oder in der

Öffentlichkeit. Ein interessanter Nebeneffekt dabei ist, dass du einen besseren kommunikativen Kontakt zu den Leuten bekommst, die du gerade nachahmst! Wirklich!

16.3 Dritter Schritt: Tun

Mit ein wenig Routine wirst du in der Lage zu sein, bestimmte weibliche Verhaltensmuster auch ohne Vorbild zu verwenden. Du wechselst von der Nachahmung zum originären Tun.

- **Spiel 8: Wechsele in den weiblichen Modus!**

Du gehst gerade durch die Stadt oder durch einen Flur im Büro oder eine Treppe hoch? Tu es weiblich! Kontrolliere deine Art dich zu bewegen und passe sie an. Du sitzt gerade an deinem Schreibtisch? Setze dich so hin, wie eine Frau sitzen würde!
Viele mögen das für Einbildung halten, aber das ist es nicht. Es wirkt tatsächlich! Wenn ich auf weibliche Haltung und weibliche Bewegungen umschalte, dann fühle ich mich auch weiblich.

- **Spiel 9: "Auf Wiederhören, Frau ..."**

Selbst mit der Stimme kann man sich weibliche Erlebnisse verschaffen. Wegen des störenden männlichen Aussehens, klappt das am besten am Telefon. Ziel dieses Spiels ist es, am Telefon für eine Frau gehalten zu werden. Es funktioniert am besten, wenn man selbst andere unbekannte Menschen anruft. Aber auch wenn man angerufen wird, gibt es Möglichkeiten. Der unerwünschte Anruf durch einen Telefonwerber, der einem ein Zeitschriftenabo oder eine neue Versicherung verkaufen will, kann zu einem Highlight des Tages werden, wenn der zu erkennen gibt, dass er glaubt, mit einer Frau zu telefonieren!
Wenn man selbst anruft, kann man sich besser vorbereiten, sich einstimmen. Weil der andere nicht weiß, von wem er angerufen wurde, kann man hemmungslos ausprobieren. Ob eine Stimme als weiblich wahrgenommen wird, hat sicherlich mit der Tonhöhe zu tun, aber das ist nicht allein entscheidend. Aus verschiedenen Anleitungen kann man sich Hinweise holen, wie man seine Stimme feminisieren kann. Okay, das geht bei Tenören leichter als bei Bässen, aber probieren kann man immer.

Ich sage, wenn ich dieses Spiel spiele, bloß meinen Nachnamen und versuche so zu klingen, wie eine Frau. Obwohl ich dabei nicht in erster Linie an der Höhe meiner Stimme, sondern vor allem an der Modulation drehe, gelingt es mir hin und wieder, dass mich Leute am Telefon für eine Frau halten oder zumindest sehr verunsichert nachfragen! Bingo!
Und wenn nicht, dann habe ich zumindest geübt.

- **Spiel 10: Frauengespräche**

Auf Partys oder sonstigen zwanglosen Zusammenkünften habe ich mich früher häufig geärgert, dass ich mich schnell in einer Männerrunde wiederfand, in der über blöden Auto- oder Computerkram geredet wurde, während ein paar Meter weiter die Frauen zusammenhockten und über viel interessantere Themen redeten.
Das muss nicht sein. Ich klinke mich inzwischen nicht bloß in bestehende Frauengesprächsrunden ein, sondern ich suche auch das Gespräch von Frau zu Frau! Bewährt haben sich als Gesprächsthemen Fragen oder Anmerkungen zur Kleidung, momentaner Lektüre, der Familie. Typisch weibliche Themen eben. Ich interessiere mich und frage und nach kurzer Zeit scheint meine Gegenüber zu vergessen, dass sie mit einem Mann redet. Ich habe mit Nachbarinnen schon auf diese Art und Weise schon Gespräche geführt, deren Inhalte mich verblüfft haben.
Zur Erläuterung: Die Nachbarinnen oder Bekannten, von denen ich hier rede, wissen nichts von meiner Besonderheit. Sie halten mich für einen ganz normalen Mann. Insofern ist es dann schon verblüffend, wenn mich die Nachbarin plötzlich in Details und Umkleidekalamitäten beim letzten Kleiderkauf einweiht!

Nun hoffe ich, die Anregungen, die ich dir gegeben habe, haben deine Neugier und deinen Spieltrieb geweckt. Schau hin und probiere aus. Es gibt keine Langweile, bloß Gelegenheiten.

17. Kapitel: Jetzt aber raus! – Abschließende Tipps

„Was auch immer du tun kannst oder wovon du träumst es tun zu können, fange damit an. Kühnheit ist Genie, Macht und Magie sind ihr eigen."
Goethe

17.1 Von zu Hause aus

Du startest von daheim und kehrst wieder dahin zurück. Du hast es gut! Du kannst dir alles in Ruhe bereitlegen und dich auch spät noch umentscheiden. Bevor du dein schützendes Heim verlässt, hast du dich in vertrauter Atmosphäre in Ruhe gestylt. Du musst nichts mitnehmen außer deiner Handtasche und deinem Herz. Trotzdem kann es dir den Spaß an deinem aufregenden Erlebnis ziemlich versauen, wenn du an eine blöde Kleinigkeit nicht gedacht hast. Was du brauchst, hängt selbstverständlich stark davon ab, was du vorhast. Geht es nur um einen kleinen Spaziergang um den Block, einen Treff mit Freundinnen oder um einen Einkaufsbummel? Doch eine bestimmte Basis ist immer gleich.

- **Deine Handtasche**

Sie ist die beste Freundin, die du hast. Sie enthält alles, was du brauchst!

- **Haustürschlüssel** Nr.1! Wenn deine Haustür zu ist, ist sie zu!
- **Mobiltelefon**: Es bringt Hilfe, Rat und Trost. Außerdem kann man Freundinnen taufrisch von tollen Erlebnissen berichten.
- **Taschenspiegel**: Vertrauen ist gut, Kontrolle ist besser!
- **Parfüm**: Männer riechen nichts, aber wir Frauen reagieren empfindlich auf Menschen, die entweder nicht so riechen, wie sie sollten, oder sogar richtig unangenehm miefen. Okay, du riechst von Natur aus gut und bist frisch geduscht, aber der Stress, als Frau draußen zu sein und die eventuell falsch gewählte Kleidung kann dich schnell ins Schwitzen bringen und dann solltest du Parfüm dabei haben!
- **Lippenstift**: Wichtig nicht bloß für die Schönheit, sondern vor allem fürs weibliche Ego. Ich genieße es, auf einer Damentoilette den Lippenstift nach-

zuziehen. Und den Geschmack von Lippenstiften mag ich, ehrlich gesagt, auch.

- **Puder**: Echt gebraucht habe ich es bisher nicht, doch ich finde es einfach schick, eine eventuelle Wartezeit im Lokal damit zu vertreiben, mir das "Näschen zu pudern". Außerdem kann ich dabei über den Taschenspiegel unauffällig gucken, ob mich eventuell jemand anstarrt.
- **Taschentücher**: Gehören in jede Handtasche! Immer!
- **Sonnenbrille**: Für mich ist eine Sonnenbrille sowieso fast unverzichtbar, weil ich ziemlich lichtempfindlich bin. Zudem so ist eine Sonnenbrille eine wunderbare Egostütze. Weil einem die anderen nicht wirklich in die Augen gucken können, gibt sie einem eventuell angeschlagenen Ego prima halt!
- **Papiere**: Der Personalausweis ist wichtig, damit Polizeikontrollen schnell abgeschlossen sind und nicht zum abendfüllenden Programm ausarten. Glaube mir, den Polizisten ist nicht wichtig, wie du auf dem Ausweis aussiehst, sondern dass du einen hast! Wenn du mit dem Auto unterwegs bist solltest du auch an den Führerschein und den KFZ-Schein denken.
- **Finanzen**: Ein wenig Bargeld solltest du immer dabei haben, egal was du vorhast. Du kannst immer in die Situation kommen, Geld zu brauchen. Denke insbesondere an Münzen für Parkhaus und öffentliche Verkehrsmittel.
- **Haarbürste**: Die Frisur kann noch so klasse geordnet gewesen sein, nachdem ich ein paar Tops anprobiert habe, sehe ich aus wie ein wildgewordener Handfeger. Gut, wenn dann eine Bürste zur Hand ist.
- **Haarklammern, Haarband**
- **Sicherheitsnadel**: Weibliche Kleidung ist tendenziell pannengeneigter als männliche. Ein T-Shirt-Ärmel wird nicht abreißen, aber der Träger eines Spaghettitops eventuell schon. Nähzeug halte ich für übertrieben, aber eine kleine Sicherheitsnadel kann dir den Ausflug retten.

- **Außerdem**

- **Benzin im Tank**: Wenn du dich traust, in weiblicher Version an eine Tankstelle zu fahren, dann ist es egal. Wenn du aber vorhast, ein wenig durch die Nacht zu fahren um dir an einer stillen Ecke ein wenig Luft unter den Rock wehen zu lassen, dann solltest vorher an genug Sprit im Tank denken.
- **Extra Schuhe**: Speziell, wenn du deine Schuhe mit den hohen Hacken bisher nur vom Kleiderschrank über den Kühlschrank bis hin zum Wohnzimmer bewegt hast, solltest du einkalkulieren, dass draußen nicht nur die Entfernungen

weiter, sondern auch der Boden härter ist. Blasen können einem schnell den Spaß an einem Spaziergang rauben. Mach also, was jede vernünftige Frau tut, nimm für den Notfall ein zweites Paar Schuhe mit!

- **Ersatzstrumpfhose**: Wer's braucht. Das ist kein Muss! Tagsüber haben in der Regel Geschäfte offen, wenn einen eine Laufmasche ereilt und abends sieht es eh keiner. Aber ich weiß nicht, wie eitel du bist. Nimm halt eine mit!
- **Regenschirm**: Als Mann in Männerschuhen durch den Regen hetzen ist eine Sache...als Frau, eventuell auf hohen Hacken und mit toller Frisur eine ganz andere.
- **Uhr**: Uhren gibt es fast überall und auf dem Handy ist auch eine. Aber es ist schon blöd, wenn man über die Freude, Frau zu sein, die Zeit vergisst und dann eventuell der Zeitpunkt für eine rechtzeitig-gefahrfreie Rückkehr verpasst wird.

17.2 Stunden als Frau von anderswo

Hier wird es schon etwas komplizierter. Du musst alles, was du brauchst, dabei haben. Immerhin hast du einen Platz, von dem aus du starten kannst. Eventuell verdankst du ihn deinem Networking.

- **Was mitnehmen?**

Hier gibt es einiges zu Bedenken, denn vieles, was du brauchst, kannst du nicht in fremden Wohnungen finden oder einfach nachkaufen.

- **Schminksachen**: Sinnvollerweise solltest du die in einer Tasche zusammenhalten. Wichtig ist auch Rasierzeug! Falls du dich nicht schon zuhause gründlich rasiert hast, ist dieses männliche Zubehör extrem wichtig. So dick kannst du Make-up gar nicht auftragen, dass es einen Zwölfstundenbart überdeckt. Überhaupt solltest du für alle Fälle immer einen Einwegrasierer bei deinen Malsachen haben. Hast du auch an den Rasierschaum gedacht?
- **Haare**: Falls du auf eine Perücke angewiesen bist, ist sie einer der am schwersten zu ersetzenden Gegenstände. Vieles kann man improvisieren oder leicht nachbeschaffen – eine gute weibliche Frisur nicht.
- **Kleidung**: Dass ich mich nicht entscheiden kann und zuhause immer drei verschiedene Outfits einpacke, muss dein Problem nicht sein. Achtung: Kleidung

verändert sich durch den Transport in einer Tasche! Wenn du nicht aussehen willst, als hättest du in deiner tollen Bluse schon übernachtet, dann achte auf knitterfreie Kleidung! Auch Kleidungseffekte, die du vorher nicht bedacht hast, lassen sich nicht mehr korrigieren, wenn du erst mal unterwegs bist. Häufig ist sexy-feminine Kleidung durchsichtig und speziell weiße Hosen und Kleider sind dünner als man vorher glaubt. Also such deine Unterwäsche nach der Oberkleidung aus! Wenn dir das lieber ist, kannst du es natürlich auch umgekehrt machen.

- **Busen und Co.**: Je nach dem welchen Aufwand du treibst, um weiblichen Körperformen näher zu kommen, hast du an einiges zu denken. Vermutlich sind 100% von uns zunächst darauf angewiesen, einen BH mit mehr zu füllen, als unser Körper zu bieten hat. Weitere Bodyformer nutze ich nicht, aber falls du deine Taille mit einem Mieder tunst und deinen Hintern mit einer Polsterhose, dann musst du die natürlich auch mitnehmen.
- **Schuhe**: Während du als Mann locker mit einem Paar Sneakers durch ein Wochenende kommst, solltest du als Frau mehr Aufwand treiben. Die einen passen nicht zu einem Rock, die anderen nicht zur Jeans. Die einen sind toll für eine Bar, aber vollkommen ungeeignet für das Pflastertreten in der Innenstadt.
- **Schmuck**
- **Abschminksachen!**: Speziell für die Rückverwandlung im Auto oder an anderen Orten ohne Infrastruktur empfehle ich die feuchten Abschminktücher. Tragisch ist nur, dass sich eine langwierige, sorgfältige Arbeit in zwei Minuten vernichten lässt. Falls du dir die Fingernägel lackiert hast, musst du auch an Nagellackentferner denken.

• Extratücken

- **Große Tasche**: Wenn du das alles beisammen hast, dann brauchst du eine ziemlich große Tasche zum Transport. Mindestens eine große Sporttasche. Ich ziehe eine Sporttasche einem Trolley oder Koffer vor obwohl die Knautschgefahr der Sachen groß ist, weil ich neugierigen Nachbarn immer erzählen kann, ich wolle zum Sport!
- **Zeitablauf**: Ich gehe gerne direkt nach der Arbeit auf Tour. Das bedeutet, ich muss schon morgens an alles denken und alles mitnehmen. Das bedingt auch Gedanken daran, wie das Wetter am Abend wohl werden wird. Zudem heißt das, dass die Tasche mit meiner Ausstattung den ganzen Tag im Auto

liegen wird. Klingt harmlos, ist es aber nicht, wenn deine Schminkutensilien an einem heißen Sommertag auf 50 Grad Celsius erwärmt wurden. Der Lippenstift ist geschmolzen und Kajal ist nicht mehr nutzbar! Auch cremige Farben verhalten sich plötzlich ganz anders beim Auftragen.

- **Wo werde ich Frau?**

Es gibt eine Menge Möglichkeiten, den Mann verschwinden und die Frau ins Leben treten zu lassen. Manche sind eher rustikal, manche komfortabel.

- **Auto**: Bei meiner Körpergröße und meinen schminktechnischen Fähigkeiten ist das eine schiere Notvariante. Es geht, aber es ist nicht toll. Das geht schon damit los, dass kein Wasser da ist und kein vernünftiger Spiegel.
- **Öffentliche Waschräume**: Bahnhöfe, Raststätten und Autohöfe verfügen über nette kleine Duschräume. Die sind wie ein kleines Badezimmer, preislich sehr erschwinglich und die netten Damen, die sie betreuen, haben schon alles gesehen. Damit die Chefin nicht schon nach 30 Minuten stressig an der Tür klopft, solltest du vorweg ein paar Euro extra bezahlen und ihr erklären, dass du länger brauchst.
- **Hotel**: Teuer. Das ist der einzige Nachteil. Ansonsten gilt für Hotels das, was ich oben zum Verkaufspersonal geschrieben habe: Gast ist Gast!
- **Freundin**: Das ist meine favorisierte Variante! Es ist bequem und stressfrei, solange du dich nicht unterwegs mit ihr streitest! Du solltest den lieben Menschen, die dir großzügig ihr Bad zur Verfügung stellen, sehr dankbar sein! Wahrscheinlich wurde es sogar extra für dich saubergemacht und aufgeräumt. Diese Dankbarkeit solltest du auch dadurch zeigen, dass du mit deinen Schminksachen nicht so wild rumsaust und wieder schön aufräumst!

- **Wo werde ich wieder Mann?**

- **Wie gehabt**: Siehe eben. Es ist praktisch, wenn du da wieder zurückwechselst, wo du gestartet bist, weil du dir dann nicht überlegen musst, wo zwischendurch die Sachen bleiben.
- **Zuhause**: Eine beliebte, aber nicht ganz tückenfreie Möglichkeit. Du kommst spät von deiner Tour zurück - warum nicht bis daheim Frau bleiben? Es ist ja mitten in der Nacht. Doch Vorsicht vor seniler Bettflucht und anderen Gründen für schlaflose Mitbewohner oder Nachbarn! Jedenfalls dann, wenn es dir nicht egal ist, dass der Typ im Nachbarhaus nachts eine fremde Frau aus deinem Auto steigen und dein Haus betreten sieht.

17.2 Mehrere Tage als Frau

Für die mitzunehmenden Dinge gilt das vorher gesagte, bloß die Tasche muss halt noch viel größer sein. Es würde mich sogar wundern, wenn du überhaupt mit einer einzigen auskommst. Ich empfehle einen großen Trolley, denn eine Dame rennt nicht mit einem Seesack auf dem Rücken umher! Bei der Planung der Sachen, die du mitnehmen willst, kannst du dich auf die vorhergehenden Kapitel beziehen. Hier geht es um die Extratücken längerer Aufenthalte. Damit du nicht unter großem Stress irgendwo strandest, solltest du dir Zeit für die Planung im Vorfeld nehmen. Wenn du im Frausein so fit bist, dass du spontan mal ein paar Tage als Frau verbringen kannst, brauchst du diesen Artikel sowieso nicht.

- **Wohin überhaupt?**

Eigentlich das geringste Problem, denn du hast nur die Qual der Wahl! Wenn du nicht gerade in die Mönchsrepublik Athos, die keine Frauen duldet, oder ein anderes, religiös bedingt intolerantes Land willst, ergeben sich kaum Beschränkungen. Du kannst überall hin ... manche Reiseziele erfordern nur etwas mehr Mut. Deutschland ist problemlos.

- **Unterkunft buchen**

Eigentlich ist es trivial: einfach machen. In den Transgender-Communities wird immer mal wieder nach sogenannten transgenderfreundlichen Hotels gefragt. Und damit ist nicht helle Beleuchtung im Bad, ein großer Schminkspiegel und viel Ablagefläche für Kleidung gemeint, sondern Unterkünfte, die unseretwegen keine Vorbehalte haben. Nach meinen Erfahrungen ist das Unfug. Du brauchst keine Skrupel zu haben. Du bist Kundin!
Doch es ist günstig, vorher ein Hotel zu suchen, wenn du keinen Wert darauf legst, nachts in einer fremden Stadt mit Blasen in den Pumps von Hotel zu Hotel zu latschen und dich wegen deines abstrusen Anliegens *„Ein Zimmer? Während der Messe????"* schwach anreden zu lassen. Außerdem beruhigt es ungemein, zu wissen wohin man sein müdes Haupt und die schmerzenden Füße betten kann.

- **Rasieren, rasieren, rasieren**

Eine große Tücke, an die ich zunächst nicht gedacht habe. Man muss sich dauernd rasieren, teils zwei Mal täglich und immer sehr gründlich. Meine Haut hat auf die vierte gründliche Rasur in zwei Tagen schon sehr zickig reagiert.

Brennen, Jucken, rote Flecken. Überlege dir, was du machst, wenn dir das passiert. Probiere vorher aus, wie du eine erhöhte Rasurfrequenz aushältst! Außerdem trainiert das deine Haut.

Das war's. Schluss.
Es ist schön draußen! Was tust du doch noch hier?

4. Teil: Meine Erlebnisse

18. Kapitel Das 1. Mal

18.1 Montag, 17. Dezember 2001

Ich kann gar nicht glauben, dass ich mich tatsächlich getraut habe.
Als ich mich entschieden hatte, bereits am Vorabend des Termins nach Freiburg zu reisen, reifte langsam - zunächst nicht bewusst - der Gedanke, dass dies die Gelegenheit war, auf die ich schon länger gewartet hatte. Durch eine Bemerkung meiner Frau, die gar nicht nicht die Bedeutung hatte, die ich ihr zugemessen hatte, fühlte ich mich zudem ermutigt. Dabei sagte sie bloß etwas in der Richtung, dass ich den Aufenthalt schon genießen würde.
Am Vormittag an der Arbeit, wurde mir während einer Besprechung, in der ich Zeit zum Nachdenken hatte, immer klarer, dass ich es gerne wagen würde, wenn es nur die örtlichen Gegebenheiten zuließen. Die Schmetterlinge im Bauch, die der Gedanke daran hervorrief, begleiteten mich den Rest des Vormittages, beim Mittagessen und später während der Fahrt. Bald war es komplett dunkel und während dieser Fahrt durch die Nacht plante ich die vorbereitende Ortserkundung. Kurz vor 19 Uhr war ich dann angekommen. Das ICE-Hotel liegt direkt am Bahnhof. Es ist groß und anonym. Das Auto hatte ich in die Tiefgarage des Bahnhofs gestellt. Gibt es keinen direkten Zugang zum Hotel, bei dem man nicht am Portier vorbei muss? Mein Zimmer ist 609, im sechsten Stock. Im Lift gibt es eine Beschilderung „Tiefgarage". Aha! Das Zimmer liegt schräg gegenüber vom Lift, keine zehn Meter Risikostrecke. Prima.
Mit dem Aufzug fahre ich zunächst in die Tiefgarage - kein Mensch zu sehen. Dann gehe ich hoch auf die Straße und ab in die Innenstadt. Ich habe Hunger, doch vorher will ich bis 20.00 Uhr noch ein wenig Shoppen. Ich suche immer noch geschlossene Schuhe mit flachen Absätzen, die man auch mal zu einer Herrenhose tragen kann. Nur einer passt halbwegs. Ich probiere auch noch den Zweiten. Insgesamt sind die Schuhe etwas knapp, doch preiswerte, schöne Schuhe in meiner Größe sind schwer zu finden. Ich muss sie halt einlaufen. Auf dem Weg zur Kasse fällt mir noch eine Bluse aus glänzendem, satinähnlichem Stoff ins Auge - gekauft. Ein paar Häuserecken weiter werden die Halbschuhe gegen die neuen Slipper getauscht. Schön, aber wirklich etwas zu eng. Die Schuhe sind nicht ganz unauffällig für einen Mann, doch niemand bemerkt etwas. Kurz vor 20 Uhr erstehe ich noch einen dunkelroten Lippenstift, weil die von mir mitgenommenen für mein Projekt zu wenig rot sind. Dann streife

ich durch die Gassen auf der Suche nach Essen und Bier. Ich finde eine große Brauereiwirtschaft. Ein wenig unsicher, ob jemand meine Schuhe komisch findet, durchwandere ich das Lokal und suche mir einen Platz in einer Ecke. Während ich aufs Essen warte, telefoniere ich mit meiner Frau. Soll ich sie über meinen Plan informieren? Ich lasse es, obwohl ich glaube, dass sie mir nicht abraten würde.

Gegen 21 Uhr bin ich wieder im Hotel. Vorher habe ich nochmal in der Tiefgarage vorbeigeschaut. Die Tür zum Hotel ist von der Garage her nicht zu öffnen, doch es gibt eine Rufanlage zur Rezeption. Oben checke ich noch den Weg über die Treppe, falls mir der Aufzug dann doch zu riskant ist.

Im Zimmer beginne ich mit dem Styling. Beim Rasieren bin ich zu gründlich. Eine blutende Wunde am Adamsapfel verlangt Wartezeit. Make-up, Puder, Lidschatten, Eyeliner, der neue Lippenstift und schließlich die Perücke. Ein kritischer (aber nicht allzu sehr!) Blick in den Spiegel: Naja, im Dunkeln mag es gehen. Ich ziehe die neue Bluse und meinen langen, schwarzen Rock an, dazu meine schwarzen Lackstiefel, die etwa bis zum Saum des Rockes reichen. Ich entschließe mich, mein blaues Tuch doch nicht, wie eigentlich geplant, als Kopftuch, sondern als Halstuch im Ausschnitt meiner dunklen Winterjacke zu tragen. Ich nehme noch meine neuen Damenschuhe mit, obwohl ich sie eigentlich nicht mehr anziehen kann, denn die Füße haben von dem Marsch vorhin mehrere schmerzende Druckstellen bekommen. Ich nehme die Tasche auch deshalb mit, weil es femininer wirkt, so als würde ich nicht bloß rumlaufen, sondern als käme ich vom Shopping. Ich kontrolliere mehrmals, ob ich alles habe, was ich brauche oder brauchen könnte. Ein letzter Blick in den Spiegel, durchatmen, Licht aus und dann, nach einem Kontrollblick durch den Türspalt in den leeren Flur, raus.

Der Aufzug, der ewig auf sich warten lässt, bringt mich einsam in die Tiefgarage. Als ich bei meinem Auto noch eine Packung Taschentücher hole, sehe ich auf die Entfernung einen Mann an seinem Auto. Keine Ahnung, ob der mich registriert hat. Das Parkhaus ist hell erleuchtet und niemand weiter zu sehen. Auf dem Bahnhofsvorplatz komme ich beim Busbahnhof an die Oberfläche. Jetzt bin ich endgültig in der Öffentlichkeit. Ich bin zwar keine Frau, doch ich werde jetzt für eine Frau gehalten. Hoffentlich!

Es ist 20 Minuten vor 22 Uhr. Zehn Meter entfernt steht ein Bus mit mehreren Fahrgästen. Sie schauen nicht in meine Richtung. Ich gehe über eine Fußgänger- und Radfahrerbrücke zunächst in die der Innenstadt entgegengesetzte Richtung.

Es kommen einige Radfahrer, die nicht auf mich reagieren. Ich denke darüber nach, ob ich nicht mit der Straßenbahn in die Innenstadt fahre. Während ich noch überlege, kommen mir die ersten Personen zu Fuß entgegen. Ein Mann ... keine Reaktion, noch ein Mann ... wieder keine Reaktion. Jetzt kommt ein Pärchen, sie sehen aus wie Studenten. Ich schaue dem Mädel ins Gesicht ... sie mustert mich, ihre Gesichtszüge verändern sich, ein leicht belustigter Anflug von Erstaunen. Wir gehen aneinander vorbei. Sie hat es gemerkt, oder? Ich drehe mich um, hoffe, dass ich mich geirrt habe, doch ich sehe, dass sie mir nachschaut. Sie hat es bemerkt! Mein Passing ist offensichtlich viel mieser als ich hoffte, denn hier ist noch nicht mal richtig hell. Was jetzt? Weiter! Aber ich muss vorsichtiger sein. Die hell erleuchtete Tram ist gestrichen. Das traue ich mich jetzt nicht mehr.
Mein Weg führt weiter durch ein Wohngebiet entlang des Bahnhofsgeländes. Ich begegne niemandem mehr von nahem, werde wieder mutiger und wende mich Richtung Innenstadt. Männlichen Radfahrern und Fußgängern falle ich nicht auf, selbst nicht in einer hellen Unterführung. Dann bin ich an einer großen Kreuzung mehrspuriger Straßen, hell erleuchtet. Ich warte auf grün für Fußgänger. Ich achte auf parallele Fußstellung beim Stehen, den Kopf habe ich leicht geneigt, damit mir die Haare ins Gesicht fallen und der Blick auf meine große Nase nicht so frei ist. Ich überquere die breite Kreuzung ohne in die wartenden Autos zu sehen und gehe weiter eine große Straße entlang Richtung Fußgängerzone. Rechts auf einem Hof steht ein Mann und pinkelt in die Büsche. Er sieht, dass ich ihn gesehen habe. Ich kriege ein wenig Angst, doch er folgt mir nicht. 150 Meter weiter ist eine Bushaltestelle an der Straße, direkt am Bürgersteig. Es warten eine etwas ältere Frau mit Kinderwagen und ein Mann. Der Bürgersteig wird dort so schmal, dass ich ganz dicht vorbei muss, sie müssen sogar noch ein wenig Platz für mich machen. Wegen des Mädels vorhin bin ich immer noch sehr verunsichert. Ruhig, nicht beschleunigen, auf den Boden gucken, vorbei, Blick zurück ... die haben wohl nichts bemerkt, sie waren zu sehr mit dem Baby beschäftigt. Wieder Passanten, alte Leute diesmal, die nicht reagieren.
Ich wende mich in Richtung auf Nebenstraßen, die ich schon von vorhin kenne. In einem Schaufenster sehe ich mich im Spiegel an. Nicht wirklich schlecht, doch ich sehe deutlich meine männlichen Gesichtszüge unter der Schminke. Obwohl ich eigentlich Menschen suche; damit sie mich NICHT erkennen, versuche ich nun doch zu vermeiden, dass mir entgegenkommende Fußgänger und

speziell Frauen zu nahe kommen und mir lange ins Gesicht sehen können. An einer dunklen Ecke tausche ich nun doch die Stiefel gegen die Halbschuhe, denn da bin ich glatt vier Zentimeter kleiner, aber natürlich immer noch über 1,90 m. Doch die Druckstellen von vorhin schmerzen noch zu sehr. Wieder Schuhtausch. Vor mir geht nun ein Paar. Die Frau trägt einen Rock und Stiefel ähnlich wie ich, bloß mit flacheren Absätzen. Mir fällt auf, dass praktisch alle Frauen, die ich bisher gesehen habe, Hosen getragen haben.
Hier sind jetzt nicht allzu viele Leute unterwegs, ich schaue keinem ins Gesicht. Etwas später wieder die Situation, vor der ich jetzt Angst habe: ein Paar kommt mir auf dem Bürgersteig entgegen. Keine Chance auszuweichen, keine Deckung. Ich darf sie nicht ansehen, schaue nach unten. Als wir aneinander vorbei sind, warte ich einen kurzen Moment, drehe mich um und sehe, dass sie mir bis gerade eben nachgeschaut hat. Auch sie hat mich durchschaut. Ein Paar vor mir besteigt sein Auto, das auf meiner Seite geparkt ist. Sie freuen sich über ein ausgebliebenes Strafmandat. Denen bin ich wohl nicht aufgefallen. Trotzdem bin ich mittlerweile so verunsichert, dass ich meine, dass jeder in mir den verkleideten Mann erkennt. Nach einigen dunklen Gassen muss ich die hell erleuchtete Hauptstraße der Innenstadt überqueren. Drei junge Frauen auf Fahrrädern kreuzen meinen Kurs, zwingen mich zum Anhalten. Die letzte blickt mich an und schon wieder habe ich das Gefühl, durchschaut worden zu sein.
Jetzt gehe ich in Richtung Hotel, mir reicht es für das erste Mal. Ich gehe langsam und mit gesenktem Blick. Ich denke inzwischen, dass jeder, der mir näher als zehn Meter kommt, meine Verkleidung als solche erkennt. An einer Ampel warte ich wieder auf grün. Direkt neben mir bremst ein Radfahrer. Ich drehe mich von ihm weg, damit die Haare mein Profil weitgehend verdecken und er mir nicht ins Gesicht schauen kann. Ich will nicht spüren, erkannt worden zu sein, ohne weglaufen zu können. Beim langsamen Gehen werde ich von einer jungen Frau überholt, die schaut sich nicht nach mir um. Kurz vor dem Bahnhof, an einer hellen Stelle kommt mir plötzlich um eine Ecke herum ganz nah eine Frau entgegen, auch die hat mich wohl als Mann erkannt. Jetzt noch an einer Fußgängerampel über die große Straße. Gegenüber steht wieder mal eine junge Frau. Ich schaue nicht hin, als wir aneinander vorbei gehen, auch nicht zurück. Ich mag nicht wissen, ob sie was gemerkt hat und mir nachschaut.
Am Eingang zur Tiefgarage kämpft ein Mann mit dem Kassenautomaten. Ich warte, bis er weg ist. Die Tiefgarage ist wie gehabt hell und menschenleer.

Obwohl ich vorher schon nach Kameras geschaut und keine gefunden hatte, überlege ich kurz vor der Zugangstür zum Hotel, mit welcher Stimmlage ich um Einlass bitten soll. Die letzte Spannung löst sich, als Lift und Flur menschenleer sind. Zimmer auf, rein, Jacke und Tuch weg, noch mal ein Blick in den Spiegel. Sah meine Frisur die ganze Zeit so zerzaust aus? Ich ziehe die Perücke ab und lasse mich rückwärts aufs Bett fallen.
Ich habe es geschafft! Es ist etwa 22.30 Uhr. Ich war fast eine Stunde als Frau in Freiburg unterwegs! Und jetzt habe ich Durst. Zunächst aber wasche ich das Make-up runter. Die Haut im Gesicht ist von der Rasur immer noch sehr gereizt und brennt. Die letzte Entscheidung fällt gegen die Hotel- und für die Minibar und ich genieße den Gedanken an mein Abenteuer mit einem Bier.

Ich bin so froh und stolz, dass ich mich getraut habe!

19. Kapitel: Allein in Köln

Ich war zwar schon zwei Mal am Tag unterwegs gewesen, doch immer in Begleitung. Nun war die Zeit reif für einen Alleingang. Im Rahmen einer Tagung in Brühl hatte ich die Chance mittags zu verschwinden und ich nutzte die Gelegenheit für meine erste Solo-Shoppingtour.

19.1 Dienstag, der 28.1.03

Um 13.00 im Hotel, rasieren und schminken.
Durch zu kräftiges Aufdrücken beim Rasieren hatte ich rote Flecken am Kinn und die waren anfangs aselbst durch das Camouflage hindurch sichtbar. Das kommt davon, wenn man es nicht nur besonders gut, sondern auch noch schnell machen will. Als ich gerade mit dem Schminken beschäftigt war, hat irgendeine Servicedame versucht, das Zimmer zu betreten. Sie ist aber sofort verschwunden, als sie sah, dass jemand im Zimmer ist. Puh, eigentlich kein Problem, doch mein Puls ist sofort auf 130.
Meine Kleidung zu Anfang: graue Palazzohose, hautfarbene Wolford, bordeauxrotes Spaghettitop, graue Jacke mit Fellkragen, blaues Tuch, Anorak, schwarze Halbschuhe. Abmarsch durch den Seitenausgang.
Vor der langen Fahrt in einem öffentlichen Verkehrsmittel habe ich ein wenig Angst. Alle Leute haben nichts anderes zu tun, als die anderen Fahrgäste anzustaren und man kann nicht ausweichen. In meiner Fantasie sehe ich mich schon als das „Highlight der Woche“ für eine Gruppe gelangweilter Teenager. Beim Warten an der Haltestelle drücke ich mich so unauffällig es nur geht im Hintergrund rum. Ein Jugendlicher guckt immer mal wieder mit ernster Miene in meine Richtung.
Ich habe mich in der U-Bahn ganz nach vorne begeben. Weil es Tickets angeblich beim Fahrer gab und vor allem, weil ich dann niemandem ins Gesicht gucken muss. Das mit den Tickets stimmte aber nicht. Den Automaten weiter hinten im Waggon habe ich erst gesehen, als ich mich schon mit der Angst angefreundet hatte, schwarz zu fahren.
Schon nach einer Station setzen sich auf den Platz mir gegenüber ein kleiner Junge von 8-10 Jahren und seine Mutter. Kinder sind doch so ehrlich! Er schaut mich an und denkt sich offensichtlich nichts bei mir. Ich muss total unauffällig sein! Mein Selbstbewusstsein steigt.

Auf der Kölner Domplatte herrscht totaler Sturm. Ich habe Angst, dass es mir die Perücke vom Kopf reißt. Ich versuche so unauffällig wie möglich, die Haare festzuhalten. Doch wie unauffällig kann es sein, mit einer oder beiden Händen auf dem Kopf über einen Platz zu laufen? Ich sollte über Haarspangen nachdenken!
Kaum bin ich in der Fußgängerzone, schon sind die Füße wundgelaufen! Wo ist der Schuhladen für Übergrößen? Eine verzweifelte und schmerzhafte Suche beginnt. Sind längere Haare schlecht für den Orientierungssinn? Endlich finde ich ihn! Zunächst bin ich die einzige Kundin. Ich werde von der Verkäuferin zuvorkommend und ohne die geringste Spur von Irritation behandelt. Alles, was mir halbwegs gefällt, probiere ich an. Ein schöner Schuh ist in 44,5 etwas groß und in 44 etwas knapp. Inzwischen erscheint als zweite Kundin eine kleine, alte Frau, der ich auch egal bin. Ich kaufe den Schuh in 44,5. Die Zahlung erfolgt mit meiner männlichen EC-Karte, kein Problem. Die neuen, cremefarbenen Pumps bleiben gleich an. Im Vorbeigehen kaufe ich schöne Ohrringe für billiges Geld. Eine junge Frau, die meine neuen Ohrringe auf dem Tresen beim Bezahlen sieht, findet die auch schön. Wir haben einen kurzen Wortwechsel ohne einen Hauch von Irritation über meine Erscheinung oder Stimme.
Durst. Ich setze mich in ein Cafe in der Olivandenpassage. Niemand, auch nicht die Frauen am Nachbartisch, beachtet mich. Auch die Bedienung zeigt selbst dann keinen Hauch von Irritation als sie meine Stimme hört. Es gibt nur zwei mögliche Erklärungen: Entweder ist Köln noch viel queerer als ich dachte oder ich bin wirklich so unauffällig, wie ich es gerne wäre.
Treppensturz im Schuhhaus. Weil die Sohlen meiner neuen Schuhe noch s..glatt sind, rutsche ich mit Riesenradau mehrere Stufen runter und knalle mit linkem Knöchel und Oberschenkel auf die Treppe. Zum Glück ist außer Schmerzen nichts passiert. Eine besorgte Verkäuferin will sich um mich kümmern, doch ich lehne ab und verschwinde fluchtartig. Später erst sehe ich die Schürfwunde am Knöchel. Wunder-Wolford: die Strumpfhose ist an der Stelle nicht kaputt! Mir wird heiß und kalt bei dem Gedanken an eine ernsthafte Verletzung und einen Spontanbesuch in der Notfallambulanz.
Bei C&A gibt es für 29 € eine blaue Steppjacke und sogar die Ärmel sind lang genug, Größe 48, das kommt von den breiten Schultern. Ich probiere mehrere Röcke. Ein langer grauer hat es mir angetan, wadenlang mit Reißverschluss vorne, cool! Es passt aber nur in Größe 46! Waaaah? Diät!
Das Halstuch nervt und in dem Anorak schwitze ich. Außerdem, wieso laufe

ich in einer Hose rum, wenn ich auch einen Rock, nämlich den Neuen anziehen könnte? Wo umziehen? Im Kaufhof suche ich mir eine Umkleide. Die sind da klein, unbequem und haben keinen Spiegel drin! Naja, muss gehn. Ich habe Angst, nach dem Klamottenwechsel nun eventuell aufzufallen, da fast nur Frauen in Hosen unterwegs sind. Ich verabrede mit mir einen Versuch: probiere es mit Rock und neuer Jacke mal aus und wenn ich mich unwohl fühle, mache ich es wieder rückgängig. Außerdem bin ich ein klein wenig unsicher, ob alles von Stil her zusammen passt.

Unterwegs in den neuen Sachen. Inzwischen habe ich Jacke, Rock, Schuhe und Ohrring getauscht. Ich falle nach wie vor nicht auf, habe jedoch den Eindruck, dass einige Männer nun genauer gucken. Ich fühle mich attraktiv und ziehe sogar den Reißverschluss am Rock ein wenig hoch. Ich fühle mich total wohl. Es fühlt sich alles einfach prima an. So bleibe ich bis zurück ins Hotel!

Beim Toilettengang werde ich von der Klofrau weggeschickt, weil die Damentoilette besetzt ist. Tja, auf die Herrentoilette kann ich ja schlecht gehen.

Langsam schwindet die Lust am Shoppen. 150 € sind ausgegeben und die Füße tun weh. Soll ich jetzt zurück? Und dann? Wo Abendessen? Als Frau ins Restaurant in Brühl? Nö! Ich gehe wieder in die Passage, setze mich ins Getriebe und bestelle weibliches Essen: Salat und Rotwein. Wieder gibt es keine Reaktionen auf meine Erscheinung. Ahh, tut das gut!

Ich habe etwas Bammel vor der Rückfahrt. Wird das wieder so glatt gehen? Während ich am Bahnsteig warte, schaut mich eine Frau ziemlich intensiv an. Die U-Bahn ist voll, doch niemand interessiert sich für eine 190 cm hohe Frau mittleren Alters. Das bleibt so bis Brühl-Süd. Draußen ist Sauwetter! Gewitter mit Regen und Hagel. Ich haste so schnell es die schmerzenden Füße und die Schicklichkeit zulassen durch den Sturm Richtung Hotel. Ich nutze jetzt mein Tuch als Kopftuch. He, das ist praktisch!

Das Hotel. Ich flitze durch den Haupteingang direkt am Portiertresen vorbei. Dahinter steht eine junge Frau, die mich freundlich lächelnd grüßt. Ab ins Zimmer: JAAAAAAAA!

Später: Nach dem Abschminken und wieder in männlicher Kleidung habe ich das Gefühl, nicht glaubwürdig männlich zu sein. Auch der Barmann schaut irgendwie komisch. Wahrscheinlich Einbildung.

19.2 Resümee

Ich war tatsächlich Frau! Ich war kein verkleideter Mann! Keine Witzfigur, aber auch keine tragische. Selbst auf meine Körpergröße und meine Stimme hat niemand irritiert reagiert. Es war einfach normal und es wäre abgesehen von meinen Gefühlen auch nicht anders gewesen, wenn ich als Mann unterwegs gewesen wäre. Da mich im Wesentlichen niemand beachtete, war es für meine Umwelt egal! Wie viele Leute habe ich im Verdacht, mich entlarvt zu haben? In sechs Stunden maximal zehn, eher nur fünf oder sechs! Vielleicht haben mich aber sogar eine Menge Menschen als Mann identifiziert, doch dann war es ihnen offensichtlich auch gleichgültig! Es ist toll, mal ohne schlechtes Gewissen oder Angst vor blöden Blicken weibliche Kleidung, Schuhe und Accessoires durchzustöbern und auch anzuprobieren.

Die Nichtbeachtung, die ich erfahren habe, hat mir viel Bestätigung vermittelt. Teilweise war es sogar ein Gefühl von Macht. Es ist der Sieg meines Willens über die Wahrnehmung der anderen. Die Macht, die Leute eine Frau sehen zu lassen, wo eigentlich(?) ein Mann ist.

20. Kapitel: Jula macht Urlaub - Fünf Tage Frau

20.1 Der Gedanke

Schon seit längerer Zeit hatte ich mich mit dem Gedanken getragen, wie es denn so wäre, wenn ich nicht nur für einige Stunden, sondern für einige Tag als Frau leben würde. Freundinnen von mir haben sich diese Erfahrung schon verschafft und ich habe sie darum beneidet. Ein paar Tage ganz Jula sein, war ein Wunschtraum, der aber wegen des Zeitbedarfs und meiner familiären und beruflichen Einbindung nicht kurzfristig erfüllbar schien. Und dann war da noch der Thread im Forum, in dem ich cool die Position vertrat, man müsse es einfach nur machen ...

Plötzlich ging alles ganz schnell! Meine Frau redete mir zu, doch drei Wochen Sommerurlaub zu nehmen. Sie selbst wollte die dritte Urlaubswoche mit ihrer Schwester weg. Und dann fragte mich mein Sohn, ob ich nicht auch mal ein paar Tage verreisen wolle, weil er gern sturmfreie Bude zu Hause hätte! Aber Hallo! Plötzlich hatte ich alles zusammen: Zeit und ein Ziel, nämlich die IdentEvent-Party am 10.9. in Köln! Warum das nicht zu einem Kurzurlaub ausdehnen und Freundinnen treffen? Alles natürlich strikt als Frau.

Ich war so begeistert von dieser Idee, als ich sie mir auf der Fahrt morgens ins Büro genau ausgemalt habe, dass ich mich zwei Mal verfahren habe! Die Reaktion meiner Frau und von Freundinnen auf meinen großartigen Urlaubsplan war eher unspektakulär. Meine Frau sagte *„Ja, mach das!“* und eine Freundin *„Das wird bestimmt schön!“*. Finde bloß ich es aufregend, ein paar Tage hintereinander als Frau auf mich allein gestellt zu sein? Vielleicht hätte ich eine andere Transgender zu dem Thema fragen sollen.

20.2 Noch vier Wochen bis „Buffalo"

Die Planung läuft! Ich habe Freundinnen und Bekannte angemailt, die ich gerne treffen möchte. Einige habe ich ewig nicht gesehen, andere noch nie! Die Resonanz ist gut, auch wenn es natürlich etwas am Selbstbewusstsein nagt, wenn man von einer Freundin nahegelegt bekommt, doch bitte nicht direkt in ihrer Heimatstadt Quartier zu nehmen.

Mittlerweile bin ich schon sehr aufgeregt wegen der Reise. Ich habe etwas

Angst vor der eigenen Courage. Baue ich mir eine Rücktrittsmöglichkeit ein, indem ich Männersachen dabei habe? Halte ich das fünf Tage am Stück durch? Erstens nervlich? Zweitens von der Gesichtshaut her, wegen der notwendigen, massiven Rasiererei? Welche Hotels miete ich auf welchen Namen?
Am 10.8. war für mich eine kleine Generalprobe: Tagesausflug mit einer Freundin zum Betty-Barclay-Werksverkauf. Ich habe mich mit kurzem Rock und schwarzer Strumpfhose dezidiert feminin gekleidet, um meine Nerven zu stählen. Außerdem habe ich mir vorgenommen, bewusst auf die Reaktionen zu achten, die ich auslöse.
Es begann damit, dass der Mann meiner Freundin, der mich nur als Mann kannte und nichts von meiner zweiten Seite wusste, von uns auf die Straße gerufen werden musste, als wir eigentlich weg wollten. Jemand hatte das Auto angefahren und Fahrerflucht begangen. Der Mann meiner Freundin musste sich den Schaden angucken und sich danach um den Behördenkram kümmern. So lernte er unverhofft Jula kennen. Er fragte bloß, wie ich denn in dieser Version heiße, damit er mich anreden kann. Natürlich habe ich einige Tage später meine Freundin befragt, ob ihr Mann hinterher noch Fragen zu mir hatte. Nein, hatte er nicht, war ihm wohl egal.
Alles Weitere an diesem Tag war unspektakulär wie immer. Die meisten Leute zeigten gar keine Reaktion, manche schauten mich an. Niemand hat etwas gesagt, woraus ich Rückschlüsse ziehen könnte. Die Frau im Umkleidebereich des Werkverkaufs war ebenso nett zu mir wie die Frau an der Tankstelle oder auch die Bedienungen in den Gaststätten. Keine besonderen Vorkommnisse, keine schrägen Blicke.
Außerdem wollte ich die Haltbarkeit meines Make-ups testen, denn es wäre eine zusätzliche Erschwernis, wenn ich mich während der Reise jeden Tag zwei Mal rasieren und schminken müsste. Zum Glück zeigen meine unprofessionellen Bemühungen im Kampf gegen das Barthaar momentan unerwartet gute Ergebnisse. Selbst vierzehn Stunden nach der Rasur gibt es auf Oberlippe und Wangen noch keinen sichtbaren Bartschatten. Prima, wenn ich mich morgens rasiere und schminke kann ich also bis Mitternacht so bleiben.
Mitternacht? Da war doch was! Huhu, Aschenputtel!
Ich habe mir vorgenommen, dass ich meine Anspruchshaltung genau festlege, denn die bestimmt, ob ich letztendlich erfolgreich bin oder nicht. Es kann mir nicht darum gehen, dass ich von allen für eine biologische Frau gehalten werde, denn dann werde ich scheitern. Mein Ziel muss sein, die fünf Tage in weiblicher

Rolle akzeptiert zu werden, egal als was. Nicht unbedingt von allen, aber doch weit überwiegend.

20.3 Nur noch fünf Tage

So wenig Zeit noch! Durch den gerade verlebten Familienurlaub ist meine Vorbereitung unterbrochen worden und jetzt sind es nur noch ein paar Tage! Durch den Urlaub mit Frau und Sohn bin ich einerseits sehr „Jula-bedürftig", weil ich dauernd der ganz normale Mann sein musste, aber andererseits habe ich auch einigen Abstand zu meinem Vorhaben gekriegt. Traue ich mich das wirklich? Jedenfalls würde ich mich hinterher wochenlang innerlich ohrfeigen, wenn ich jetzt kneifen würde.
Was ist alles zu tun? Wäsche waschen und Körperhaarbekämpfung vor allem. Ans Packen und daran, was ich denn tatsächlich mitnehmen und anziehen werde, mag ich noch nicht denken. Das überlege ich mir am Wochenende. Die Route steht im Wesentlichen fest, allerdings ist der eine oder andere Treff noch auf der Kippe. Es bleibt also noch spannend, wen ich tatsächlich wann treffen werde. Aber der Friseurtermin in Köln steht! Außerdem finde ich es wichtig, dass nicht jede Minute vollterminiert ist. Ich möchte einige Zeit haben, in der ich allein unterwegs bin.

20.4 Morgen schon

Der Countdown ist in der Endphase.
Ich habe den großen Trolley ins Schlafzimmer gewuchtet und angefangen einzupacken, was ich voraussichtlich brauchen werde. Das Wetter bleibt wohl halbwegs stabil und warm. Trotzdem füllt sich der riesige Koffer beängstigend schnell. Dabei habe ich noch nicht mal eine Jacke drin. Zwei Kleider, fünf Röcke, sechs Shirts, drei Jacken und fünf Paar Schuhe sind doch nun wirklich das Mindeste für fünf Tage! Woher soll ich denn jetzt schon wissen, nach welcher Kleidung ich mich am Donnerstag oder Freitag fühlen werde? Vielleicht sollte ich doch ein paar Sachen wieder ausräumen, dann hätte ich unterwegs nicht nur gute Gründe, sondern auch Platz für Shopping-Schnäppchen?
Die Sachen, die ich morgen anziehen will, werde ich extra packen. In einer

Sporttasche, in die nach erfolgtem Rollenwechsel bei meinem Schwager die Männersachen verschwinden, versuche ich alles unterzubringen. Da müssen auch die Schminkutensilien und das andere Zubehör rein. Ehrlich gesagt, den Monster-Trolley könnte ich sowieso keine drei hohen Altbautreppen hochwuchten. Schlimm ist allerdings, dass ich mich jetzt schon entscheiden muss, was ich morgen anziehen werde. Wie soll ich das denn heute wissen?
Was habe ich bloß vergessen? Hm, das werde ich wohl erst zu spät merken. Das wichtigste sind die Papiere: Ausweis, Führerschein, Kreditkarten. Der Rest lässt sich beschaffen.
Die vorbereitende Körperpflege (Rasieren, Epilieren...) ist so gut wie abgeschlossen. Heute Abend habe ich noch einen Termin bei meiner Kosmetikerin. Da sollen auf jeden Fall die Augenbrauen getunt werden. Die Fußnägel sind bis jetzt bloß klarlackiert, weil ich nachher in der Umkleide des Fitnessstudios keine unnötigen Irritationen *(„Hey Mann! Chic! Aber ist das jetzt noch rot oder schon schwarz?“)* hervorrufen will.
Der Termin bei der Kosmetikerin, zu dem ich als Mann gehe damit die Augenbrauen auch für einen Mann noch akzeptabel bleiben, bringt mir zwiespältige Erkenntnisse. Die schlechten Nachrichten betreffen meinen Bartwuchs. Durch meine nachhaltigen Zupfereien der letzten Wochen ist die Haut sehr gereizt. Ein Peeling und eine Feuchtigkeitsmaske entspannen die Lage etwas, aber ich bin doch sehr misstrauisch, wie ich die anstehende Rasiererei durchhalten kann. Die Kosmetikerin gibt mir Proben eines Feuchtigkeitsgels mit: *„Damit dürften Sie die Tage überstehen.“* Die gute Nachricht betrifft meine Kopfhaare. Nach Einschätzung der Kosmetikerin kann das mit einem pfiffigen Haarschnitt funktionieren. Auf jeden Fall rät sie mir wegen meiner aktuell gebräunten Gesichtshaut an Stelle der momentan von mir getragenen blonden zu meiner braunen Perücke für die Reise. Gut, damit wäre das auch entschieden.
Himmel, was bin ich aufgeregt. Ich betäube die Gedanken mit hektischem Aktivismus und erledige viele Dinge durcheinander, wie ein aufgescheuchtes Huhn.

20.5 Mittwoch 07.09

Der Tag beginnt mit einem Frühstück bei meinem Schwager, wo ich mich umziehen will. Frische Brezel habe ich mitgebracht und kann sogar was davon

essen, wenn auch nicht viel. Wir reden über die bevorstehende Wahl, mein Reiseprojekt ist für ihn nicht so interessant. Dann kommt noch mein Neffe dazu, wundert sich über meine Anwesenheit, findet meinen Reiseplan spannend, fragt aber nicht danach, wie ich denn aussehen werde. Als beide gegangen sind, mache ich mich zurecht. Ich habe mich für ein weißes Top und den schönen hellblauen Rock mit den weißen Pünktchen entschieden - Sommergarderobe für einen warmen Sommertag.
10:30 Uhr: Tür zu, es geht los. Jetzt habe ich nur noch das was in meinem Koffer steckt und mein Auto als Basislager. Wie eigentlich immer, bin ich zu Anfang etwas unsicher, ob mein Styling von der Welt da draußen akzeptiert wird. Zum Start möchte ich erst mal Sicherheit gewinnen und will nur wenige Leute treffen, denen ich im Krisenfall auch ausweichen kann. Ich wollte schon immer mal Schloss Mespelbrunn sehen, weil ich von diesem Wasserschloss als Kind ein Puzzle hatte. Am Parkplatz kämpft ein Autofahrer mit dem Automat, die Schranke geht nicht auf. Als es länger dauert, stelle ich den Motor aus. Jetzt steigt er aus und kommt zu mir. So hatte ich mir das nicht vorgestellt mit dem ersten Passantenkontakt. Er braucht eine 10-Cent-Münze. Ein kurzer Dialog, ein freundliches Lächeln. Er hat keinerlei Verunsicherung gezeigt, weder bei meinem Anblick, noch beim Klang meiner Stimme. Etwas später, als ich zum Schloss schlendere, begegne ich ihm und seiner Frau wieder. Er lächelt und nickt mir freundlich zu.
Beschwingt von diesem kleinen Zwischenstopp setze ich die Fahrt fort. Um 14:00 Uhr will ich Beate im Main-Taunus-Zentrum treffen. Wir kennen uns bis jetzt nur aus dem Internet. Ich bin etwas früh, also schlendere ich ein wenig in der Ladenpassage herum. Guckt mich jemand schräg an? Nein! Prima. Nach ihrem Bild erkenne ich Beate sofort, obwohl ich sie so klein und zierlich nicht erwartet hatte. Kleidergröße 38! Ich komme mir mal wieder vor wie ein Elefant in einer Gazellenherde. Sie stutzt einen Moment, weil sie nach meinem Bild in der Community eine Blondine erwartet hatte und ich nun eine Brünette bin. Wir bummeln und reden und reden und reden. Beate, die erst Anfang des Jahres das erste Mal als Frau draußen war, ist mittlerweile routiniert und bewegt sich sicher und selbstverständlich. Wenn ich bedenke, wie lange ich bis hier hin gebraucht habe, dann komme ich mir richtig feige vor. Na gut, jede von uns geht ihren Weg in ihrem Tempo.
Danach fahren wir nach Wiesbaden wo ich schnell im Hotel einchecke. Das ist ein Moment, vor dem ich mich etwas gefürchtet habe, die erwarten schließlich

eine Frau. Zugang zur Tiefgarage nur über Anmeldung per Gegensprechanlage! Klasse! Bevor sie mich sehen, hören sie meine Stimme! Nachdem ich meine Familienkutsche in die erschreckend kleine Tiefgarage laviert habe, gehe ich an die Rezeption. Der Mann hinter dem Tresen zeigt kein Anzeichen von Verwirrung. Der Anmeldezettel ist vorbereitet, ich muss bloß unterschreiben und kriege den Zimmerschlüssel. Alles normal und problemlos.
Nachdem Abstellen des Koffers treffe ich mich gleich wieder mit Beate und wir setzen unsere Bummelei fort und essen später beim Italiener, im Freien mit Blick auf die Passanten. Ich nehme Nudeln mit roter Soße und natürlich mache ich mir Flecken auf den schönen neuen hellblauen Sommerrock.
Abends gehen wir in eine Schwulenkneipe in der Nähe meines Hotels. Sie heißt „Earl", was ich fast so typisch finde wie „Na und". Es ist zunächst wenig los und wir reden mit dem Inhaber, den Beate schon kennt. Er tritt häufiger in seiner Kneipe als Dragqueen oder eher Travestiekünstler auf und nennt sich dann Michelle. Wow, sieht die gut aus! Würde ich überhaupt noch ein Mann sein wollen, wenn ich als Frau so gut aussehen könnte? Nun, so einfach ist die Frage nicht und Frausein erschöpft sich nicht darin, wegen der Schönheit angehimmelt zu werden. Vielleicht hat es sogar überhaupt nichts damit zu tun.
Es wird 1 Uhr. Immer wieder zwischendurch hatte ich misstrauische Blicke auf mein Make-up geworfen. Um meine sowieso gereizte Gesichtshaut nicht schon zu Anfang der Reise nicht gleich überzustrapazieren, hatte ich auf eine nochmalige Rasur verzichtet. Es ist immer noch das Styling von heute morgen. Es ist nicht mehr perfekt, aber komisch angeguckt werde ich auch nicht.

20.6 Donnerstag 08.09

Eineinhalb Stunden vertrödele ich im Bad. Es wird wieder ein warmer Tag, also wieder ein Rock und ein ärmelloses Top. Um 9:30 Uhr sitze ich bei Croissant und Kaffee in der Fußgängerzone. Der anschließende Bummel allein ist angenehm, denn ich scheine unsichtbar zu sein. Die Verkäuferinnen behandeln mich nett. Ich tanke jede Menge Selbstbewusstsein und das gestern schon leise aufgetauchte Gefühl der Selbstverständlichkeit meines Aussehens verstärkt sich. So intensiv hatte ich dieses Gefühl noch nie, wenn ich als Frau draußen war: Normalität. Keine Gedanken, dass ich irgendwas Besonderes mache, kei-

ne Schuld- oder Angstgefühle. Nur das Gefühl, dass gerade alles in Ordnung ist und ich bin wie ich bin.
Gegen Mittag breche ich auf nach Oberhausen. Ein Stau bei Köln sorgt für eine kleine Verspätung. Der Versuch, den Treffpunkt mit Gabi zu finden, für eine große. Endlich finde ich sie. Es ist ewig her, seit wir uns das letzte Mal getroffen haben und nach der herzlichen Begrüßung ziehen wir sofort los.
Gegen 15 Uhr sind wir im Centro, dem riesigen Einkaufscenter von Oberhausen. Bis auf einen kleinen Jungen, der mich anstiert, und ein paar längere Blicke bemerke ich nix. Doch Gabi achtet aufmerksam auf die Leute und meldet immer mal wieder, dass jemand gegrinst habe. Na und? In den Läden werde ich normal behandelt und besondere Aufmerksamkeit der Passanten bemerke ich auch nicht. Zwischendurch lassen wir uns ein paar Mal von Passanten fotografieren.
Kurz nach 21:00 Uhr fahre ich los nach Duisburg, wo ich planmäßig bei einer weiteren Freundin übernachten werde. Claudia bezeichnet sich selbst einfach als „Transe“, liebt auffällige Klamotten und hohe Hacken. Zum ersten Mal sehe ich sie als Mann! Wozu doch so ein Privatbesuch gut ist. Wir schwatzen noch bis Mitternacht.

20.7 Freitag 09.09

Wir kommen erst gegen Mittag in Duisburg los. Claudias Angebot, doch als Mann mit zu ihrem Vormittagstermin zu kommen, damit sie mir einiges vom Ruhrgebiet zeigen kann, habe ich abgelehnt. Zum einen brauche ich eine Mütze voll Schlaf und zum anderen kommt es gar nicht in die Tüte, dass ich in diesen Tagen was als Mann unternehme.
Es wird zu spät für den eigentlich geplanten Bummel über die Kö in Düsseldorf, aber rechtzeitig für unseren Friseurtermin. Claudia, ganz in schwarz, trägt einen Minirock, der fast bis zum Knie reicht, was für ihren Geschmack ziemlich konservativ ist. Ist das ein Zugeständnis an mich graue Maus? Ich habe mein zweilagiges Sommerkleid an, das bei dem Wetter herrlich bequem und luftig ist. Vielleicht zum letzten Mal in diesem Urlaub setze ich mir die braune Perücke auf.
Ich kann es nicht glauben! Es ist Abend und ich sitze mit schwarzem Rock und engem Shirt in der Kölner Altstadt. Ohne Perücke! Seit heute Nachmittag habe ich braune Haare, etwas dunkler, kein Grau mehr und habe eine peppige

Fransenfrisur. Gerade habe ich die Bilder aus dem Friseurladen angeschaut. Unglaublich, dass das so gut funktioniert! Das Irre ist: Obwohl ich selbst keine große Differenz zu meinem Anblick im Spiegel als Mann erkennen kann, bin ich merklich unauffälliger als mit längeren Haaren. Wahnsinn! Wie gut, dass Claudia mich zum Friseur geschleppt hat. Die waren total nett und meine Friseuse hat sich rührend um mich gekümmert. Wegen der Tönung saß ich auch das erste Mal im Leben unter einer Trockenhaube.
Beim anschließenden Bummel mit Claudia habe ich noch ein Paar tolle Winter-Stiefeletten gefunden. Sie waren nicht billig, denn bei Schuhgröße 44/45 sind die Schnäppchen rar. Doch sie haben den Vorteil, dass sie – ebenso wie inzwischen ein Großteil meiner Freizeit-Garderobe - „dual use"-tauglich sind, ich sie also nicht nur als Frau, sondern auch als Mann tragen kann.
Den einzigen kleinen Frust an diesem Tag, verdanke ich dem Italiener, bei dem wir nach dem Friseurbesuch gegessen haben. Zur Begrüßung fragte er uns ob wir aus dem „Gloria" (auf Nachfrage: eine Kneipe mit Travestieshow!) kommen. Und dann hat er uns dauernd mit „signori" statt mit „signore" angeredet. Grrr.
Eine schöne Situation war es, als Claudia die beiden Arbeiter der Kanaluntersuchungsfirma gründlich über ihren Job ausgefragt hat. Die beiden saßen hinter ihrem Auto mitten auf der Straße und plötzlich stand diese große Blondine mit den schwarzen Strümpfen mit der roten Naht neben ihnen und befragte sie neugierig und fachkundig. Zu meiner Verblüffung, waren die beiden nicht mal ansatzweise irritiert, sondern gaben lässig Auskunft.
Im Hotel hatte ich mit brauner Perücke eingecheckt, ohne sichtbare Irritationen des Personals. Zwei Stunden später bin ich dort mit meiner neuen Frisur noch mal aufgelaufen, weil ich mein Auto umparken musste. Die leidige Parkplatzfrage führte zu einem längeren Gespräch zwischen der Frau hinter dem Tresen und mir. Leider konnte sie mir keinen guten Tipp geben, Parken in der Kölner Innenstadt ist halt schwierig. Während wir redeten, suchte ich in ihrem Gesicht und ihrer Stimme nach Zeichen für Irritation. Nichts - ein vollkommen normales Gespräch.
Häufig habe ich immer ein wenig das Gefühl, neben mir zu stehen, aber momentan ist es so, als wäre ich so sehr bei mir selbst, wie noch nie zuvor. Ich bin total glücklich und sitze mit einem Dauergrinsen auf dem Gesicht in einem Straßencafe und schicke SMS an alle möglichen lieben Freundinnen nur um mich mitzuteilen.

20.8 Samstag 10.09.

Die erste Bewährungsprobe des Morgens mit selbst zurechtgezuppelten Haaren habe ich überstanden: Frühstück in einem engen Raum mit einer Busladung voll von Holländern oder Flamen. Was hatte ich vom „Hotel Amsterdam“ erwartet?
Im Tourismusbüro hole ich mir einen Museumsführer und ein Stadtplan. Mit der Straßenbahn fahre ich raus zum Museum für Ostasiatische Kunst. So viel Kultur muss auch für Shoppingverrückte sein. Später auf dem Rückweg zum Hotel werde ich von einer Frau nach einem Geschäft gefragt. Das ist nichts ungewöhnliches, Transgender werden häufig nach Weg oder Uhrzeit gefragt, weil die Leute die Stimme hören wollen. Aber diese Frau fragt mich nach einem Frauensexshop, den es hier irgendwo geben soll! Also ich hätte mich mit einem solchen Anliegen sicher nur an eine andere Frau gewandt.
Den ganzen bisherigen Tag komme ich mir so unauffällig vor, wie noch nie. Kaum jemand beachtet mich. Na ja, das kleine blonde Mädchen an der Straßenbahnhaltestelle schon. Aber sonst kaum jemand und viele davon wiederum starten ihren Blick am rechten Bein, bei meiner mit Make-up etwas akzeptabler gestalteten, riesigen Motorradunfallnarbe und gucken von da aus aufwärts. Das Wunder von gestern wirkt weiter.
Erklärungsversuch: die kurzen Haare sind zwar bestimmt weniger feminin, aber sie sind ehrlich. Sie vermitteln eine Ernsthaftigkeit, die „Komikern“ von vornherein den Spaß nimmt. Außerdem haben hunderte von Frauen eine ähnliche Kurzhaarfrisur. Okay, sie könnten noch etwas länger sein, damit sie noch mehr ins Gesicht reichen, doch das ist bloß noch das Sahnehäubchen. Das Styling und die Pflege meiner Frisur sind übrigens genau richtig für eine Grobmotorikerin wie mich. Ein wenig Gel und dann mit beiden Händen so lange im Haar rumgrapschen bis es Volumen hat und sich kleine Strähnchen gebildet haben, dann vorne noch ein bisschen zupfen - fertig
Abends für die Party style ich mich um: mehr Farbe, peppige, große Ohrringe und um der Konvention Genüge zu tun sogar richtige Schuhe, wenn auch bloß flache weiße, Spangenballerinas! Ich bin nämlich die letzten Tage zu Claudias Unverständnis fast immer in Flipflops rumgeflitzt. Die sind zwar nicht sehr sexy, aber herrlich bequem und praktisch. Nachdem ich zwischendurch die Flecken rausgewaschen hatte, kann ich jetzt auch wieder den schönen Pünktchenrock anziehen. Der passt auch besser zu dem ärmellosen Top als das Röckchen, das ich eigentlich zur Party tragen wollte.

Zumindest bei Claudia findet mein Partymake-up keinen großen Anklang - zu wenig Farbe. Sie hatte sowieso am Freitag schon die Vermutung geäußert, ich würde gar kein Make-up tragen. Meine Liebe zur Unauffälligkeit und zu einem möglichst natürlichen Look wird von ihr nicht geteilt. Ich empfinde ihre Anmerkung als Lob für meine Schminkkünste.
Die Party selbst ist eher öde. Ich treffe liebe alte Bekannte, die mich wegen der neuen Frisur erst nicht erkennen, und lerne ein paar nette neue Leute kennen. Ob andere mich mit meiner Kurzhaarfrisur und dem zurückhaltenden Make-up genau so seltsam finden, wie ich sie? Der kleine Typ mit verwehter Rod-Stewart-Perücke, ultrakurzem Rock und gemusterten Strümpfen? Der Bärtige im rosa Spaghettitop mit rosa Röckchen? Die Korsett-Lady mit einem Hüftumfang, der befürchten lässt, sie würde gleich durchbrechen? Die eleganten Damen in Kostüm und hochhackigen Schuhen? Überhaupt fällt mir jetzt, wo ich mich nach mehr als einem Jahr Abstinenz wieder mal in Transgenderkreisen bewege, auf, wie breit das Spektrum ist. Wo zwischen vollbärtigen Männern im Rock und körperlichen Frauen, die früher mal eine sehr spezielle Operation hatten, befinde ich mich? Wenn ich mich auf der Party umschaue: dazwischen. Ebenso wie meine verschiedenen Bekannten gehe ich meinen ganz eigenen Weg, der sich manchmal mit dem trifft, was andere auch tun, manchmal aber eben auch nicht.

20.9 Sonntag 11.09.

10 Uhr in Köln, Regen und Wind - die Frisur hält! Ich sitze in einem Cafe am Dom und nehme Abschied von Köln, das so nett zu Jula war. Gerade war ich noch im Dom und habe mir den Beginn des Gottesdienstes angeschaut. Unglaublich, ich stand in einem grünen Kleid und mit weißen Spangenballerinas bei einer Messe im Dom. Vor fünf Jahren hätte ich jeden für verrückt erklärt, der mir das erzählt hätte. Mit der Orgel, dem Mädchenchor in langen weißen Gewändern, den Priestern und allem ist das richtig feierlich gewesen. Bloß die filmenden und knipsenden asiatischen Touristen störten etwas die Stimmung.
Beim Frühstück im Hotel war der Speiseraum wieder knallvoll. Der Portier war beim Auschecken sehr nett. Die Rechnung für „Frau …“ zahle ich gerne.
Die Rückfahrt im Regen ist anstrengend. Eine kleine Pause im Spessart bringt etwas Erholung und die schöne Erkenntnis, dass ich nicht nur in der

Großstadt Köln, wo man bunte Vögel gewöhnt ist, sondern auch in einer spießigen Autobahnraststätte Personal und Gästen keinen zweiten Blick wert bin.
In Nürnberg habe ich vor der Rückkehr nach Hause noch zwei Termine.
Endlich treffe ich Animadame! Dieser Termin ist für mich etwas besonderes, denn trotz langer und intensiver Mailkontakte, haben wir uns noch nie gesehen. Wir verbringen eineinhalb Stunden, die wie im Flug vergehen, im Gespräch. Mit einem Packen interessanter Texte verlasse ich sie und steuere den letzten Zwischenstopp an: Rückverwandlung.
Schwager und Schwägerin begrüßen mich herzlich. Meine Schwägerin lobt meine Frisur und findet mich als Frau unauffällig. Dieses Lob ist mir viel wert. Es dauert jetzt doppelt so lang wie früher, aus Jula wieder den Mann zu machen. Hatten bisher Kosmetiktücher, Wasser und Make-up-Entferner gereicht, so muss ich mir jetzt die Haare waschen und föhnen.
Zu Hause empfangen mich meine Lieben. Meinem Sohn fällt sofort auf, dass ich beim Friseur war, aber weiter reicht sein Interesse nicht.

20.10 Zurück im Alltag

Und plötzlich bin ich wieder ein Mann, trage Hemd und Hosen und werde mit „Herr“ angesprochen. Ein Kind im Supermarkt hat mich ganz lange und intensiv gemustert, hält das mich etwa für eine als Mann verkleidete Frau? Komischerweise ist das Aufsehen, das meine jetzt doch recht dunklen Haare erregen, minimal. Im Job jedenfalls übergeht man die Veränderung vornehm.
Die fünf Tage als Frau waren im Detail und in der Gesamtheit eine intensive Erfahrung. Der wohl wichtigste Aspekt ist das Gefühl von Selbstverständlichkeit. Fünf Tage habe ich nur in weiblicher Rolle gelebt. Ich hatte nur weibliche Kleidung an und viele Gespräche und Kontakte zu den verschiedensten Menschen. Es waren „geschäftliche“ in Hotel, Restaurants oder Läden und zufällige Gespräche mit Passanten. Es gab Situationen, in denen ich initiativ war und solche, in denen Leute mich angesprochen haben. Selbst bei kritischer Sichtweise habe ich keinen Hauch von Irritation oder gar Ablehnung wahrgenommen. Was auch immer die Leute in mir gesehen haben, sie haben es wie selbstverständlich akzeptiert und mich normal behandelt. Was will ich mehr?
Meine Ängste waren unbegründet. Meine Erwartung, dass es emotional an-

strengend sein könnte, sich dauernd als Frau beweisen zu müssen, war falsch. Ich musste mich nicht beweisen, ich war es einfach.
Die verblüffende Unauffälligkeit mit eigenen Haaren, auch wenn sie sehr kurz sind, ist etwas, das ich immer noch nicht fassen kann.
Andere gehen andere Wege! Während der fünf Tage habe ich grundverschiedene Typen von Transgendern getroffen. Im Grunde gab es keine zwei, die sich auf die gleiche Art und Weise verwirklichen.
Und schließlich: selbst ich kriege mal vom Shopping genug! Okay, das ist jetzt keine sehr philosophische Erkenntnis, aber immerhin.
Ich hatte wunderschöne Tage als Frau, an die ich mich gerne erinnere. Und ich bin mir sicher, dass ich wieder als Frau verreisen werde. Jedoch ist es gerade die Normalität, die ich erleben durfte, die mich immer noch nachdenken lässt. Sie führt mich zu der Frage, was bleibt, wenn das Frausein selbstverständlich ist. Freundinnen von mir, die solche oder ähnliche Mehrtageserfahrungen hatten, wussten danach, dass es das ist, was sie für immer haben wollen: weibliche Normalität. Und dass sie die Konsequenzen tragen wollen, die diese Erkenntnis mit sich bringt. Meine Schlussfolgerung ist eine andere. Lyrisch formuliert: es gibt keinen Kessel voller Gold am Ende des Regenbogens. In Prosa bedeutet das, dass Frau sein für mich kein anderes, besseres Leben ist, weil ich letztendlich doch ich bin und bleibe. Ich bin mit einem gewissen Bedauern in meinen männlichen Alltag zurückgekehrt, aber ich bin in ihn zurückgekehrt wie aus einem wunderschönen Urlaub und nicht wie aus dem richtigen Leben ins falsche.
Und jetzt freue ich mich auf viele weitere tolle Erlebnisse und Erfahrungen als Frau, vor denen ich nun wieder ein Stück weniger Angst habe, und ich fühle mich auch gestärkt für mein Leben als Mann.

21. Kapitel: Big city life - Mein Berlintagebuch 2006

21.1 Januar

Unverhofft kommt oft. Plötzlich möchte mein Arbeitgeber, dass ich einen Teil meiner Arbeitszeit in Berlin verbringe. Nicht auf Dauer, nicht die ganze Woche, nur so ca. drei Tage pro Woche. Hatte ich mir nicht so etwas erträumt? Eine Zeit weg von daheim, in der ich befreit von den Fesseln der Nachbarschaft Frau sein kann. Noch ist das weit weg und ich kann es mir nicht vorstellen, wie es sein könnte. Im Web habe ich zumindest schon mal geforscht, wo und wann sich Berliner Mädels treffen.

20.2 Februar

Mein Kundschaftermonat. Die ersten fünf Tage Berlin.
Für die ersten drei Tage habe ich ein Hotelzimmer. Aus Angst dort Kollegen zu treffen und um erst mal einen Überblick zu kriegen, habe ich keine Frauensachen mitgenommen. ... und es prompt bereut als ich abends allein durch Neukölln latschte. Wieso hänge ich hier als Mann rum?
So langsam kann ich mir vorstellen, wie das sein könnte, in dieser Stadt ein kleines Zweitleben zu haben. Etwas zum wohnen brauche ich ab März, damit ich nicht immer in Hotelzimmern kampieren muss und vor allem, damit ich nicht dauernd so große Koffer hin und her wuchten muss. Aber da ist schon was in Aussicht. Abwarten. Nun kann ich schon mal daran gehen, mir zu überlegen, was ich überhaupt mit den Möglichkeiten anfangen will. An- und Abreise und Arbeit als Mann. Klar. Aber den Rest der Zeit? Alles als Frau? Oder nur bestimmte Unternehmungen? Soll ich mir konkrete Ziele setzen? In der vermutlich nicht all zu üppigen Freizeit ausschließlich als Frau rausgehen? Die Gelegenheit nutzen, was gegen meine Gesichtshaare zu tun? Andere Trannies treffen?
Das Wohnproblem ist gelöst! Eine Kollegin aus Berlin sucht für ihre Wohnung in Charlottenburg einen Mieter für die Wochentage. Sie selbst ist fast ausschließlich am Wochenende da. Zusammen mit der Entscheidung, die Wohnung zu wollen, reift auch der Entschluss, dass ich mich dort nicht verstecken will. Dazu müsste ich ihr allerdings sagen, dass ich eine kleine Besonderheit habe.
Das folgende Coming-out war, sowohl was seine Rahmenbedingungen als auch

was sein Tempo betrifft, eine neue Liga für mich. In der einen Minute habe ich mich noch mit der Kollegin gesiezt und in der nächsten habe ich ihr schon erklärt, warum sie sich nicht wundern muss, wenn in dem an mich vermieteten Zimmer Frauensachen rumliegen. Bei der Mitteilung war ich so sachlich wie möglich. Ganz bewusst habe ich auf irgendwelche Fachbegriffe verzichtet. Ich habe nur gesagt, dass ich einen Teil meiner Zeit als Frau lebe. Keine Details. Und ich habe, abgesehen davon, dass ich vorher zum du übergegangen bin, die Sache so tief wie nur möglich gehängt. Es war so etwa der Ton in dem man fragt, wo es in der Nähe einen Supermarkt gibt.

Die Reaktion entsprach in Ton und Sprache in etwa meiner Art und Weise. Hmm, ich hatte schon den Eindruck, die Thematik interessierte sie. Doch mein selbstverständlicher Umgang ließ für große Verblüffung nicht viel Raum. Sie gab sich keine Blöße und reagierte weltgewandt, tolerant und sachlich.

Natürlich nutze ich das vereinbarte „Probewohnen" bei ihr um meinen ersten Jula-Abend in Berlin zu verbringen. Direkt nach dem Ankommen ziehe ich mich um. Und dann bin ich auch schon zu Fuß unterwegs durch die nasskalte Dunkelheit Richtung Ku'damm. Als ich komplett durchgefroren am Europacenter angekommen bin, schaue ich zur Kontrolle in einen Spiegel: ich sehe furchtbar aus! Dass der Wind trotz des Regenschirms meine Haare zerzaust hat, habe ich gemerkt, aber dass es so schlimm ist, schockiert mich doch. Mein Selbstbewusstsein sackt in den Keller. Misstrauisch gucke ich, wie die Menschen auf mich reagieren. Hat da nicht gerade jemand „Transvestit" gesagt? Zwei kurze Kaufhausbesuche bringen mich wieder halbwegs ins Lot. Nein, keiner kümmert sich groß um mich. Abendessen in einer Trattoria ist langweilig und unspektakulär.

Kurz nach 21 Uhr liege ich auf dem Sofa in der Wohnung. Der Regen hat mir zusammen mit der Abwesenheit interessanter Kneipen die Lust auf Action genommen. So probiere ich ein ganz anderes Leben aus: kein Fernsehen, keine Musik, kein Bierchen. Ich habe mir einen Tee gemacht, schreibe ein wenig und lese dann noch etwas. Still, langsam, natürlich noch weiblich gestylt. Normalerweise unternehme ich dann immer etwas. Mal sehen, wie es ist, einfach zu sein.

Nach dem ich auf dem Sofa ins Koma gefallen bin und die ganze Nacht nicht richtig geschlafen habe, ist mir klar, wieso ich gestern so lahm drauf war und die Haare trotz Unmengen Gel nur immer doofer ausgesehen haben. Ich bin massiv erkältet und schleiche mit Kopfweh und Muskelschmerzen an die Arbeit.

21.3 März

Da hatte es mich wirklich schwer erwischt. Nach dem öden Abend war ich ein Woche krank. Jetzt, wieder gesund und Dank Skiurlaub prima erholt, sieht die Welt und insbesondere Berlin schon anders aus. Diesmal bin ich für die drei Tage mit einem größeren Trolley angereist. Ich will ein paar Sachen hier lassen. Da macht sich das mit der Wohnung doch schon positiv bemerkbar.
Zu meiner Freude ließen sich die Haare, die frisch geschnitten und ziemlich kurz sind, einfach zu einer frechen Frisur zurechtstrubbeln. Obwohl mir noch immer unheimlich und unglaublich ist, dass die so gut funktioniert. Bloß die eigens mitgeschleppten, braunen Stiefeletten sehen zu dem wadenlangen Cordrock doof aus. Wie gut, dass ich als Alternative meine halbhohen Schuhe habe, die ich eigentlich als Männerschuhe nutze. Mit umgekrempeltem Schaft haben sie einen schicken Fellrand und passen zu meinem Winteroutfit.
Als erstes war ich gerade noch rechtzeitig vor Ladenschluss ein paar Kleinigkeiten einkaufen. Verunsichert hat mich nur der starke Wind, dessen mögliche Auswirkungen auf meine Haare mir gleich wieder finstere Gedanken verschaffen. Auf dem Weg nach Hause und während ich dort die Sachen ablade wird mir klar, dass ich längst einen Vorsatz für Berlin habe, der mehr umfasst als unbedingt in eine Vorstellung der Blue Man Group gehen. Ich möchte nämlich auch die freie Zeit möglichst komplett Frau sein. Einfache Regel: An- und Abreise sowie die Arbeit erledigt der Mann, der Rest ist Frauensache. Einkaufen, Freizeitgestaltung, jeder Schritt in der Freizeit vor die Tür als Frau. Ich sehe es als kleinen Alltagstest. Wenn ich dauerhaft als Frau leben wollte, müsste ich mich der Welt schließlich auch konsequent stellen.
Okay, ich bin nicht 100% konsequent. Direkt um die Ecke ist eine Filiale meines Fitnessstudios. Im Ernstfall müsste ich auch da als Frau hingehen, doch das spare ich mir. Kein Regelbruch, in Berlin wird also trotz günstiger Gelegenheit nicht trainiert.
Das Einhalten der Regel hat bis jetzt gut geklappt. Na gut, ist auch erst der zweite Abend. Als ich losgehe, um mir ein Abendessen und ein, zwei Drinks zu suchen treffe ich an der Haustür eine Frau, die wohl hier wohnt. Vielleicht frage ich Gabi mal, wer das war. Nach dem Essen - wieder mal bin ich bei einem Italiener gelandet - will ich eigentlich noch eine nette Bar finden. Weil ich nichts sehe, was mich zum Eintreten animiert, wird es ein ausgedehnter Abendspaziergang,

bei dem ich „meinen Kiez“ etwas erkunde. Obwohl die Schuhe bequem sind, bin ich schließlich froh, auf dem heimischen Sofa anzukommen.
Am Donnerstag bleibe ich auch nicht daheim. Nach zehn Stunden harter Arbeit verdient die Frau etwas Spaß. In einem Verein für Homosexuelle findet eine Veranstaltung für Transgender statt und zeitgleich wird auf einer Großleinwand der deutsche Vorentscheid zum Grand Prix de la Chanson übertragen. Das schwule Äquivalent zum Endspiel im DFB-Pokal! Da will ich hin. Das bedeutet eine ewig weite Reise mit der U-Bahn bis weit nach Prenzlauer Berg. Wer Frau sein will muss auch mit U-Bahnen fahren, wo die Sitzreihen so angeordnet sind, dass sich praktisch alle gegenübersitzen und anstarren. Etwas später bereue ich die Nachlässigkeit, keinen Stadtplan mitzunehmen und mir nicht mal die Hausnummer gemerkt zu haben. Diese Kombination beschert mir einen langen Fußmarsch im Schneetreiben.
Ich weiß nicht genau, was ich erwartet habe. Also nicht gerade einen roten Teppich oder so, aber zumindest den einen oder anderen netten Gesprächspartner. Was ich vorfinde, ist das übliche NGO-Ambiente aus abgewohnten Möbeln und haufenweise Leute, die mich für einen angenehmen Abend nicht brauchen. Niemand beachtet mich oder hat gar Lust mit mir zu reden. Zumindest greife ich Broschüren und Veranstaltungspläne ab. Die Kneipe und die ÖPNV-Odyssee zurück vermitteln mir zum ersten Mal nach meinem Frauenkurzurlaub im letzten Jahr ein Gefühl, dem nachzuspüren diese ganze Aktion dient: Normalität. Weder in den diversen Zügen noch im Lokal bekomme ich irgendwelche besondere Beachtung. Ich bin wie ich bin und niemanden kümmert es. Das ist Normalität.
Ein Mailpartner, dem ich von Berlin und davon, dass ich die Zeit dort für so etwas wie einen individuellen Alltagstest nutzen will, erzählt habe, reagiert mit einer unerwarteten Frage: *„Demnach trägst Du Dich doch irgendwie mit dem Gedanken an eine geschlechtsangleichende Operation?“* Stimmt, der von mir gewählte Begriff ist eindeutig durch das Transsexuellengesetz belegt. Aber bringen mich meine bisherigen Erfahrungen näher die Transsexualität mit all ihren Folgen? Nicht im Mindesten! Wozu denn? Alles, was ich mir an sogenannten Vorteilen der Weiblichkeit und Akzeptanz der Mitmenschen erwarten kann, kriege ich offensichtlich auch so hin. Also wieso sollte ich einen hohen Preis für etwas bezahlen, dass ich auch viel günstiger in mein Leben integrieren kann. Keine Operation der Welt kann aus mir eine vollfunktionale, unauffällige Frau machen! Ich bleibe so groß wie ich bin und riskiere zudem meine

Gesundheit und vor allem mein soziales Umfeld. Was ich aufschneiderisch Alltagstest nannte, ist meine ganz persönliche Version davon: ich will einfach so viel Frau sein, wie es nur geht, um festzustellen, wie viel Weiblichkeit ich in meinem Leben wirklich brauche. Vor allem, ob mein Weg in Richtung körperlicher Anpassungen führen muss. Wenn ich so, wie ich aktuell rumlaufe, weiblich genug rüberkomme und auf hinreichende Akzeptanz treffe, was ich eben austeste, dann fällt doch gerade der Druck weg, körperlich noch weiter zu gehen. Wie ich, soweit man Selbstbeobachtung trauen kann, immer wieder feststelle, kommt es mir in erster Linie auf die Rolle also die Akzeptanz als Frau an und nicht auf den Körper. Und für ersteres braucht es keine Hormontherapie und auch keine Schnibbeleien an sensiblen Organen.
Der nächste Mittwoch. Langsam setzt die Routine ein: heimkommen, umstylen, losziehen. Beim Schminken habe ich das Gefühl, als wollte der Bartschatten sich überhaupt nicht übertünchen lassen. Der Gedanke „für Berlin reicht es" taucht kurz auf, ist aber mehr Selbstcoaching als Überzeugung. Ich habe immer Angst vor negativen Reaktionen der Leute, wenn ich weiblich unterwegs bin, aber ein frecher Gedanke hilft, das nötige Selbstbewusstsein aufzubauen. Los geht es. Wie wahrscheinlich ist es eigentlich, dass mir jemand begegnet, der mich kennt? In der Tauentzienstraße kommt mir einer der Vorstände meiner Firma entgegen. Ich verzichte spontan auf einen Gruß und wir gehen ohne Notiz zu nehmen aneinander vorbei. Nach ein paar kleinen Einkäufen am Ku'damm lande ich in einem kleinen Thai-Restaurant mit Garküchencharakter. Stilvoll eingerichtet und das Essen ist auch lecker. Die Frauen am Nebentisch finden mich ebenso uninteressant, wie alle anderen bisher. Alles ist okay und ... normal. Bloß die Absätze meiner Stiefel verleiden mir ein wenig den Spaziergang nach Hause. Knöchel und Ballen schmerzen nun doch heftig.
Was gestern ein finsterer Verdacht war, ist heute nicht mehr zu übersehen: nicht rasierbare Bartstoppel en masse. Ich vermute, das kommt von der Epilation am Dienstag. Die ausgebrannten Haarkanäle stehen hoch wie kleine Hügel, so dass ich mit der Klinge an die wachsenden Haare nicht rankomme. Ich überlege tatsächlich kurz, nicht weg zu gehen. Aber dann greife ich beherzt zu Camouflage-Make-up. Was bei Brandmalen hilft, färbt locker Barthaare. Die Farbe stimmt dann zwar, doch das Gesicht sieht aus wie eine Hügellandschaft. Lächeln, Mädel! Los geht's.
Heute will ich die Gegend rund um den Nollendorfplatz erkunden. Queer-Country. Fachgeschäfte für Lack & Leder und Ärzte, die schon auf dem

Praxisschild darauf hinweisen, dass sie sich mit HIV-Behandlungsmethoden auskennen. Der Barkeeper in der Schwulenkneipe, die ich auf Empfehlung von Gabi besuche, redet mich charmant, charmant als Mann an. Frust! Und dafür habe ich mich so hübsch gemacht, wie es grad ging. Da in der hochgelobten Szenekneipe zu der frühen Zeit, es ist erst 21.00 Uhr, als ich sie beehre, noch nichts los ist und der Barkeeper meine Gesellschaft wegen seiner Unsensibilität nicht verdient hat, endet der Abend früher als gedacht auf dem Sofa.
Als ich am Freitag abreise, bin ich froh, dass ich Gabi, meiner Vermieterin gleich gesagt habe, was mit mir los ist. Denn da ist inzwischen schon einiges an Zeug in meinem Zimmer, das einen Mann verdächtig machen würde. Schuhe, Pullover, Röcke, Abschminktücher, ich bin froh das nicht verstecken zu müssen. Frauensachen offen herumliegen lassen, auch das ist ein kleiner Luxus, den ich mir hier in Berlin gönne.
Seit ich gestern Abend in Nürnberg im Kino in Transamerika war, ist die Kurze-Röcke-Saison eröffnet. Na gut, viele werden abstreiten, dass ein knielanger Rock wirklich kurz ist, aber für mich ist es eine kleine Mutprobe, auch wenn der Oberschenkel bedeckt bleibt. An der Bushaltestelle weht mir ein unangenehm kalter Hauch um die Beine. Ich bin mit der U-Bahn nach Spandau gefahren und erkunde die Shoppingmöglichkeiten. Nicht schlecht. Ein großes Center und weitere Kaufhäuser.
Bei Douglas kaufe ich einen neuen Mascara. Wir Transgender oder bloß ich sind schon klasse Kundinnen. Ich nehme ohne groß nachzufragen den ersten, der mir empfohlen wird. Und falle an der Kasse fast in Ohnmacht. 25 € Für einen schwarzen Mascara, den ich nicht mal getestet habe! Ohne zu maulen zahle ich. Ich nehme die Kreditkarte, was den Schmerz etwas mindert. Aber im Nachhinein ärgere ich mich tierisch und daran ändern auch die Parfümproben und das kleine Topfblümchen, die es als Dreingabe gab, nichts. Ich habe mir aus Feigheit mal wieder was Teures andrehen lassen, habe mich nicht getraut, nach etwas preiswerterem zu fragen. Lassen sich die anderen Transgender auch immer wieder teures Zeug aufschwatzen? Falls ja, wundert es mich nicht, dass ich immer freundlich und zuvorkommend bedient werde.
Jetzt hatte ich auch meinen ersten nicht-geschäftlichen Gesprächskontakt: Ein Berliner ist mir nachgelaufen, um mir zu sagen, wie mutig er mich findet und bei der Gelegenheit gleich zu fragen, ob ich „umgebaut“ bin. Ich lasse ihn ziemlich kalt abtropfen. Im Weggehen ruft er mir trotz meiner Sprödigkeit noch mal hinterher, wie toll mutig er mich findet. Nun grübele ich darüber nach, ob

ich die Begegnung unangenehm fand, weil der Typ auf offener Straße hinter mir hergerufen und mich beim Vorbeigehen gleich entlarvt hat, oder ob die Bestätigung das Wichtigere ist. Eher letzteres, denn mir ist bewusst, dass ich nicht die unauffällige Frau sein kann, die ich gerne wäre. Solche Situationen sind zwar einkalkuliert, aber angstbesetzt. In meinen Fantasien sind es proletarische, alkoholisierte Jungmänner, die mir in der Öffentlichkeit laut Sachen wie: *„Ey, du bist doch ein Mann?!"* hinterherschreien und mich zum Zentrum allgemeiner Aufmerksamkeit machen. Im Prinzip bin ich gerne bereit, meine Besonderheit zu erläutern und finde es nur am Rande und weil ich spitzfindig bin, etwas ärgerlich, wenn ich mutig genannt werde. Bloß auf der Straße nachschreien lasse ich mir nicht gerne. Doch ist das nicht etwas, dass Frauen nun mal passiert? Hey, ich gehöre zum Club! Bloß am Text muss noch gefeilt werden.

Zwischendurch: in meiner Nähe gibt es zwei Asia-Imbisse. Der eine heißt „Tu-Long" und der andere „Sing-le". Ich muss lachen und bin froh, dass ich nicht Single bin.

Gerade sitze ich in einem Restaurant in Prenzelberg, wo es ein schönes Abendbrotbüffet gibt. Obwohl ich heute mit meinem Schminkergebnis sehr zufrieden war und die ganze lange U-Bahnfahrt niemand merklich Anstoß an mir genommen hat, ist da doch immer diese Unsicherheit, ob ich auch wirklich auf Akzeptanz treffe. Es ist inzwischen normal für mich, mich nach der Arbeit zu stylen und los zu ziehen. Normal ist aber leider auch die beständige Unsicherheit. Ob ich die jemals in den Griff kriege? Heißt Normalität für mich, dass die Betroffenheit und das miese Gefühl bei jedem längeren Blick dazugehören? Oder habe ich die Chance, dass ruhige Selbstverständlichkeit Teil der Normalität wird?

Nun ja, falls Normalität bedeutet, dass man anfängt schludrig zu werden, dann klappt das schon recht gut. Jetzt habe ich schon zum zweiten Mal in zwei Wochen den Lippenstift zuhause vergessen! Ärgerlich, wenn man so wie ich dauernd Angst hat sich eine Blöße zu geben und möglichst perfekt sein will.

Etwas später am selben Abend, sitze ich mit Grete, Vespa-Moni und Erika am Tresen der „Together Bar" und geben uns mit einem süßen Likör die Kante, den Grete, die Wirtin fröhlich „Catherine Deneuve" nennt. In dieser Bar treffen sich am letzten Freitag jedes Monats Transgender, doch heute bin ich die Einzige. Überhaupt sind wir vier die gesamte Belegschaft. Schnell bin ich „die Jule aus Nürnberg" und es wird ein richtig netter Abend. Wir süffeln dieses französische

Zeug und reden über Gretes Jugend, unsere Familien und Transgender. Selbst Gretes Einschätzung, ich könne nur deshalb unbeachtet durch die Straßen wandeln, weil Berlin so weltstädtisch tolerant sei, wirft mich nicht aus der Bahn. Nein, ich finde, da liegt sie falsch, doch sie liebt nun mal ihre Stadt.

- **Die letzte Woche im März**

Heute Abend bin ich mit Gabi verabredet, die ausnahmsweise gleichzeitig mit mir in Berlin ist.

Weil im Job nicht viel anliegt, ich schon fast einen Monat hier bin und immer noch keine Schuhe gekauft habe und vor allem weil es mich verlegen machen würde, mich unter Gabis Augen zu stylen oder gar in Unterwäsche an ihr vorbeizuhüpfen, habe ich schon um 16 Uhr Schluss gemacht. Mit einem für das Regenwetter nicht ganz angemessenen knielangen Rock bekleidet fahre ich mit der U-Bahn nach Steglitz. Da gibt es ein neues Shopping-Center und die Hoffnung auf zwei Schuhgeschäfte für Übergrößen. Zwar ist das eine unauffindbar, aber im anderen finde ich bequeme Sommerschuhe. Obwohl ich, wie gewohnt nur vereinzelt irritierte Blicke ernte, fühle ich mich etwas unsicher. Das liegt wohl an ein wenig Angst vor Gabi. Ob ich in ihren Augen akzeptabel bin? Wie wird sie reagieren? Bis jetzt hat sie nicht mal nach meinem Frauennamen gefragt.

Hmm, meinen Frauennamen habe ich ihr regelrecht ranreden müssen und so richtig vertraut ist er ihr trotzdem nicht geworden. Als ich vor der Tür stand musste sie lachen, als sie mich sah. Doch das war mehr Unsicherheit als Belustigung. Sie hat mich praktisch sofort normal und unaufgeregt behandelt. Nach den erwarteten Komplimenten und der Feststellung, dass sie auf der Straße an mir vorbeigelaufen wäre ohne mich zu erkennen oder irgendwie auffällig zu finden, sind wir schnell zum Essen aufgebrochen. Es ist nach Mitternacht, als wir nach Tapas und Cocktail und vielen Worten wieder zu Hause eintreffen.

Den nächsten Abend bin ich wieder alleine unterwegs. Heute auf dem Entdeckungsplan: Kreuzberg. Ich hatte vorher schon so eine Ahnung und die U-Bahnstation Cottbusser Tor beschert mir eine lange erwartete Premiere: ein angetrunkener Eckensteher macht laut seine Kumpel auf mich aufmerksam und brüllt mir „Schwuchtel“ hinterher! Es irritiert mich verblüffend wenig. Ich gehe weiter, ohne ihn einer Reaktion zu würdigen. Nach dem ich mich vorhin im Bus noch gefreut hatte, dass nicht mal siebenjährige Mädchen, die mich ansehen, irgendeine erkennbare Reaktion zeigen, ist das schon eine Ernüchterung.

Obwohl ich erst noch in einem Imbiss etwas esse, bin ich für das berühmte „Roses“ zu früh. Also suche ich mir erst noch eine andere Kneipe für ein Bier. Als ich damit um 21.30 Uhr fertig bin, ist das „Roses“ immer noch zu und Gretes Bar, in die ich flüchten will, schließt gleich. Nicht meine Nacht.
Na gut, dann habe ich mehr Zeit über einen neuen Gedanken zu grübeln. Okay, ganz neu ist er nicht, aber für mich ist er ungewohnt. Darauf gebracht hat mich gestern die Spanierin in der Tapas-Bar: die war stolz an der Grenze zur Arroganz. Wieso bin ich nicht stolz auf das, was ich bin und tue? Statt immer misstrauisch auf die Missbilligung anderer Menschen zu warten, könnte ich genau so gut und vielleicht mit mehr Berechtigung erwarten, dass sie mich toll finden. Mal ernsthaft: Wieso diese blöde Scham? Weil ich es nicht schaffe, mich aufs pure Mannsein zu beschränken? Weil ich mehr will? Es ist weder ein Grund sich zu schämen, eine Frau zu sein, noch sich das zu wünschen. Im Gegenteil! Ich kann so stolz auf mich sein, wie jede andere Frau, wie jeder Mensch. Vielleicht sogar mehr. Ich kann stolz darauf sein, dieselbe Kleidung zu tragen wie Frauen, stolz sein, ihnen sehr ähnlich werden zu können. Vielleicht sogar ein wenig schön zu sein. Wenn Frausein so etwas begehrenswertes ist, wie ich meine, wenn Frauenkleidung so viel schöner ist als männliche, müsste es mich gerade stolz machen, sie in der Öffentlichkeit zu tragen. Ich müsste stolz darauf sein entweder für eine Frau gehalten zu werden oder als Mann erkannt zu werden, der seine Weiblichkeit lebt. Sich auf die Seite der Frauen zu schlagen mag ungewöhnlich sein, doch es ist kein Grund für Scham. So die in diesem Fall schöne Theorie. In meiner Realität ist es schwieriger. Immer noch wirkt die jahrelange Versteckerei nach. Ich muss endlich lernen, stolz auf die Weiblichkeit in mir und meine Fähigkeit, sie ein Stück weit Realität werden zu lassen. Vielleicht auch gerade deshalb, weil ich versuche, diese weitere Seite zu leben, ohne die männliche Existenz und den Männerkörper zu zerstören. Wie entwickle ich Stolz? Stolz, das ist praktisch für mich, braucht keine Voraussetzungen. Er ist eine Einstellung zu der ich mich entschließen kann. Stolz braucht keine Gründe außerhalb meiner Person. Ich muss bloß den Glauben, dass andere mich kritisch sehen müssten, durch den Glauben ersetzen, das vernünftige Leute mich und was ich tue zumindest respektieren wenn nicht sogar bewundern werden.

21.4 April

So langsam könnte es ruhig etwas wärmer werden. Da haben die Modegöttinnen ein Einsehen gehabt und in diesem Jahr sind Röcke und Kleider so in wie schon lange nicht mehr - und dann ist es selbst kurz vor Ostern noch so kalt, dass man sich in kurzen Röcken Rheuma in die Knie holt.
Heute will ich die selbstbewusste Coolness ausprobieren, über die ich letzte Woche nachgedacht habe. Auf jeden Fall werde ich einen höchstens knielangen Rock anziehen. Als ich den Koffer auspacke, kriege ich einen kleinen Schock: Wo ist mein Kulturbeutel? Die Schminksachen habe ich, aber die „Männersachen" fehlen. Aaah! Wo ist mein Rasierer? Daheim. Frust und Verunsicherung. In meinem Beauty-Case ist ein Einwegrasierer. Das ist zwar nicht ideal, aber wird schon gehen. Ich hatte schon überlegt, als Mann einkaufen zu müssen. Suboptimal rasiert nehme ich einen Klacks mehr Make-up und bin schließlich ausgehfertig. Der ursprüngliche Frechheit-zeigen-Plan hat zwar kleine Schrammen gekriegt, doch ich ziehe sehr positiv gestimmt los. Ziel: Karstadt Charlottenburg. Aufgabe: Jedem der kritisch guckt, wird ins Gesicht gelacht. Ergebnis: keines. Es lag nicht daran, dass ich versagt hätte, sondern daran, dass einfach keiner mich besonders interessiert angeschaut hat. Immerhin habe ich mit einigen Beinahestürzen wegen der ultraglatten Sohlen meiner Pumps wohl einigen hinter mir Gehenden eine Freude gemacht.
Mittlerweile bin ich regelrecht vernarrt in die Fahrten mit öffentlichen Verkehrsmitteln. Gerade weil die Menschen einem dort nahe sind und schauen können. Weil ich sitze, fällt meine Körpergröße nicht auf und ansonsten auch nichts. Niemand schaut mich genauer an. Die Blicke treffen mich und wandern weiter ohne eine erkennbare Reaktion. Wunderbar! Ich mag die Busse, aber noch lieber sind mir die U-Bahnen mit ihren gegenüber angeordneten Sitzreihen. Balsam für mein Selbstbewusstsein.
Dank meines GPS und auf Kosten meines Billigschirmes, den die Windböen zerhauen, habe ich es an mein Ziel in Friedrichshain geschafft. Das Viertel hat viele Kneipen, gepflasterte Straßen und breite Bürgersteige. Im Sommer bestimmt wunderschön. Die Bar, in die ich wegen einer ominösen Veranstaltung namens „Gay hump day" mit zwei österreichischen DJs, die sie sich die „Kassler Zwillinge" nennen und sind trashig auf Frau gestylt sind, gegangen bin, erweist sich als kahle Hütte mit Billigmöbeln und dem Charme eines Lagerraums. Fast alle Männer haben eine Glatze oder einen Haarschnitt knapp daneben und

auffällig viele tragen Adidas-Trainingsklamotten. Ich schätze, ich hebe den Altersschnitt gewaltig. Während sich die „Zwillinge“ gar nicht ähneln, sieht der Barkeeper fast genau aus, wie einer meiner Neffen. Die Spiegel in der Toilette sind solche Spiondinger, so dass man vom Lokal aus schemenhaft sehen kann, was da vor sich geht. Lustige Idee.
Der nächste Abend beginnt nicht verheißungsvoll. Ein Crossdresser mit derm ich verabredet war, gibt mir kurz vorher einen Korb. Nun ja, ich hätte an ihrer Stelle auch keine große Lust, als Mann mit einer Transgender, die ich kaum kenne, durch Berlin zu ziehen. Dass es immer noch lausig kalt ist und ich ein wenig Halsschmerzen habe, macht es nicht besser.
Bevor ich mich ins Nachtleben stürze, gehe ich zum Essen in die Trattoria an der Ecke. Meine Kleidung ist vom Stil her „Bürooutfit“: kurzer Kostümrock, einfarbiger Pulli und zum Ausprobieren Pumps mit ca. acht Zentimeter Absatz. In den hautfarbenen Strümpfen, dem knappen Rock und den Schuhen komme ich mir etwas obszön vor, doch es ist ein schönes Gefühl so draußen zu sein. Habe ich gerade obszön gesagt? Was soll das denn? Millionen Frauen fühlen sich in hautfarbenen Strumpfhosen und einem Rock nicht „obszön“. Nein, wenn ich darüber nachdenke, dann ist es ein Gefühl, dass ich als Mann nie habe. Es ist ein schönes Gefühl, das ich erst durch weibliche Kleidung und Styling kennengelernt habe: ich fühle mich sexy! Wow!
Die nette Bedienung fragt mich beim gehen, ob ich ins Theater, das gleich gegenüber ist, will. Aha, so wirkt also meine Ichkommgradvombüro-Kleidung. Gehtechnisch bin ich froh, dass es nur hundert Meter sind. Wieder daheim bin ich froh, die Schuhe ausziehen zu können. Die sind eindeutig nur kurzstreckentauglich.
Obwohl ich auf dem Sofa fast eingeschlafen bin, raffe ich mich auf. Für die Latscherei an frischer Luft, in die meine Kneipenerkundungen immer ausarten, habe ich mich für den wadenlangen schwarzen Rock und flache Schuhe entschieden. Heute auf dem Plan: der Mehringdamm. Gleich mehrere Szenekneipen auf einem Haufen. Mein Weg führt mich in die „Barbie Bar“, die ihrem Namen alle Ehre macht. Barbies als Deko, Clubsessel, in verschiedenen Rottönen gestrichene Wände, gedämpftes Licht und zivile Getränkepreise. Bisher zusammen mit Gretes Laden der netteste, den ich in Berlin gefunden habe. Das „Rauschgold“, das ich danach noch beehre, fällt vom Interieur etwas ab. Gespräche an diesem Abend - außer mit den Bedienungen - keine. Na ja, ein Betrunkener in einer U-Bahnstation wollte sein Bier mit mir teilen, aber

da habe ich nicht mal das Gehtempo verändert. Später finde ich mich in der U-Bahn plötzlich zwischen einer Horde Kids auf Klassenfahrt. Selbst dieses kritische Publikum findet mich keinen zweiten Blick wert.
Ostern ist vorbei und ich mache eine andere Berlinerfahrung. Mein Sohn ist mitgekommen und so bin ich in diesen Tagen rein männlich unterwegs. Wir ziehen gemeinsam durch Berlin. Fehlt mir etwas? Nur wenig. Ich erlebe es nicht als Beeinträchtigung, nicht Frau sein zu können. Nur ein wenig traurig bin ich. Gabi hat zur Vorbereitung des Besuchs alle meine Frauensachen verräumt. Jetzt ist es wie zu Hause. Mit meinem Sohn zusammen besuche ich die Blue Man Group. Wow, was für eine Show!
Am Freitag besuchen wir die Ausstellung „Melancholie" in der Nationalgalerie. Obwohl es für unseren Geschmack zu viele „alte Schinken" und zu wenig moderne Kunst sind, sind wir beide tief beeindruckt.

- **Die letzte Woche im April.**

Als ich mein Zimmer betrete, freue ich mich. Gabi hat alle meine Sachen wieder hin geräumt! Schuhe, Röcke, Pullover, alles ist wieder da!
Kaum zu fassen, es braucht nur zwei Wochen „Abstinenz" und einen Haarschnitt bei einer Vertretungs-Friseuse und ich bin beim Weggehen verunsichert. Meine Frau hatte mir zwar zu hause noch versichert, dass die Frisur bestimmt auch weiblich gut wäre, trotzdem habe ich jetzt wieder einen deutlich spürbaren Klumpen im Bauch. Gabi ist am Knie verletzt, so dass meine heimliche Hoffnung auf Begleitung sich zerschlug und ich wieder alleine unterwegs bin. Es ist warm und ich gehe zum Abendessen in ein Lokal am Ernst-Reuter-Platz, weil man da draußen sitzen kann. Meiner Psychose zum Trotz beachtet mich niemand. Weil ich immer noch unsicher bin, und weil ich den schlechtesten Salat der Welt serviert bekomme, kann ich nur wenig essen. Wie war das mit dem Stolz auf mich und meine Besonderheit? Ich bin adäquat angezogen, habe so wenig Bartschatten wie nie zuvor, eine unauffällige Kurzhaarfrisur und in der Not bin ich immer noch 1,90 m groß und halbwegs gut trainiert. Also wieso die Verunsicherung? Warum brauche ich immer wieder die Erfahrung, dass die Leute mich nicht weiter beachten? Ich versuche, die Situation bewusst zu genießen und mich zu entspannen.
Mein Ziel für heute Abend ist das Barbie Deinhoff's in Kreuzberg und meine Erwartungen sind groß. Die Fahrt in der knallvollen U-Bahn ist wie erwartet Balsam für meine Seele: keinerlei Reaktionen auf mich. Als ich gegen 20.30

Uhr dort bin, ist das berühmte Lokal noch zu. Durch die Scheiben erkenne ich, dass ich meine Hoffnung auf schickes Mobiliar und stilvolles Ambiente auf jeden Fall beerdigen kann. Warum sind so viele Läden der Queer-Scene so schmuddelig? Und warum schreiben die nie ihre Öffnungszeiten außen hin? Ich gebe der Bar eine Chance und suche mir bei der milden Luft noch einen Biergarten, um die Zeit bis zu einem zweiten Versuch zu überbrücken. Eine Stunde später hat das Barbie Deinhoff's auf. Es ist tatsächlich so abgewrackt, wie es von außen aussah. Der Barkeeper, zwei Lesben, davon eine die DJane sind lange zusammen mit mir die komplette Belegschaft.
Weshalb ich Queer-Lokale doof finde: es ist nicht die verranzte Einrichtung. Die finde ich meist sogar originell. Es ist die fehlende Referenz. Wenn sich in einem normalen Laden keiner um dich kümmert, dann weißt du, dass du okay bist oder in einem Blindenheim. Um in einem Queerladen irgendeine Beachtung zu kriegen, müsstest du schon riesige Titten auf dem Rücken und ein Minikleid aus Neonröhren tragen. Mindestens! Unterhalb dieser Schwelle beachtet dich niemand. Das fast ist wie Ausgehen ohne Leute zu treffen.
Immerhin gibt es im Barbie D. eine Fotoausstellung mit Bildern auch von Transgendern. In der Beschreibung werden wir „heavenly creatures im Alltagsgrau“ genannt. Na also! Geht doch!
Am nächsten Abend komme ich erst spät von der Arbeit und bin ziemlich geschafft. Ich mache mich trotzdem hübsch. Sehr sogar, wie ich finde; mit dem Pulli mit Netzmuster, dem schwarzen Rock und den gestreiften Strümpfen, die meine Beine endlos aussehen lassen. Ich bleibe dann aber bei Gabi und wir schwatzen bis Mitternacht. Zwischendurch mache ich nur einen kleinen Spaziergang um den Block, um der Welt da draußen die Chance zu geben, mich schön zu finden. Doch sie hat kein Interesse. Niemand guckt.

21.5 Mai

Endlich ist es warm und sonnig. Ich bin zwar früh aus dem Büro geflüchtet, aber es ist doch schon kurz vor 19 Uhr bis ich in der U-Bahn Richtung Potsdamer Platz sitze. Heutiges Abendprogramm: Kino! Wann war ich eigentlich das letzte Mal shoppen? Muss ewig her sein. Für die Zeit bis der Film anfängt zieht es mich, trotz des wunderbaren Wetters in die Einkaufspassage. Ein tief ausgeschnittenes T-Shirt später bleibt doch noch eine halbe Stunde, die ich bei einem

Glas Wein in einem Straßencafe verbringe. Wie gewohnt ziehen die Passanten an mir vorbei ohne mich zu beachten. Da geht es dem Autofahrer, der die Vespa angefahren hat, ganz anders.
Ein neuer Gedanke, immer noch auf der Spur des Stolzes: ich vermute immer, die Leute fänden mein Verhalten merkwürdig und seltsam, vielleicht sogar lächerlich. Wie wäre es denn, wenn sie mich in Wirklichkeit dafür bewundern? Wahlweise für meinen Mut oder meine Fähigkeit, eine ganz passable Frau zu sein. Solange die Leute uneindeutig reagieren, und das ist in den meisten Fällen so, kann das doch sein. Wieso interpretiere ich Aufmerksamkeit trotzdem immer nur negativ? Na gut, heute kriege ich gar keine, also ist es egal.
Aus Gründen, die ich nicht nachvollziehen kann, bin ich am nächsten Abend schon wieder ziemlich unsicher. Dabei ernte ich kaum mehr irritierte Blicke als sonst und in der Straßenbahn hatte ich sogar ein kurzes, nettes Gespräch mit einem Touristenpärchen. Trotzdem fühle ich mich angestarrt. Da gucken wirklich mehr Leute auf mich!
Ein Teil der Verunsicherung kann von dem starken Wind kommen. Seit ich nur mit meinen eigenen Haaren unterwegs bin, habe ich bei Wind ständig Bedenken, dass er meine Geheimratsecken frei weht. Das Rumpfuschen an meiner Frisur ist fast schon so was wie ein nervöser Tick.
Nachdem ich die Hackeschen Höfe besichtigt und einen öden Salat zum Abendessen hatte, fahre ich quer durch die Stadt zu Gretes Bar. Wieder ist kaum was los und die Atmosphäre herzlich. Ich erfahre, dass das „Together" gar keine reine Frauenbar ist: montags und mittwochs sind auch Männer zugelassen! „Memmentage" wie Grete diese Ausnahmen nennt.
Zu Hause treffe ich noch auf Gabi und die liefert mir eine weitere Erklärung für die von mir gespürte erhöhte Aufmerksamkeit: während sie bisher meine Outfits eher emotionslos zur Kenntnis genommen hatte, ruft sie bei meinem Anblick diesmal spontan „Hey, sexy!" Zusammen mit den Komplimenten, die ich in der Kneipe bekommen habe ist das ein guter Punkt, warum ich auch auf der Straße interessierter betrachtet wurde. Ein kurzer schwarzer Rock und ein armfreies Shirt, das ein wenig Decollete ahnen lässt, reichen schon für erhöhte Aufmerksamkeit.
Meine letzte Woche in Berlin beginnt schon mit einem Erlebnis am Flughafen. Ich werde zur Gepäcknachkontrolle gerufen. Verdacht auf Sprengstoff. Die beiden Männer von der Sicherheit inspizieren mit immer verblüffterem Gesichtsausdruck mit mir den Inhalt meines Koffers. Wir unterhalten

uns nett über ihre schwierige und verantwortungsvolle Arbeit im Dienst der Flugsicherheit. Die Frage *„Sind das Ihre Sachen?“* kann sich der eine dann aber doch nicht verkneifen. Weil die beiden mich nett finden, beruhigt sie meine Behauptung, es wären Sachen meiner Frau, so sehr, dass sie nicht auf die naheliegende Frage kommen, wo denn dann meine Sachen sind. Ich komme mir wegen der Lüge zwar etwas feige vor, will mit den beiden aber lieber ihren Job als meine Unterwäsche diskutieren. So vergeht die Zeit bis zum Abflug unerwartet schnell und ich weiß jetzt, dass man Bombenalarm auslösen kann, wenn im Koffer ein klingenloser, batterieunterstützter Nassrasierer blöderweise im Röntgenbild über zwei Brustprothesen liegt und irgendein kosmetisches Produkt zudem die chemischen Detektoren anschlagen lässt.
Diese Woche ist nicht bloß der Schluss meiner Berlinzeit, sie ist auch länger, weil ich bis Sonntag bleibe. Vor allem aber ist sie nicht einsam, weil ich meine Frau dabei habe. Das freut mich, fordert aber Kompromisse, weil sie natürlich auch was von ihrem Mann haben möchte. Außerdem war sie bisher selten mit Jula unterwegs und es hat sie in der Vergangenheit teils verunsichert.
Nach einem Mittwochabend im Männermodus, ziehen wir am Donnerstag als Damenteam los. Weil es am Abend immer noch sommerlich schön ist, genieße ich die Vorteile weiblicher Kleidungsmöglichkeiten. Ein ausgeschnittenes, ärmelloses Shirt, ein Rock und Ballerinas an den bloßen Füßen. Ist das angenehm! Den Pullover für später habe ich in der Handtasche dabei. Handtasche! Wie kommen Männer bloß dauerhaft ohne Handtaschen aus? Mich nervt es jedenfalls total, dass mich die Konvention zwingt, eckige und schwere Sachen in Taschen an meiner Kleidung zu zwängen. Nie weiß man wo alles ist und ob noch alles da ist. Als Frau habe ich meine Handtasche, da ist alles drin, beult nicht die Kleidung und fertig.
Zu meiner Freude verläuft der Abend sehr locker und harmonisch. Keinerlei blöde Blicke oder gar Bemerkungen stören unseren Kreuzbergbummel. Wir gehen eingehängt wie Freundinnen durch die Straßen und sitzen entspannt in Restaurant und Bar, während wir das bunte Straßenleben genießen. Sie nennt mich sogar einmal „meine Süße“! Was für ein wunderschöner Abend.
Am Freitag hat Jula äußerlich Pause, weil wir gleich von meinem Büro aus die touristischen Aktivitäten starten. Endlich, am Ende meiner Berlinzeit, schaffe ich es ins jüdische Museum. Das Gebäude selbst ist so beeindruckend, dass die Ausstellung für mich fast zur Nebensache verkommt.
Beim Abendessen wird Jula aus heiterem Himmel sehr präsent. Wir haben ein

langes und ernstes Gespräch über die Frage, wie offen oder versteckt ich zukünftig mit meiner Neigung umgehen will und kann. Schwere Kost für einen sonnigen Urlaubstag. Erst später am Abend haben wir die bedrückte Stimmung überwunden.
Der Samstag ist mein erster und einziger ganzer Frauentag in Berlin. Ach ja, und er ist auch mein vorläufig letzter. Nach dem Frühstück in einem Cafe gleich nebenan fahren wir zum Ku'damm und starten unsere Shoppingtour. Manchmal ist ein Schluchzen zu hören. Das stammt von meiner überstrapazierten EC-Karte, doch ich höre nicht hin. Meine Frau übt sich zu meiner Freude in weiblicher Anrede und sagt so oft „Jula" wie noch nie zu vor. Ich mag es, wenn ich in der Öffentlichkeit so gerufen werde. Natürlich bloß, wenn ich gerade auch so aussehe. Nach knapp sieben Stunden Pflastertreten, sind wir mit schmerzenden Füßen wieder in der Wohnung.
Für den Abend habe ich eine tolle Idee. In einem nicht näher beschriebenen Veranstaltungszentrum in Friedrichshain findet eine Veranstaltung des Studiengangs Gender Studies mit anschließender Party statt. Schon der Fußweg ab der Warschauer Straße erweist sich als unangenehm, weil die anderen Passanten alle sehr jung und sehr punkig aussehen. Und als sich die Location als heruntergekommenes Gewerbegelände erweist, auf dem haufenweise Punks in schwarzen abgerissenen Klamotten rumhängen, komme ich mir total deplaziert und vor allem overdressed vor. Ein Trupp Leute liegt mit Bierflaschen in der Hand auf alten Matratzen und starrt mich an. In meinem neuen Outfit bestehend aus einem sandfarbenen Rock mit einer großen Paillettenstickerei, der hellen Strickjacke mit den hübschen Bändchen mit Federn am Ende und den schwarzen Riemchen-Ballerinas bin ich hier eindeutig falsch. Ich fühle mich wie eine Gestalt gewordene Provokation. So ähnlich wie ich jetzt, muss sich ein Punk bei einer Premiere in der Staatsoper fühlen. Martina und ich verzichten spontan auf die weitere Erkundung des Geländes und den Besuch der Veranstaltung. Wir essen gut und preiswert in einer nahegelegenen Flanierstraße, aber der Schock wirkt nach. Der Fußweg zurück zur S-Bahn führt wieder an vielen, nun schon angetrunkenen jungen Männern vorbei. Erst als wir in der Bahn sitzen, entspannen wir uns und sind froh, als wir in Charlottenburg auf bürgerliches Publikum stoßen, wo ich in meinem Lady-Outfit und mit meinen klappernden Absätzen nicht wie ein Alien wirke und alle Blicke auf mich ziehe. Mit leckeren Cocktails und angenehm ereignislos klingt der Abend aus.

21.6 Vorbei

Zehn halbe Wochen in drei Monaten war ich in Berlin. Nun ist diese Zeit vorbei. Ich habe die Zeit gut genutzt und war so häufig Frau, wie noch nie zuvor. Auf andere Weise war es eine ebenso intensive Erfahrung wie mein Frauenkurzurlaub letztes Jahr.
Berlin war toll. Die Zeit ist mir lieb und wichtig und ich werde sie in bester Erinnerung behalten.
Und es gibt ein paar spezielle Aspekte, die mir besonders wichtig sind.

- **Dressing auf Vorrat**

Will ich eventuell gar nicht so häufig Frau sein, wie ich es in Berlin konnte? Habe ich in Berlin vielleicht sogar über Bedarf oder auf Vorrat konsumiert? Die Antworten lauten: „nein“ und „nein“.
Im Gegenteil, ich werde in Erinnerung an die Berliner Freiheiten mit meinen üblichen Restriktionen schlechter zurechtkommen. Ich habe die Freiheit dort genossen und sie war mir keinesfalls mengenmäßig zu viel.
Vorratshaltung kriege ich schon gar nicht hin. Kann das jemand? Kann jemand Crossdressing auf Halde betreiben und dann entsprechend länger ohne gelebte Weiblichkeit auskommen? Ich kann es definitiv nicht. Egal, wie viel Jula ich war, wenn ich wieder ausschließlich Mann sein muss, wird die Sanduhr umgedreht und die Zeit läuft. Es ist eher sogar so, dass es mir genossene Freiheiten schwerer machen, mich mit einer geringerem Menge an gelebter Weiblichkeit abzufinden.

- **Selbsterkenntnis**

Macht mich weibliche Kleidung per se glücklich? Kann ich nur noch schwer in meinen männlichen Alltag zurück?
Letzteres ist eine Thematik, die ich von allen meinen transsexuellen Freundinnen kenne. Je mehr und je länger sie in der weiblichen Rolle waren, umso schwerer fällt der Abschied von ihr und als umso belastender erleben sie das Mannsein-Müssen. Dieses Thema, das ich ebenso gut mit der Frage *„Bin ich transsexuell?“* benennen könnte, beschäftigt mich ebenso lange, wie ich mit meiner Besonderheit ringe. Und seit diesen ewigen Zeiten ist auch die Antwort immer die gleiche: Nein, mit ziemlicher Sicherheit nicht! Dabei steigt zwar mit jeder Auseinandersetzung mit der Frage die Sicherheit, dass das auch wirklich

so stimmt, doch absolut sicher kann man sich in der Selbstwahrnehmung nie sein.
Wenn ich so häufig und problemlos wie gehabt als Frau unterwegs sein kann, dann nimmt die individuelle Zufriedenheit nicht linear mit den Ausgehmöglichkeiten zu, sondern bleibt dahinter zurück. Es stellt sich erwartungsgemäß eine gewisse Routine ein. Ich kann nicht dauernd mit einem seligen Grinsen durch Berlin latschen, weil ich einen Rock anhabe und mich trotzdem niemand beachtet. Die Frage *„Was wäre jetzt gerade anders, wenn ich als Mann unterwegs wäre?"* müsste ich in vielen Fällen mit „nichts" beantworten.
Wenn ich es auf den Punkt bringe, dann ist für mich die weibliche Rolle nicht das eigentliche oder richtige Leben, sondern nicht mehr und nicht weniger als ein wichtiger Teil, auf den ich nicht verzichten kann. Vieles in meinem Leben kann ich gut und gerne als Mann tun, ohne dass ich unter dieser Situation leide. Für das allermeiste in meinem Leben ist mein Geschlecht und meine aktuelle Geschlechtsrolle sowieso irrelevant und für den Rest komme ich mit einer Teilung ganz gut zurecht.

- **Mehr Selbstbewusstsein**

Unter der Parole „Stolz statt Scham" wollte ich meine immer noch vorhandene Befangenheit bearbeiten, die mich bei meinen Auftritten als Frau doch beeinträchtigt. Ich bin mir meiner Wirkung auf die Umwelt trotz aller Erfahrungen nicht sicher und habe, zumindest in der Anfangsphase, aber auch wenn ich bemerke, dass Leute auf mich reagieren, ein schlechtes Gefühl. Angst, Unsicherheit und Scham sind dabei Aspekte. Dabei habe ich es selbst in der Hand oder besser gesagt im Kopf meine Besonderheit als etwas positives zu verstehen und mich nicht als Freak, sondern als „heavenly creature" zu sehen, die Aufmerksamkeit lächelnd und positiv zur Kenntnis nimmt.
An diesem Punkt, an dem ich mir Durchbrüche erwartet hatte, habe ich sie nur sehr bedingt geschafft. Gut, ich habe auch nicht so professionell und zielgerichtet an mir gearbeitet, wie ich das theoretisch könnte. Vor allem weil ich hoffte, das würde mir mit viel Ausgehpraxis einfach so zufallen. Das ist aber nicht im erhofften Maße geschehen. Was als weiteren Lernpunkt die Erkenntnis bringt, dass sich Kopfprobleme nun mal nur im Kopf lösen lassen und nicht in der Außenwelt. Tief sitzende innere Einstellungen lassen sich nun mal nicht durch einzelne, noch so positive Erfahrungen abschalten. Solche Veränderungen brauchen Zeit. Immerhin hat sich die Routine doch so bemerkbar gemacht, dass

ich mich im Lauf der Zeit sehr viel selbstverständlicher und mit gesteigertem Selbstbewusstsein durch Berlin bewegt habe.

- **Unbefangenheit**

Meine weibliche Seite nicht verstecken müssen! Auf Befragen von anderen habe ich bisher diese Berlinerfahrung immer als erste genannt. Wer nicht meine Situation, die von jahrelanger kompletter Heimlichkeit und immer noch bestehender Heimlichkeit gegenüber Kind, Nachbarn, vielen Freunden und Verwandten geprägt ist, aus eigenem Erleben kennt, wird wohl nicht nachvollziehen können, was für eine große Sache Unbefangenheit sein kann. Es war eine neue und tolle Erfahrung für mich, mit meiner weiblichen Seite so offen sein zu können.

Basis dieser Unbefangenheit war in diesem Fall natürlich mein Verhältnis zu Gabi. Sie hat mich wie selbstverständlich so sein lassen, wie ich wollte. Sie war weder von meiner männlichen noch von meiner weiblichen Seite irgendwie irritiert. Ich musste mir ihr gegenüber weder sprachliche noch verhaltensmäßige Vorsicht auferlegen.

Diese Selbstverständlichkeit hatte zur Folge, dass ich offen leben konnte. Es mag etwas pathetisch klingen, ist aber wirklich so: Ich hatte noch nie die Möglichkeit, meine Frauensachen im Zimmer einfach herumliegen lassen zu können! Es war für mich einfach toll, nach der Arbeit in mein Zimmer zu kommen und dort deutlich sichtbar und selbstverständlich meine Frauenkleidung zu sehen. Der Schmuck stand auf dem Tischchen, Röcke und Handtasche hingen einträchtig mit dem Anzug am Kleiderständer unter dem auch offen die Schuhe standen.

Das Einschränken und Verstecken, die Ordnung und Aufmerksamkeit, die es erfordert, bestimmte Teile meines Lebens daheim weitgehend unsichtbar zu machen, brauchte ich in Berlin nicht. Ebenso wenig wie die dauernde Selbstzensur, bestimmte Fakten nicht zu erwähnen.

Es war eine Freiheit, die mir die Last, die zu Hause dauernd auf mir liegt, erst richtig bewusst gemacht hat und die ich gerade deshalb, weil sie mich so unerwartet erfreut hat, unglaublich genossen habe. Deshalb ist für mich die liebste Berlinerinnerung auch nicht ein Bild von mir in weiblichem Styling. Nein, es ist das Bild von der Ecke mit dem Kleiderständer an dem meine Röcke einträchtig neben dem Anzug hängen!

Schluss: Sieben goldene Regeln für ein zufriedenes Leben als Crossdresser

Zum guten Schluss der Tipps zum Rauskommen: sieben goldene Regeln[2], die es ermöglichen, als Crossdresser, Transvestit oder wie auch immer du dich nennen magst zufrieden zu leben.
Warum eigentlich genau sieben? Könnten es nicht auch fünf oder vierunddreißig sein? Könnten vielleicht schon, aber die Sieben ist eine magische Zahl. Da gibt es die sieben Tage, die sieben Todsünden, die sieben Meere, die sieben Siegel, die sieben Zwerge und natürlich sieben Undvierzigelf. Und deshalb sind es auch sieben Regeln für Crossdresser!

Die 1. Regel: Frage nicht „Warum?“.
Versuche nicht „es“ zu verstehen. Akzeptiere deine Bedürfnisse, konzentriere deine Kraft darauf mit ihnen gut umzugehen und möge dich selbst dafür, dass du so tapfer bist, das zu tun.

Die 2. Regel: Stehe zu dir selbst und dem, wer oder was du bist.
Das gibt dir Würde und sichert dir Respekt. Wenn du dir selbst und anderen Respekt entgegenbringst, dann wird er dir auch entgegengebracht, egal was du anhast.

Die 3. Regel: Offenes Crossdressing ist der Schlüssel zu deiner Befreiung.
Es ist nicht notwendig, dass du von allen und zu 100% als Frau akzeptiert wirst. Irgendwer wird dich immer als genetischen Mann erkennen. Es ist ebenso wenig ein Grund zur Scham, als Mann geboren zu sein, wie es einer ist, sich als Frau zu fühlen. Lacy Leigh sagt dazu: Wirkliches Passing ist, wenn jemand deutlich als Crossdresser erkannt wird, aber niemand daran denkt, darüber ein Wort zu verlieren, weil unsere Kleidung und unser Verhalten unserem Alter, unserer Figur, dem Ort, der Zeit und dem Anlass angemessen ist.

---

2 Die Idee und Struktur für diesen Text stammt aus einer Rezension des Buches „Seven secrets of successful crossdressers“ von Lacey Leigh. Allerdings hat mir einiges nicht so richtig gefallen, also habe ich aus der Übersetzung der Rezension eine eigene Version gemacht.

Die 4. Regel: Bleibe nicht alleine!
Suche Unterstützung und beginne dabei mit deiner Frau oder einem anderen Menschen, der dir nahe steht. Es gibt Menschen, die die Frau in dir gerne kennenlernen würden.

Die 5. Regel: Das Medium ist die Botschaft.
Was du trägst und wie du es trägst übermittelt deinen Mitmenschen eine Botschaft, die alles enthält, was sie über dich wissen können. Was willst du den Menschen über dich sagen?

Die 6. Regel: Genieße das Geschenk, das dir gegeben wurde.
Wir Crossdresser sind einzigartig darin, wie wir mit unserer Geschlechtsidentität umgehen und manchmal auch die Seiten wechseln. Du bist kein Monstrum, sondern etwas Besonderes. Also unterdrücke diese Besonderheit nicht. Erlebe die Welt aus der Perspektive einer Frau. Mache Erfahrungen, die deinen Horizont erweitern.

Und schließlich ...

Die 7. Regel: Habe Spaß!